Catherine Litzler

Libre à toi

Roman

Toute reproduction, même partielle, de cet ouvrage est formellement interdite sans l'accord de l'auteur.
Tous droits réservés pour tous pays. Dépôt légal : décembre 2015

Merci à Claude
pour son exigence, ses encouragements et sa confiance
Avec tout mon amour
À Marie et Bader

En hommage à mon mystérieux aïeul

« On ne fera pas un monde différent
avec des gens indifférents »

Arundhati ROY

« Il faut que tu viennes. Vite ! Ce week-end ! » avait crié Ludivine au téléphone. Clément avait senti son cœur battre comme aux premiers jours, soulevé par un fol espoir, prêt à y croire encore. Il n'avait posé aucune question, il lui suffisait de savoir qu'elle le réclamait.

En un tour de main il avait bouclé la dernière scène de sa pièce, délégué la charge de la première lecture à son assistante et annulé tous ses rendez-vous. Sans le moindre scrupule. Avec une jubilation qui accélérait les battements de son pouls, il avait extirpé de sous le lit son vieux sac tout avachi et avait ouvert les portes de sa penderie. Il avait hésité, choisi deux chemises, un jean, son pull préféré, un cachemire couleur anthracite, deux tee-shirts, avait ajouté une chemise élégante et un pantalon assorti. Puis il avait bourré chaussettes et caleçons dans les poches de côtés et son sac avait enfin retrouvé sa ronde bonhomie. Avant de l'endosser, il avait encore glissé dans la poche frontale la dernière BD de Duffaux, un livre d'Onfray, le Libé du jour. Dans l'ascenseur, il avait adressé un sourire satisfait à l'image que lui renvoyait le miroir : il s'était toujours senti plus jeune et plus beau avec ce sac sur le dos. Des ailes aux talons, il avait sauté dans le 93 et pu apprécier, en esthète qu'il était, la beauté de Paris tout en remerciant le printemps de raccourcir les jupes et de rendre les robes plus légères.

Gare Montparnasse, il avait joué des coudes pour monter in extremis dans le TGV de quatorze heures dix.

Clément loucha sur le poignet de son voisin assoupi. Seize heures. Deux heures encore ! se lamenta-t-il en bâillant. Le glissement monotone du train et la touffeur des moquettes l'anesthésiaient. La prochaine fois, je ne prendrai pas un e. zen, décida-t-il avant de s'enfoncer dans son fauteuil et de piquer un petit somme.

Un coup de sac sur la tête le réveilla. Sans s'excuser, son jeune voisin fila vers la sortie. Le train entrait au ralenti en gare de Bordeaux. Les passagers qui montaient à bord ignorèrent la place libérée à ses côtés, Clément étendit ses longues jambes engourdies en poussant un soupir d'aise. Quand le train repartit enfin, son cœur s'emballa et une vague d'euphorie accrocha un sourire à ses lèvres. Plus qu'une heure et je suis avec elle ! pensa-t-il. Il déplia nerveusement son journal, tenta de lire les nouvelles. Les grands titres sonnaient creux, les articles ne lui révélaient rien de nouveau. La tête ailleurs, il laissa tomber le journal sur ses genoux et regarda à travers la vitre.

Le train roulait lentement maintenant, trop lentement, il lui rappelait ce petit tortillard colombien qui les avait conduits en Guajira et qui était si lent qu'un cycliste les avait doublés, si lent qu'il avait pu lui cueillir des fleurs le long du fossé. Il y avait si longtemps... La vie passe aussi inexorablement que le paysage aperçu de cette fenêtre, songea-t-il. Il lutta contre la nostalgie d'un passé révolu. Il refusa de se projeter dans un avenir incertain. Il ne voulait penser qu'au présent, au bonheur de la retrouver, bientôt, bientôt. Les vergers, les maisons coquettes et les gares endormies défilaient sans qu'il y prête attention. Il avait beau essayer de régler son rythme cardiaque à celui, régulier et lent des boggies, les pulsations de son pouls restaient chaotiques. Ils se connaissaient depuis toujours, mais il savait qu'il faudrait un peu de temps, comme à chaque fois qu'ils se retrouvaient, pour abolir cette imperceptible et pourtant insupportable distance que la séparation physique créait fatalement entre eux.

Maintes fois, n'y tenant plus, il avait tout plaqué pour la rejoindre. Elle lui donnait rendez-vous sur un quai de gare, comme aujourd'hui. Elle apparaissait au milieu de la foule, ses grands yeux noirs se posaient sur lui, il retrouvait une insatiable soif de vivre. Mais tôt ou tard, leurs chemins se séparaient à nouveau et il rentrait à Paris. Seul. Le public, curieux de découvrir ses nouvelles frasques, l'attendait. Il écrivait dans l'urgence un scénario, une pièce de théâtre, quelques chansons. Il renouait avec la jet-set que son insolence divertissait. Il creusait son trou, se faisait une place dans la société. Il avait la reconnaissance des autres quand seule celle de Ludivine lui importait. Mais elle était ailleurs, loin, elle le privait de son soutien, de son approbation, de son sourire, de ses caresses, de ses baisers et il lui fallait bien s'accommoder de son absence, tenter de vivre sans savoir où elle était, ni avec qui. Le sentiment d'injustice qui alimentait son amertume, se transformait en rancune, voire en colère car Ludivine elle, ne semblait nullement souffrir de la situation. Elle partait le sourire aux lèvres, la jupe légère. Elle disparaissait pendant des mois, se contentant de lui envoyer de temps en temps une carte postale laconique :

« Ce monde n'est pas fait pour les assis, il est trop beau ! Nourris ta cervelle de beauté, tu verras, elle t'en sera reconnaissante et ne te fera plus souffrir ! Bises de Phnom Penh. »

Ou bien : « La meilleure mesure de la richesse, c'est de ne pas trop s'éloigner de la pauvreté ! Bisous tendres de Yogyakarta. »

Ou encore : « Nietzsche disait qu'être adulte c'est retrouver le sérieux que l'on mettait dans ses jeux, enfant. Es-tu vraiment sérieux cousin chéri ? Bisous de St Louis. »

Parfois c'était une grosse enveloppe, des photos d'elle, toujours souriante et il souffrait encore plus.

Une lettre reçue deux ans plus tôt avait bien failli changer leur destin. Un télégramme le fit.

La lettre venait de Mexico, elle était aussi longue que le télégramme fut bref.

Mon cousin préféré,

J'espère que tu vas bien. Moi, je jubile ! J'ai trouvé mon paradis au Mexique, je me pose ! Je construis quelques bungalows, j'ouvre une bonne table d'hôtes et je fais du tourisme vert ! Génial, non ? J'aurai sans doute besoin de toi...

J'ai déjà le terrain : deux hectares de prairie au cœur d'une petite vallée boisée, bordés à l'ouest par la rivière qui décrit un large coude (jolie plage de sable blond à l'ombre des grands arbres). J'avais vu un magnifique terrain près des chutes d'Agua Azul mais quand j'y suis retournée après les pluies, il avait disparu sous l'eau jusqu'à mi cocotier ! (Parait que c'est normal) Les bungalows devaient être perchés sur des pilotis de deux mètres cinquante de haut et pour accéder au terrain, il fallait traverser la rivière dans une caisse en bois suspendue à un câble tracté à la main. Pas idéal. J'ai renoncé.

Celui-ci est moins spectaculaire mais plein de charme. Je l'ai découvert au retour de ma visite des ruines de Tonina. Le passeur du rio avait vraiment une sale gueule. Son rire obscène m'aurait fichu les chocottes s'il n'avait pas eu au moins cent cinquante ans ! Sur la porte de sa cabane délabrée une chouette était clouée, les ailes grandes ouvertes. Ici la magie fait partie de la vie. J'ai filé et me suis retrouvée dans un bois étrange : on y avait planté en lignes des arbres aux troncs très droits, couronnés d'une cime légère qui filtrait les rayons du soleil. La lumière était diaphane, évanescente, un décor surréaliste ! J'avais fait à peine quelques pas que je me suis retrouvée coincée. Entre chaque arbre, à hauteur d'homme et barrant tout passage, de gauche comme de droite, devant comme derrière, des toiles d'araignées géantes ! Toutes habitées par des monstres poilus, gros comme mon poing ! (J'avoue que je n'en menais pas large.) Je me suis mise humblement à quatre pattes et j'ai rampé sous l'obstacle, tout en gardant le nez en l'air au cas où l'une d'entre elles aurait la mauvaise idée de me tomber dessus. Du coup, je n'ai pas vu où j'allais ! J'ai tourné en rond, je me suis complètement paumée, les araignées m'avaient prise à leur piège ! Je me voyais déjà engluée dans la soie, ficelée comme un saucisson, stockée dans leur garde-manger, attendant avec angoisse d'être bouffée par des milliers d'arachnides velus ! Et pour comble d'horreur, le rire obscène du vieux sorcier qui se rapprochait ! Soudain toutes les toiles se sont mises à vibrer frénétiquement comme si les bestioles m'envoyaient un dernier avertissement avant de fondre sur moi ! Du coup, j'ai pris mon courage à deux mains, j'ai respiré à fond et aléa jacta est, ventre à terre, j'ai foncé ! (Tu aurais certainement apprécié ma course en levrette !)

Je m'en suis sortie, tu t'en doutes. Couverte de boue et avec quelques égratignures sur les mains et les genoux mais je m'en suis sortie. Bon, tout ça pour te dire à quel point j'étais heureuse de me retrouver soudain au jardin d'Éden ! Je n'en revenais pas ! Exactement ce qu'il me fallait ! (On peut contourner le bois aux araignées pour y accéder, rassure-toi, je ne suis pas complètement folle !) J'espère qu'il te plaira. Je revois le propriétaire demain matin, il semble intéressé par mon offre. (Il s'appelle Oropesa : « pesant d'or », tu le crois pas !)

Pour les autorisations, visa etc., j'ai Juan-Carlos, un ami très fiable, il arrangera tout ça. S'il le faut, nous ferons un mariage blanc.

Clément avait bondi. Jusque-là, le romantisme de Ludivine l'avait fait gentiment sourire, tout juste grincer des dents mais là, elle dépassait les bornes ! Ça devenait ridicule ! Ridicule et dangereux. Elle était tombée sous la coupe d'un zocalo boy, un faiseur de charme, un soi-disant fils de prince maya, un séducteur d'aventurière esseulée, un gigolo, un manipulateur, un usurpateur, un voleur ! Et elle voulait s'établir là-bas ! Elle voulait se marier ! L'abandonner !

Malgré sa colère, il avait fait preuve d'une grande maîtrise pour lui écrire ceci :

« Ma chère cousine, ton inconscience et ton ignorance des réalités sont effrayantes ! Ne fais surtout rien, RIEN, tu m'entends, absolument rien, j'arrive ! En attendant, médite sur cette parole de l'anthropologue Toño Garcia de Leon : « Le sous-sol du Chiapas regorge d'Indiens assassinés, de bois pétrifiés, de villes abandonnées et d'océans de pétrole. »

Une fois de plus, il se retenait de lui dire qu'il l'aimait, qu'il était jaloux et qu'il ne pouvait supporter une telle séparation. Sous des oripeaux cartésiens, il dissimulait la véritable nature de ses sentiments.

Sa banquière s'était fait prier juste assez pour se faire mousser et Clément avait obtenu une rallonge à son découvert. Il avait acheté un billet et s'était envolé pour Mexico. De là, il avait pris un vol intérieur pour San Cristobal de las Casas puis un bus pour Palenque qui l'avait déposé à Ocosingo. De là, il avait marché jusqu'à la posada Agua Azul. « La seule du pueblo, tu ne peux pas te tromper, avait dit Ludivine au téléphone, c'est un véritable zoo ! Les Indiens capturent des animaux dans la forêt Lacandona et ce fumier de Pablo (le fils de la casa) les achète pour quelques pesos ou une bouteille de Tequila ! C'est révoltant ! Il faut faire quelque chose ! »

Le jaguarondi décharné avait feulé avec dédain, les perroquets déplumés avaient péroré, les buses éperdues poussé des cris pointus, les caméléons hallucinés viré de couleur et les atèles avaient fait un tel barouf dans leur cage que l'arrivée de Clément avait été annoncée bien avant qu'il n'atteigne l'étage. Pourtant, Ludivine n'était pas à l'accueil. Il avait donc dû enjamber l'affreux crocodile allongé devant sa porte, gueule ouverte, odeur fétide, œil fixe et glauque, hostile, avant que Ludivine apparaisse enfin. Bien que fort gironde dans sa petite robe blanche, elle avait mauvaise mine. Il se rappelait leur conversation d'alors, sans préambule, sans comment tu vas, ça fait longtemps, tu m'as manqué..., rien de tout cela avec elle.

– Oropesa n'en finit pas de tergiverser. Il prétexte la découverte d'un filon de pétrole dans le coin pour augmenter encore son prix ! Je crois qu'il me mène en bateau. Je commence à en avoir marre... Tu l'aurais vu se gratter le dos contre un arbre pendant que je lui parlais ! C'est un ours ! Un sale macho ! D'ailleurs, ils sont tous machos ici ! J'ai l'impression de retourner cinquante ans en arrière, de trahir mes aînées qui ont lutté pour la libération de la femme ! Je ne supporte plus ! Le plus terrible, c'est qu'il y a vraiment du pétrole ! Ce matin, sur le zocalo, j'ai vu une demi-douzaine de gros durs avec des casquettes de la Pemex. Ils sont venus s'asseoir à la terrasse du café, juste à côté de moi. Ils n'ont pas arrêté de me reluquer en échangeant des propos salaces. Ils avaient tous la pistola à la ceinture... Si le coin regorge de pétrole, je suis foutue ! Adieu veau, vache, cochon, couvée !

Clément avait à peine caché son sourire de satisfaction. Elle flanchait, il fallait porter l'estocade :

– Sais-tu ce qu'ils écrivent dans la Jornada ? Que la réforme agraire n'est jamais arrivée jusqu'au Chiapas, que des communautés entières ont été chassées de leurs terres par les grands propriétaires, comme ton Oropesa et que ces dix dernières années, plus de quinze mille indigènes sont morts de faim, de maladies, ou purement assassinés ! Mais les insurrections du XVII° et du XIX° siècle restent vives dans la mémoire des Indiens. Selon la rumeur...

– Ah ! La rumeur... Il est vrai qu'au Mexique la rumeur est beaucoup plus fiable que la presse, censurée ou en cheville avec le PRI. Soixante-quatorze longues années d'élections truquées, tu te rends compte ! La plus vieille dictature du monde !

– En tout cas la rumeur dit que Zapata est de retour.

– Mais Zapata n'est jamais parti ! « Regard liquide sous son grand sombrero, il va por los montes, el caballero fantasma, Emiliano Zapata ! » Et derrière les sabots de son cheval, il traîne les indigènes ! Armés de fourches, de piques ou de bâtons, prêts à tenir tête à la police et à l'armée, et ce malgré les appels à la prudence du chef de l'opposition Cuauthémoc Cardénas ! Tu vois, je ne suis pas si ignorante...

– Ocosingo est considéré comme un nid de zapatistes. Leur chef, le sub-comandante Marcos, se cacherait dans les environs. Tu es tombée en plein panier de crabes ma pobrecita ! Et ne me dis pas que la cause des Indios est juste et que tu es prête à la soutenir, parce que tu ne comprends rien à ce foutu pays et tu n'imagines pas dans quel pétrin tu vas te mettre ! Crois-moi, la seule chose à faire c'est de déguerpir en vitesse !

Il avait tout fait pour l'éloigner d'Ocosingo, de la guérilla, et surtout de Juan-Carlos, trop beau, trop malin, trop dangereux. Il lui avait suggéré de prendre du recul « pour mieux réfléchir » et avait aussitôt acheté deux billets de bus pour le Yucatan. Ils s'étaient posés sur une plage à Tulum et avaient vécu une semaine idyllique. Dans ses bras, Ludivine avait semblé oublier ses rêves insensés.

De retour en France, Clément était resté sans nouvelles d'elle pendant des semaines. Inquiet, il avait guetté la moindre information provenant du Mexique. Il ne savait que craindre le plus : une révolte indienne ou le zocalo boy ? Il avait passé l'été à se ronger les ongles. Rien ni personne, pas même la belle Barbara avec qui il avait eu une aventure torride, n'avait pu lui faire oublier Ludivine.

Début septembre, alors que son moral était aussi gris que le ciel de la rentrée, il avait enfin reçu une lettre provenant de Mexico D.F

Quérido Primo

*J'ai reçu un télégramme hier. Juste deux mots, assassins :
« Parents décédés »
C'est drôle, je n'arrive pas à pleurer.
Je suis chez l'ami Benjamin. Il est minuit, dehors la ville gronde.
Il fait chaud, je n'ai pas sommeil, j'ai envie de te parler.
Depuis que tu es parti, j'ai pas mal bourlingué, au Bélize, au Guatémala. Et puis j'ai eu envie de revoir encore une fois Ocosingo.
Je ne suis pas triste non plus.
Je vais tout te raconter. Tu as le temps ? Prends-le si tu m'aimes un peu.
Au commencement, était Hanuman.
Tu sais combien j'avais le cœur fendu chaque fois que je traversais le zoo de l'infâme Pablo ?
Ce jour-là, Pablo avait une nouvelle victime : un bébé singe hurleur qu'il avait attaché au bout d'une courte corde tout en haut d'un arbre, avec juste quelques tortillas à manger et un carton pour dormir. Un si mignon bébé singe !
Cette fois, c'était too much. Il fallait sauver le singe Hanuman !
(C'est le nom que je lui ai donné.)
J'ai décidé de l'enlever.
Le télégramme a précipité les événements.
Voilà ce qui s'est passé.
L'heure de la siesta. Ocosingo est écrasé de chaleur. Calme plat dans la maison. Un répit pour les animaux.
Je suis dans notre petite chambre (la rose et jaune), le ventilateur ronfle au plafond (il est toujours aussi inefficace !) Je suis nue dans mon hamac, en proie au coma des tropiques. Je balance entre rêves lourds et élucubrations fantaisistes quand soudain j'entends la voix de fausset de Pablo. Il hurle mon nom. Apeurés, les animaux reprennent leur barouf infernal. Je finis par me lever, de toute façon*

la sieste est foutue. Encore vaseuse, j'ouvre la porte, (mais oui, je me suis habillée), j'enjambe Chicot (tu n'as pas oublié ce cher vieux croco !) toujours fidèle au poste, sa belle gueule grande ouverte sur ses innombrables dents pourries, je me penche, Pablo vocifère sous mon balcon. Plutôt que de se fatiguer à monter un étage, ce cabron me tend une longue perche. Piquée à un clou, une enveloppe bleue : le télégramme susdit.
　Je l'ouvre, lis : « parents décédés », le chiffonne et le mets dans ma poche.
　Rien. Aucun effet.
　Je le reprends, le défroisse, le relis, toujours rien ! Pas une larme, pas un sanglot, rien, je le remets dans ma poche.
　Et là j'éclate de rire !
　Tu crois que c'est normal ?
　Je décide de partir. Le soir même. Avec Hanuman.
　Je le confierai à mon amie Pilar, il sera bien dans la réserve de Tuxtla.
　Je prépare mon sac et j'attends que les derniers borrachos ronflent dans le caniveau.
　Je descends, mon sac sur le dos et mon coupe-ongles à la main. Déterminée, je vandalise les cages ! J'arrive à faire des trous assez gros pour laisser passer les oiseaux et tu sais quoi ? Pas un ne moufte ! Étonnant non ? C'est une buse qui s'envole la première ! Depuis, je lève la tête quand j'entends un cri pointu. Tu imagines ma joie ! J'espère que les autres ont suivi.
　Après ça, je grimpe à l'arbre, je surprends le bébé endormi, il a à peine le temps d'ouvrir les yeux que je l'enfourne déjà dans mon sac ! (J'avais prévu son couffin) Le tour est joué !
　Ne me reste plus qu'à filer au terminal.
　Le premier bus part à cinq heures. J'attends, avec quelques Indiens quand au bout de la rue se pointe un cavalier sur son cheval.

Oropésa ! Je fais mine de ne pas le voir, il met pied à terre et m'accoste :

– Vous partez señorita ? Pourquoi ? Les zapatistes ? Faut pas avoir peur de ces sales indiens, notre armée est forte, un beau trou dans leur tête de sauvage et tout sera réglé !

Puis d'un air mielleux :

– Je vous trouve très sympathique señorita et muy muy bonita. Pour vous, je peux baisser mon prix. Je suis sûr que nous allons trouver un accord, dit-il en posant sa grosse main moite sur mon épaule.

Le salaud ! J'avais envie de le gifler, de lui cracher à la figure, de lui sauter à la gorge, de... Hanuman a fait mieux.

Le bus se pointe, tout brinquebalant et pétaradant, un bruit infernal. Je sens bouger dans mon dos, Hanuman panique, moi aussi : ils vont m'arrêter pour vol ! Me jeter dans leur prison infâme où ils m'oublieront ! Je vais croupir là des années, sans que personne ne le sache ! Sans jamais revoir mon cousin préféré !

C'est alors qu'Hanuman bondit hors du sac comme un diable de sa boîte ! Oropésa ouvre de grands yeux et reçoit une énorme giclée de diarrhée verdâtre sur sa sale gueule ! Sa belle chemise blanche change de couleur ! Un vrai bonheur !

Il a hurlé comme un putois ! Moi, j'ai vite remballé Hanuman et j'ai sauté dans le bus. On est parti aussitôt. Ce singe est l'esprit des Mayas, je l'adore !

Le soir, on fait escale à San Cristobal. Je prends une chambre dans un hôtel bon marché et installe confortablement mon bébé dans le tiroir de la commode. Il s'y trouve bien. On bavarde un peu (je sais parler singe hurleur, je te montrerai, il faut gonfler le cou, un peu comme un pigeon, ouvrir la bouche en cul-de-poule et émettre des sons de la gorge en tâchant d'impressionner beaucoup).

Hanuman finit par s'endormir, moi aussi.

Le jour se lève. Hanuman aussi. Je le vois de mon lit qui sort de son tiroir, saute par terre et se dirige vers le coin toilette ! Il patine bien un peu sur le carrelage mais réussit à grimper sur le lavabo et... se met à pisser dedans !
Je lui ai acheté trois belles bananes bien mûres.
Pilar prend soin de lui.
J'ai pleuré en le quittant.
Tu trouves ça normal toi ? Je pleure pour un singe et pas pour mes parents.
Voilà, j'arrête de te faire perdre ton temps. Prends bien soin de toi cousin chéri. Carpe diem.
Ah, j'oubliais : je rentre. Je serai à Paris le 17 à 20 heures.
Baisers.
P.-S. : Seras-tu à l'aéroport ?

Clément avait attendu Ludivine à Orly. Il aurait voulu que le monde soit plus beau, que la nuit soit plus douce, que Paris brille davantage. Il aurait voulu couvrir le sol de pétales de roses pour elle. Il l'attendait le cœur battant, un petit bouquet de fleurs à la main.

Ils s'étaient rendus à Aubervilliers dès le lendemain pour apprendre que la mère de Ludivine avait eu un cancer généralisé, qu'elle était condamnée et que son mari avait choisi de partir avec elle. Il l'avait débranchée et s'était mis une balle dans la tête.

Tante Bibiane avait remis à Ludivine l'urne contenant les cendres de ses parents et la clé de leur appartement, rue Montorgueil.

Au grand dam de Clément, Ludivine s'était empressée de vendre l'appartement parisien et d'acheter une vieille bicoque à la campagne. Ils y fêtaient le nouvel an avec des amis lorsque Benjamin téléphona de Mexico pour annoncer que les zapatistes avaient pris possession de la ville de San Cristobal de las Casas, à l'aube, sans un coup de feu !

Le visage cagoulé de Marcos fit la une des journaux. Les représailles commencèrent à Ocosingo, place du marché. Deux cents Indiens furent tués. Nombre d'entre eux, d'une balle dans la nuque.

Ludivine vivait seule, loin du fracas des villes, au milieu de nulle part. Aussi paumée qu'au Chiapas.

Quand Clément venait la voir, le temps d'un week-end, il donnait un sérieux coup de main, coupait du bois, débroussaillait les abords de la source, retournait le potager, tondait la prairie. Il était plutôt bien dans sa peau, la vie lui paraissait plus facile, il avait plaisir à cueillir les fleurs des fossés. Mais, comme toujours, le lundi matin, il repartait seul.

« Paris t'attend, tu as besoin de ta ville » lui disait-elle moqueuse en le poussant dans le train.

Il lui faisait signe derrière la vitre, la regardait disparaître, avalée par l'escalier tandis qu'il s'éloignait lentement, persuadé qu'il n'était pour elle qu'une parenthèse sympathique.

Le train venait de prendre de la vitesse. La dernière ligne droite, se dit-il en rassemblant fébrilement ses affaires.

– Agein, Agein, 3 minut-tes d'arré !

L'accent chantant du chef de gare sema un rayon de soleil sur le quai. Devançant la foule, Clément dévala l'escalier, traversa le tunnel à grandes enjambées et gravit les dernières marches au ralenti. En haut, Ludivine l'attendait.

– Hum ! Tu sens bon ! dit-elle le nez dans son cou.

Les voyageurs contournèrent le couple enlacé sans faire de bruit. Ludivine entraîna Clément vers la sortie. Ébloui, il mit une main en visière devant ses yeux. Le ciel m'a toujours paru plus lumineux ici, plus haut, plus grand, pensa-t-il.

– Tu as toujours ta vieille Citroën ?
– Et toi, toujours ton vieux sac à dos ?
– On s'attache, que veux-tu. Tu as l'air en forme...
– Ça va. Et toi ?
– Ça va.
– Je suis contente que tu sois là.

Sourire de Clément. Tout à son bonheur intact, il admirait le spectacle qui s'ouvrait devant lui. Le soleil avait entamé sa course lente. Un vent léger s'amusait à effilocher les rubans roses et rouges qu'il laissait flotter au ponant.

Ils étaient vite sortis de la ville pour passer au vert. Vert tendre des prairies, vert émeraude des blés en herbe, vert chrome des buissons, vert jaunissant des colzas, vert rosissant des fruitiers. Toute en rondeurs et en courbes lascives, la campagne s'étirait à perte de vue, sans rien qui vienne heurter le regard. De-ci de-là, une ferme en pierre blanche, comme une perle sur son écrin de verdure. De la terre chaude montaient des parfums de fleurs. Clément sentit une douce ivresse ouvrir en grand son cœur. Il se tourna vers Ludivine concentrée sur sa conduite. Il prit plaisir à contempler ce visage qu'il connaissait par cœur, suivit des yeux la courbe du nez, long et sensuel, le dessin des lèvres couleur de figue, l'arc du sourcil noir, semblable à l'aile d'un oiseau en vol, la pommette haute, tachée de rouge, l'empreinte d'une larme brûlante.

– Ne me regarde pas comme ça, c'est mon mauvais profil !
– Tu m'as manqué.
– Ça fait combien de temps ?
– Deux mois. La dernière fois, c'était le 15 février, à Paris. Tu es partie aussitôt après la représentation. J'ai pensé que je t'avais déçue...
– Pas du tout ! Ta pièce était super ! "To be two or not to be two ?" Excellente question... et très bon titre !

– C'est déjà ça.
– J'ai ri mais...
– Mais ?...
– Mais j'ai aussi grincé des dents.
– Aïe !
– Quel cynisme aussi ! Ça ne te va pas ! Tu as bien trop d'orgueil pour être cynique.
– Si j'étais si orgueilleux, crois-tu que je m'exposerais ainsi ? Je ferais comme toi, je m'isolerais comme un ermite.

Ludivine se réjouit en son for intérieur de constater que Clément tenait la forme. Le week-end allait être animé.

– N'empêche, affirma-t-elle, la vie à deux ce n'est pas du tout ce que tu décris !
– Ah ! Je reconnais en toi la grande spécialiste du couple !
– J'ai quand même une petite expérience. Avec toi notamment...

Clément détesta ce « notamment ». Ludivine poursuivit :

– Tu prétends dans ta pièce que chacun, inévitablement, veut rendre l'autre conforme à ses désirs, qu'on passe son temps à vouloir le faire plier, à le casser, et tu appelles ça de l'amour ! Dépendance, pouvoir, soumission, tout ce que tu voudras mais pas amour ! Tu veux que je te dise : ton couple manque de démocratie ! Venant d'un anarchiste comme toi, ça me déçoit un peu...
– J'ai esquissé une sorte de caricature du couple pour mieux dénoncer ses travers, se défendit-il.
– Alors disons que la caricature n'est pas ma forme d'art préférée. J'ai quand même bien ri.

Clément se tut. Il n'aurait pas cru que la critique de Ludivine lui ferait aussi mal. Moi qui ai écrit cette pièce pour elle, pensait-il, je me suis bien planté.

Dans sa fuite, le soleil avait emporté les couleurs. Le ciel était gris maintenant, chargé de gros nuages noirs que le vent poussait vers eux.

– Il va pleuvoir, dit-il radouci.

– C'est embêtant, mes essuie-glaces ne sont plus très efficaces. En plus j'ai des fuites au toit ouvrant.

Clément lorgna d'un air suspect le plafond et força sur la poignée pour bloquer l'ouverture.

– Pas la peine de mascagner, c'est le caoutchouc qui est poreux. Je vais prendre un raccourci. Avec un peu de chance, on arrivera avant la pluie.

Ludivine coupa aussitôt la nationale et s'engagea sur une piste étroite, mangée par les herbes folles et constellée de nids-de-poule.

– Tu vas trop vite ! se plaignit Clément.

– Tu te souviens de notre safari en forêt Lacandona ? Même scénario qu'aujourd'hui. L'orage nous pousse au cul, il faut forcer l'allure pour arriver à bon port avant qu'il nous tombe dessus ! dit-elle en écrasant le champignon.

Clément serra les dents et se cramponna de la main droite à la poignée de plafond.

– T'es sûre que c'est un raccourci ?

– Sûre. Ceci dit, j'ai bien peur qu'il soit trop tard, le ciel va nous tomber sur la tête.

Un fracas assourdissant vint aussitôt confirmer ses craintes : des trombes d'eau s'abattirent violemment sur eux, martelèrent sauvagement la tôle de la vieille Citroën. En quelques minutes la piste devint un trou aqueux, à peine visible dans les phares. Les essuie-glaces qui rayaient le pare-brise en un va-et-vient douloureux, ne parvenaient qu'à faire grincer des dents. Penchée en avant, Ludivine répétait bêtement qu'elle n'y voyait plus rien ce qui n'était pas fait pour rassurer Clément.

– Eh merde ! Manquait plus que ça !
– Quoi ?
– Ça goutte.
– Aïe, c'était sûr. Je suis désolée... Tu n'as qu'à reculer ton siège.

Clément obtempéra mais n'obtint qu'une délocalisation du problème. Avec la régularité exaspérante d'un métronome, la fuite d'eau vint inonder sa cuisse gauche. Croisant rageusement les jambes, il se tordit vers la droite, se colla à la vitre, puis, perdant patience :

– C'est un véritable hammam là-dedans ! Tu n'as pas de désembuage ? Non, bien sûr. Une peau de chamois ? Faut pas rêver ! Ah ! Un kleenex ! Génial ! Maintenant y a des pluches partout !
– Tais-toi, tu augmentes l'effet de serre.
– Saloperie de toit ouvrant ! Il me pleut sur le crâne maintenant ! Je te préviens, je ne supporterai pas ce traitement longtemps. C'est quoi ? Un test d'endurance pour citadin ? Faut payer de sa personne pour être admis dans ta cambrousse ?!
– Arrête de râler ! Tu me distrais et je ne sais plus où je suis ! Ah si, ça doit être là, à gauche... Tout va bien, j'ai retrouvé le chemin vicinal.
– Le bonheur !
– Allons, réjouis-toi, y a un bon petit confit de canard qui t'attend à la maison ! Dans un quart d'heure on y est ! Promis.

Ludivine avait beau être bonne cuisinière et lui mourir de faim, il commençait déjà à regretter Paris, ses lumières et ses avenues bien tracées. Il en serait même venu à regretter les taxis de la capitale s'il ne s'était souvenu de la muflerie de la plupart des chauffeurs.

Quand Ludivine pila, il se sentit à deux doigts de l'infarctus. Raide sous la pluie battante, Clément serrait les dents. À ses côtés, Ludivine sanglotait, le visage dans ses mains. Sur le bitume, au milieu d'une flaque de sang que diluait déjà la pluie, un lapin éventré vomissait lentement ses boyaux.

– Quelle horreur ! C'est la première fois que ça m'arrive ! Même les grenouilles, même les souris, j'ai toujours su les éviter ! Pourquoi ? Mais pourquoi justement ce soir ! Quel massacre !

– N'exagère pas, ce n'est qu'un lapin. Et il n'avait même pas d'éclairage !

– Tu trouves ça drôle ?

– Bon. Et y a quoi au programme maintenant ?

Ludivine contempla hébétée la voiture immobilisée, le nez dans le fossé.

– Il y a une ferme un peu plus haut, renifla-t-elle, on va aller demander de l'aide. Viens.

Elle fonça tête baissée. Clément la suivit sans broncher dans la pénombre, au milieu d'un no man's land coassant. La pluie coupante lui collait la chemise à la peau et lui glaçait les sangs. Le chemin de terre montait dur. Il trimballait un kilo de terre sous ses chaussures de cuir qui, à chaque pas, menaçaient de rester engluées. Heureusement, là-haut, comme la promesse d'une rédemption, une petite lueur brillait à un carreau de fenêtre. Déjà à l'abri sous le porche de la ferme, Ludivine attendait qu'il la rejoigne pour soulever le heurtoir et frapper trois coups à la porte.

« C'est ouvert ! » leur cria-t-on de l'intérieur.

Elle poussa la lourde porte et un gros chat tigré fila dans la pénombre du couloir. Une odeur de cendre froide vint piquer leurs narines. « Entrez donc ! Par ici ! » La voix, dont l'accent roulait comme une pierre moussue sur le dos d'une prairie, était caverneuse, celle d'un vieux fumeur. Ludivine précéda Clément dans la vaste cuisine. Une lampe pendue au plafond éclairait faiblement la nappe blanche d'une table ronde. Deux hommes se tordirent sur leur chaise pour dévisager les intrus. L'un, d'âge canonique, un béret noir vissé sur la tête, avait la trogne d'une pomme blette. L'autre, plus jeune, la pipe au bec et le regard vif dans une figure bien faite, s'exclama joyeusement :

– Ah mais c'est la petite demoiselle d'Ous Paradies ! Entrez, entrez donc ! C'est pas un temps à se promener dehors ça ! Assoyez-vous et racontez-nous : qu'est-ce qui vous arrive ?

– Excusez-nous de vous déranger, commença Ludivine, toujours debout.

– Mais vous dérangez pas ! Assoyez-vous donc ! Vous connaissez votre voisin Maurice Davas ? Il est de la Pradiasse, la ferme qui est juste avant la vôtre, à dix minutes de marche !

L'homme souleva brièvement son béret.

– Ah oui, bien sûr, répondit sans conviction Ludivine. Voici mon cousin Clément, il arrive tout juste de Paris.

Clément serra les deux mains tendues. Bien que dissimulés par les moustaches, les sourires des deux hommes lui semblèrent pour le moins goguenards.

Un pas alerte résonna sur les tomettes du couloir. Tout le monde tourna la tête vers la porte, une sexagénaire de belle allure fit son entrée.

– Ah ! Achi lou gouverroment ! Vengnes nous espiouna ? (1) demanda l'homme à la pipe.

La femme haussa les épaules puis, avec un grand sourire :

– Ah bonsoir Ludivine ! Bonsoir... c'est ton cousin ? Il est trempé comme une soupe ! Et bien Roland, qu'est-ce que t'attends pour allumer le feu ? Tu vois pas qu'ils sont transis ?

(1) Voilà le gouvernement ! Tu viens nous espionner ?

– Bouto lus beyres aou loc de rouspeta ! Arré coumo un petit Floc eri de resaouhura lou guisé ! (1) affirma Roland en se frottant les mains. Puis se levant, il alla déposer un petit fagot dans l'âtre, tira un zippo de la poche de son pantalon, le fit claquer sur sa cuisse, enflamma un papier journal et le fourra sous le bois. Le feu prit aussitôt. Avec un soupir d'aise, Clément offrit son dos à la chaleur de la flamme.

– Nous venons d'avoir un petit accident, annonça Ludivine. Oh, rien de grave mais nous allons avoir besoin de votre aide pour sortir la voiture du fossé, ajouta-t-elle avec un minois qui se voulait irrésistible.

Les deux hommes se regardèrent mutuellement sans réagir. La femme posa cinq petits verres à pieds sur la table, les remplit d'une liqueur dorée et s'assit :

– Santat !

Le Floc était une douce caresse pour les gosiers, les petits verres se vidèrent d'un trait. La femme les remplit aussitôt, puis, s'adressant à Maurice :

– Alors ? Tu l'as retrouvée ?

– Toujours pas Michèle. Aro hétres jours d'ambé. Aquet tems va este bero coumo aquet parisien té ! (2)

Les rires fusèrent franchement. Clément interrogea Ludivine du regard. Avec un sourire indulgent, elle haussa les épaules et s'envoya une lampée, petit doigt en l'air.

– Bah ! C'est une coriace ! Et pis trois jours, c'est rien qu'une petite fugue, ça peut arriver hein ?

Michèle s'était adressée à Clément. Il répondit, énigmatique :

(1) Sors les verres au lieu de rouspéter ! Rien de tel qu'un bon petit Floc pour vous réchauffer le gosier !

(2) Ça fait trois jours maintenant ! Et par ce temps, elle va être dans un état ! Comme ce Parisien tiens !

– Trois jours c'est rien, j'en connais qui partent bien plus longtemps que ça...

– Ah bon ? Parce que vous aussi à Paris, vous avez des blondes ? s'étonna Maurice.

– Heu... Des blondes... des brunes aussi.

– C'est toutes les mêmes ! constata Maurice en secouant le chef. Ah ! Ces femelles !... L'aura sans doute trouvé plus couillu ailleurs...

Clément fronça le sourcil. Il avait comme l'impression que quelque chose lui échappait. Michèle lui versa un troisième verre, il l'accepta avec reconnaissance.

– Et votre affaire, elle s'est passée où ? demanda Roland.

– Juste en bas de chez vous, répondit Ludivine. J'ai freiné, la voiture a glissé et s'est mise dans le fossé.

– On verra ce qu'on peut faire quand il fera sec.

Clément ouvrit de grands yeux effarés.

– Va falloir rester là ? Attendre des plombes ? Sans rien manger ? souffla-t-il à l'oreille de Ludivine. Mais le petit doigt toujours en l'air, elle sirotait son Floc et l'ignorait royalement. Je suis tombé dans un guet-apens ! se dit-il intérieurement en vidant son verre d'un trait.

– Vous inquiétez pas, ça va pas durer, le rassura Michèle tout en le resservant, ça ramollit déjà. Puis s'adressant à son mari :

– Et pourquoi tu sors pas le pendule toi ?

– J'ai pas attendu les ordres du gouvernement pour savoir ce que j'ai à faire ! répondit Roland en allumant sa pipe. Elle est repérée, du côté d'Espeyrous.

– Il ne pleut plus ! J'vous avais bien dit que ça durerait pas !

– Boun, y ban suy pressat d'ana à Espeyrous (1), dit le vieux en se levant de sa chaise. J'la ramènerai en lui bottant le cul. Ça lui passera l'envie de recommencer à la blonde !

(1) Bon, allons-y, j'suis pressé de filer à l'Espeyrous

Clément sentit qu'il déraillait. Son cerveau, trop longtemps mis à rude épreuve et passablement embrumé par l'alcool, lui envoyait des images gores où un drame de la jalousie en milieu rural tournait au massacre à la tronçonneuse, décapitation à la hache, déchiquetage à la broyeuse pour s'achever dans une mare de sang où barbotaient des canards aux dents longues. Paniqué, il tenta de se raccrocher à Ludivine qui l'observait d'un air désolé :

– D'Aquitaine, daigna-t-elle enfin préciser. La blonde d'Aquitaine. Une vache quoi !

Maurice fronça le sourcil, qu'il avait fort dru et en bataille, Roland, la pipe entre les dents, se fendit d'un sourire narquois et Michèle, la main devant la bouche, pouffa de rire. Clément lui, se tassa sur sa chaise.

– J'prends une lampe et je vous accompagne, dit Michèle, en fouillant dans un tiroir de la table, encore secouée par le fou rire.

Visiblement satisfait de l'effet produit par la gasconnade sur un Parisien fraîchement débarqué, Roland prit son temps, tira longuement sur sa pipe avant de se lever, secoua patiemment sa braise dans la cheminée puis, d'une voix posée, accorda enfin le feu vert.

Tout le monde lui emboîta le pas. Ils descendirent le chemin à la queue leu leu. Clément retrouva la boue avec résignation et suivit tant bien que mal. Sur la route, les phares de la vieille Citroën éclairaient crûment le cadavre du lapin éventré.

– Ben vous l'avez pas raté celui-là !
– Je suis désolée.

Les deux hommes descendirent dans le fossé.

– Il nous manque le troisième homme ! dit Roland avec cet accent chantant qui donnait de la légèreté à ses injonctions et avait le don d'agacer Clément. Il descendit à son tour, dérapa, se ramassa sur le cul, constata le sourire sous les moustaches, se redressa sans broncher, releva courageusement les manches, cracha dans ses mains et s'arc-bouta pour soulever le bas de caisse.

– Oh hisse ! crièrent les autres.

– Oh hisse ! reprirent les femmes là-haut.

Dans un bel élan la voiture rebondit sur le bitume, le nez dans l'axe de la route et Ludivine reprit sa place au volant. Clément s'assit à ses côtés, sur le siège mouillé, regarda ses mains, ses vêtements, se demanda où il était et ce qui s'était passé depuis ce matin lumineux où Paris brillait sous le soleil printanier, il y avait un siècle, sur une autre planète.

D'un coup de botte, le lapin, du moins ce qu'il en restait, rejoignit le talus.

– Pouvez y aller !

– Merci ! Adishatz !

Un renard gris, museau pointu, queue à l'horizontale, leur coupa bien encore la route mais Ludivine assura parfaitement : son coup de frein efficace permit au renard de passer son chemin et à Clément de s'en tirer avec une petite bosse au front. La lune souriante faisait miroiter le macadam détrempé d'où s'échappaient des brumes joyeuses comme des feux follets. Au détour d'un chemin blanc, la maison apparut.

Debout devant la porte, Clément n'avait qu'une hâte : se changer. Se laver et se changer. Mais avant cela, il lui fallut encore attendre, raide et digne, que Ludivine trouve la clé au fond de son fourre-tout. Pour masquer son impatience, il leva le nez et contempla la façade éclairée de lune. Avec ses deux petits faîtages relevés comme des sourcils, la maison tricentenaire avait un air de jeune fille facétieuse.

– Finalement tu l'as trouvée.

– Non pas encore, dit Ludivine en continuant à explorer son sac.
– Je parle de ta maison. Elle te ressemble.
– Ah bon ?... Ah, ça y est, je l'ai !
Un crapaud les accueillit sur le seuil de pierre et un chat noir se faufila comme une anguille entre leurs jambes. Clément reconnut le parfum familier de l'encens préféré de sa cousine. Son cœur s'emballa. Il marqua un temps d'arrêt avant d'entrer dans le monde de Ludivine.
– Bienvenue mon cousin chéri ! dit-elle. Pendant que tu te changes, je prépare un ti-punch, ça te réchauffera !

Clément fila à la salle de bains, enleva avec soulagement ses vêtements maculés de boue et s'octroya une douche très chaude. Puis il alla dans sa chambre et se jeta sur le lit, s'étira de tout son long, testa le matelas, se souvint qu'il avait toujours bien dormi ici, poussa un long soupir de bien être et laissa son regard errer dans la vaste pièce. Le mobilier était sommaire : une table en bois clair, une chaise cannée, une lampe avec une nasse en roseau de Lombok en guise d'abat-jour, un panneau de photos sur le mur blanc près d'un planisphère obsolète, un kilim usé au sol, un sari bleu turquoise camouflant une penderie bricolée avec un bambou suspendu à la poutre par des bracelets brésiliens. Ludivine avait toujours eu un faible pour les structures légères, constata-t-il avec amusement. « Je ne suis qu'une passante dans la longue vie de cette maison, elle m'abrite momentanément, je lui appartiens plus qu'elle ne m'appartient » aimait-elle répéter.
Je la soupçonne d'arrière-pensées plus pragmatiques. À mon avis, la précarité la rassure. C'est une nomade, elle se veut libre de partir à tout moment et ne tolère un fil à la patte qu'à la condition que ce fil cède facilement ! pensa-t-il amèrement en croisant les mains sous sa tête.

D'un bond, il se leva, sortit ses vêtements du sac à dos, choisit un pantalon, opta pour une chemise noire et commença à s'habiller devant le panneau de photos. Je suis sur chacune d'elles, remarqua-t-il avec un plaisir mal dissimulé. Tout en boutonnant sa chemise, il se remémora les Tarahumaras aux semelles de vent devant leur grotte noircie par la fumée, le chasseur nu croisé sur le sentier du sanctuaire des Ifugaos, sa joie à conduire, en le grattant avec ses orteils derrière les oreilles, ce bel éléphant indien. Et ce fameux match de foot où les gringos l'emportèrent trente à vingt-neuf contre les Indiens Colorados ! Sur cette photo en contre-jour, il partageait une pipe d'opium avec deux Karens, là c'était un chilum avec le sadou de Varanasi, là encore un tarpé avec l'ami Benjamin. L'envie de fumer le démangea soudain, il se hâta, enfila une chaussette en dansant sur une jambe, regarda de plus près cette photo un peu floue prise dans les llanos où il décampait fissa devant plusieurs caïmans sortant d'un trou d'eau. Sur celle-là, sa tête ébouriffée émergeait du hamac et affichait un sourire complètement idiot. Ah, là, au bord du Mékong, il se trouvait plutôt beau. Satisfait, il laça ses baskets. Tout en haut du panneau, leur devise en belles lettres roses : « carpe diem ». Près de la porte un petit portrait du Che portant l'inscription : « Ici, territoire libéré ». Clément sourit et sortit de la chambre en chantonnant « la mauvaise herbe » de Brassens.

– Tu veux nous mettre une musique ? lui cria Ludivine depuis la cuisine.

Il passa au salon. Une minette aux yeux bleus, l'y suivit, griffa au passage le cuir du vieux fauteuil club puis sauta sans vergogne sur la table basse et de là, le surveilla en agitant nerveusement sa queue en panache. Clément se pencha devant les colonnes de disques pour en faire l'inventaire : entre Miles Davis, Billy Holliday et James Cotton, il choisit ce dernier. La musique envahit l'espace. Il alluma avec soulagement une cigarette et fureta le long des étagères encombrées de livres. Il ouvrit un atlas, fit défiler les photos des îles du Pacifique, reposa le livre du bleu plein les yeux. Le sourire bienheureux d'un petit Ganesh l'attira. Il lui frotta le ventre, respira le parfum de santal qui s'en échappa et une foule d'images colorées l'assaillit. Emu, il continua son tour d'horizon, caressa le bois lisse du boomerang, sortit de son fourreau de cuir serti de turquoises et de corail le couteau népalais qu'il avait troqué contre son sac de couchage puis se saisit du sifflet brésilien, en fit sortir trois sons stridents et se revit à Salvador de Bahia, dansant sur le Pelourinho, avec Ludivine. Elle fit son entrée à ce moment-là, se déhanchant, un plateau dans la main. Elle posa les mojitos sur la table basse, chassa d'une petite tape la minette et vint tourbillonner autour de Clément :

– C'est chouette que tu sois là ce soir ! Tu sais que nous sommes le premier avril ?

– Ah c'est pour ça !...

Elle lui sourit, se laissa tomber dans un fauteuil :

– Ça fait tout juste deux ans que je suis ici ! Trinquons à la maison ! Et à toi bien sûr, se reprit-elle.

– À nous deux ! rectifia-t-il, en s'asseyant en face d'elle, avant d'ajouter : tu ne t'ennuies pas trop, toute seule dans ce coin perdu ?

– Je ne suis pas vraiment seule, répondit-elle avec un petit rictus malicieux... Et puis je suis très occupée, ajouta-t-elle. Tu sais, ce n'est pas évident d'organiser son temps quand aucune force extérieure n'intervient ! Ça demande un gros travail sur soi-même. Ça n'a pas l'air, mais je suis sans cesse en danger ! Des tas de pièges me guettent : la paresse, l'inertie, l'apathie... Si je m'y laisse prendre, aucun projet n'aboutit, la tristesse me gagne et je suis bonne pour la déprime ! Entre ordre et chaos, l'équilibre est très, très fragile...

Clément l'observa mi-amusé, mi-inquiet. Après tant d'années de bougeotte, il se demandait si l'immobilisme soudain de sa cousine était un rééquilibrage salutaire ou une forme de renoncement. Il opta pour les deux à la fois.

– Mais rassure-toi, je m'en sors plutôt bien. La vie est belle !

Clément avala un peu de rhum.

– J'avais cru, commença-t-il, du moins j'avais espéré que ton retour en France signifierait ton retour avec moi. Au lieu de ça, tu as mis 800 bornes entre nous et tu me laisses sans nouvelles pendant des mois ! Qu'est-ce qui ne va pas ? Qu'est-ce que je t'ai fait ? demanda-t-il en haussant le ton malgré lui.

Ludivine piqua une olive et la croqua en baissant le nez.

– Je veux comprendre, insista Clément.

Elle le dévisagea, se mordit la lèvre, finit par déclarer :

– Je ne veux plus te partager. Je préfère renoncer à toi.

Il la regarda éberlué. Ce n'est pas possible, se dit-il, elle triche, elle se dérobe.

– Tu te souviens de ce que tu m'as dit à seize ans ? « Je préfère te le dire tout de suite, je ne pourrais pas me contenter d'un seul homme. » Tu t'en souviens, n'est-ce pas ? J'étais un pauvre adolescent romantique, je l'ai reçu en pleine poire ! Mais je me suis rendu à ta raison : il faut bien que le corps exulte !

– Tu ne t'es pas fait prier, non plus...

– J'étais réfractaire à la morale, à la religion, au conformisme, la transgression était une pure jouissance et ça me plaisait énormément de fréquenter le septième ciel avec toi !...

– La luxueuse décadence, comme tu disais. « J'ai connu le paradis, se mit-elle à déclamer : ce n'était que culs, bites et seins ! De la chair, rose, brune, tendre à croquer. Des guiboles emmêlées, des mains tripoteuses, des langues enroulées ! Et tous ces parfums affriolants ! Ah !!! Le paradis, vous dis-je ! » C'était ta toute première pièce ! Tu as fait un tabac ! On était jeune, on

s'est bien éclaté. Aujourd'hui, je sais que la relation aux autres n'est rien comparée à ce que je ressens avec toi. La sincérité, la complicité, la confiance, tout cela n'existe qu'avec toi. Il n'y a que dans tes bras que je peux m'abandonner totalement. En fait, il n'y a que toi qui m'intéresses. Seulement voilà, je voudrais t'avoir pour moi toute seule et je sais que ce n'est pas possible, tu ne sais pas résister à la tentation.
– La meilleure façon de résister à la tentation, c'est d'y céder.
– Ce n'est même pas de toi.
– Non, d'Oscar Wilde. En une phrase courte, et drôle, il renverse toute la culture judéo-chrétienne. Tu ferais bien d'en faire autant ! Quand on est gaulée comme toi, on est faite pour l'amour ! S'en priver est un sacrilège !
Il avait haussé le ton. Les sourcils froncés, elle le regarda droit dans les yeux :
– Mais qui te dit que je m'en prive ?
Clément sentit le sang affluer à ses tempes.
– Tu voulais quoi ? Que je fasse vœu de chasteté, que je joue les Pénélope pendant que tu te pavanais au soleil ?
– Non, bien sûr que non...
– Tu as compté les jours, les semaines, les mois interminables pendant lesquels j'ai dû attendre que tu daignes me revenir ?
– Tu ne t'es jamais demandé pourquoi je partais ?
– Tu voulais voir le monde, voler de tes propres ailes.
– Ce n'était pas la seule raison.
– Tu voulais t'éloigner de tes parents.
– J'ai toujours été loin d'eux.
– Tu es instable, tout simplement.
– Trop simple justement.
– Alors quoi ?
– Je partais parce que tu ne me retenais pas.

– Tu n'as jamais supporté la moindre contrainte ! Dès que j'essayais de te retenir, tu faisais ta valise ! J'en étais même arrivé à ne plus te faire la moindre remarque de peur de te voir partir plus tôt ! Liberté, liberté, tu n'avais que ce mot-là à la bouche ! Ta chère liberté passait avant moi, voilà la vraie raison !

– Tu ne m'as jamais retenue.

– Arrête, tu ne me feras pas porter le chapeau.

– J'attendais juste un mot de toi. J'attendais que tu me dises je t'aime.

– Je n'ai cessé de te le dire depuis que je te connais !

– Pas comme ça.

– Et comment alors ?

– Comme si tu voulais construire quelque chose avec moi.

– Je ne te suis pas.

– À part des voyages, nous n'avons jamais eu de projets ensemble. Tu fais ta vie de ton côté, moi du mien. On se retrouve le temps d'un week-end, comme de bons amis d'enfance, mais c'est tout.

Elle le dévisagea. Ses yeux étaient humides.

– Et encore, nous avons toujours du mal à nous retrouver, ajouta-t-elle à voix basse.

– Comment ça ?

– Tu sais bien... Il y a une distance entre nous. Comme des reproches... ou des regrets.

– Oui. Je te reproche de vivre loin de moi.

– Je t'en veux de ne pas aimer que moi.

Ils s'observèrent en silence.

– Tu es jalouse, affirma Clément.

– Oui.

– Je croyais que tu trouvais fascinant le fait de vouloir s'approprier l'être aimé...

– Hem ! Faut croire que ta pièce n'était pas si caricaturale... Mais tu dois avoir faim ! dit-elle en se levant brusquement. Allons déguster ce bon petit confit de canard que je t'ai préparé avec amour !

Pendant le repas, Ludivine lui rebattit les oreilles de considérations politiques.
– La France devient une médiocrature ! Nous sommes en plein déclin ! affirmait-elle.
– Si ça devient trop craignos, je me casse ! lança-t-il.
– Quoi ? Tu laisserais tomber ton pays ?
– Je ne vois pas pourquoi je ramerais avec les autres dans cette galère ! Je connais la route de la plage, je me casse !
– Tu joues les cyniques mais je sais bien que la situation t'affecte autant que moi !
– Le cynisme est l'antidote de l'inacceptable et comme disait Desproges : « Je ne suis pas un artiste engagé, je suis un artiste dégagé ! »
– Tu ne penses qu'à ton cul.
– C'est faux, je pense aussi au tien !...
– Arrête, dit-elle sans humour. On peut risquer de perdre sa vie en s'engageant mais en choisissant l'inaction, c'est son âme que l'on risque de perdre ! Le vrai problème que pose l'État, c'est qu'il soit. La liberté ne s'allie à aucun pouvoir.
– Alors vive l'anarchie ! Et vive ton joli cul ! plaisanta-t-il en levant son verre.

La note joyeuse qu'émit le cristal entrechoqué sonna le glas des galimatias. Ludivine vida son verre cul sec, croisa les bras et regarda Clément en souriant. Son sourire... Lui seul est capable de me redonner le goût de vivre, se dit-il sous le charme.
– Tu es belle.

Elle baissa les yeux, faussement intimidée, les releva en louchant exagérément.
- Je crois que je suis un peu pompette ! avoua-t-elle en riant.
- Tant mieux, on va pouvoir parler !
Elle perdit son sourire et annonça de but en blanc :
- En fait, j'angoisse.
- Je me disais bien...
- Je me marginalise de plus en plus.
- Quelle chance ! Tu échappes aux codes en usage !
- La société n'aime pas ça, elle me met au rancart.
- Tu devrais t'en réjouir !
- Si on veut. Et puis : c'est mon choix, tu vas me dire. Mais des fois, j'ai un gros coup de blues et alors là, je n'assume plus du tout, mais alors plus du tout !
- Tu manques de philosophie.
- Je sais, c'est désespérant...
- Quand il n'y a plus d'espoir, rien ne sert de désespérer.
- Ce système me débecte, je n'ai aucune envie d'y participer ! Aucune envie de courir après le pognon, aucune envie de travailler plus pour gagner plus ! Je n'ai pas envie d'être un produit, encore moins un bon petit soldat aux ordres d'un patron qui fait passer la rentabilité avant l'humain. J'ai voyagé trop longtemps, je suis irrécupérable, in-insérable.
- Ça tombe bien, tu n'as visiblement aucune envie de t'insérer. Tu sais ce que disait Vacher ? : « Être anarchiste c'est avoir pris conscience de sa valeur. C'est s'être élevé au-dessus de la foule bête et lâche, c'est se sentir capable de vivre sans les lois mercantiles établies par elle. » Assume ma belle !
- Je ne sais pas si j'en suis capable... pas toute seule... La solitude me pèse... Aussi, je ne vois qu'égoïsme autour de moi ! Quand je suis avec quelqu'un, il arrive toujours un moment où je me dis : s'intéresse-t-il à moi ou à l'intérêt qu'il me porte ? Ma

réponse, c'est la fuite... signe de mon propre égoïsme ! Et je m'enferme encore plus. J'arrive même à haïr carrément ceux qui me privent de ma solitude sans pour autant me tenir compagnie... Mieux vaut être seul que mal accompagné, n'est-ce pas ? Je me coupe des autres et je finis convaincue que je n'ai pas mérité qu'on m'aime. Du coup, je m'aime encore moins... Clément, c'est terrible ce qui m'arrive : je deviens sauvage ! Je n'ai plus de plaisir à fréquenter mes semblables ! Je les trouve tous névrosés, inhibés, ennuyeux. J'ai tellement cru en l'humanité ! Maintenant que je connais les hommes, je n'aime plus que mes chats ! Je me demande bien comment tu fais pour supporter tous ces gens qui grouillent autour de toi !

– Leur compagnie me nourrit. J'en tire un grand profit. En fait, j'exploite les gens. Ça, c'est de l'égoïsme !

– Max Stirner disait qu'il valait mieux une société d'égoïstes qu'une société égoïste...

– Nous sommes tous réduits à l'affection des autres, c'est bien pour cela que nous sommes si dépendants ! Le monde est le théâtre où nous jouons notre vie, nous sommes en perpétuelle représentation. Notre ego nous étouffe et nous manquons tellement de lucidité que nous sommes incapables de déchiffrer notre monde intérieur. Du coup, on ne s'aime pas !... Pour éviter de me retrouver seul avec moi-même, moi je côtoie les autres.

– Tout le monde parle à la fois, personne n'écoute personne. Bla-bla-bla et bla-bla-bla ! fit-elle en imitant, menton en avant, l'Indien Nobody dans « Dead Man ». Ce qui se dit pourrait prêter à réfléchir, c'est fatigant ! C'est dangereux de se remettre en question ! Mieux vaut jeter des paroles en l'air ! Quitte à recomposer indéfiniment les mêmes phrases. Peu importe que les mots soient usés et n'aient plus de sens...

– Pourvu qu'ils rompent le silence insupportable qui nous met face à nous même.

– Mon problème, je crois, c'est que je suis trop intelligente pour croire en Dieu et pas assez pour croire en moi... Et puis merde ! Ni dieu ni maître !

Le feu aux joues, Ludivine avait levé le poing :

– Liberté ! Égalité ! Fraternité ! Si c'est pas un bon slogan ça ? ! Au lieu de vous lever tous pour Danette, bande de cons, vous feriez mieux de vous lever pour la République !!! Haaa ! À trop attendre il me vient des humeurs guerrières, des envies de soulever les toits, comme les Corses ! Boum ! Tu sais quoi ? Je rêve d'avoir un troisième œil, là, fait-elle le doigt sur le front, un rayon laser destructeur ! Pfuit ! D'un simple regard, tous les cons en poussière !

Clément pencha la tête, un sourire narquois aux lèvres :

– Nous sommes tous le con de quelqu'un, tu sais... Mais si j'ai bien compris, tu voudrais être Dieu ?

Ludivine bondit de sa chaise :

– Dieu est mort ! C'est le diable qui gouverne ! Et moi, je suis son serviteur, son Azazello ! déclara-t-elle avec force gesticulations.

– J'aime quand tu t'échauffes, ma Divine, dit-il en riant. Ta pommette s'empourpre comme une île au coucher du soleil, tu es encore plus belle !

– N'importe quoi ! déplora-t-elle en retombant sur sa chaise. Tu es bien le seul à trouver belle cette tache de vin qui me défigure.

– Elle ne te défigure pas, elle te singularise. Et je t'aime comme tu es. J'aime ce que tu es : une fille gentille... je n'ai pas dit niaise ! Tu es bonne, tu es généreuse, tu es tendre, tu n'as rien d'un suppôt de Satan ! N'essaie pas d'être méchante, ça ne te va pas. Tu es incapable de faire du mal à une mouche ! Laisse plutôt parler ta vraie nature.

– Ma vraie nature ?... Quand j'étais ado, je rêvais de paix et d'harmonie, je voulais que la vie soit amour et que tout le monde soit heureux ! Je croyais qu'il suffisait d'être gentille pour que les autres le soient. J'étais une idiote ! Et je te tyrannisais par mes faiblesses ! Tu ne supportais pas que je sois malheureuse, tu me protégeais, tu me couvais, tu voulais que la vie me glisse dessus sans m'atteindre, « que notre amour soit toujours vainqueur de la haine et de la bêtise » disais-tu... Si je perdais le sourire, tu te sentais responsable, comme si tu avais merdé quelque part et que ma tristesse était la conséquence de ton échec ! Mes blessures étaient les tiennes, tu souffrais de mes souffrances et si ça durait un peu trop, tu finissais par te fâcher, tu m'en voulais de ne plus être réceptive à la magie du prince charmant qui efface tous les problèmes d'un baiser ! Il était temps que je te délivre de tes chaînes et que je m'émancipe. Je me suis imposé une véritable cure de désintoxication, tu sais. J'ai appris à vivre sans toi... Je me suis forgé une carapace... On est plus fort quand on regarde sa solitude en face.

– Je ne te sens pas plus forte, ni ne vois de carapace. Je ne vois qu'une femme sensible, tourmentée, en désaccord avec elle-même...

Ludivine baissa les yeux et le laissa dire.

– Arrête de jouer la fière à bras, tu es une romantique, comme moi, on ne change pas et c'est tant mieux parce que nous sommes de la race des seigneurs !

Elle rit. Le regard lumineux et tendre de Clément la faisait fondre. Elle se leva de table, commença à débarrasser en tournant autour de lui. Il la saisit par la taille, la pressa contre lui. Ils se regardèrent au fond des yeux.

– Je n'aime que toi. Les autres n'ont pas d'importance, dit-il.

Elle sourit, se détacha de lui, alla chercher le dessert et attendit qu'il ait goûté sa tarte au citron pour lui dire :

— Mais je ne t'ai pas fait venir pour te parler de moi, rassure-toi ! J'ai quelque chose à te montrer. Passons aux choses sérieuses !

Elle s'éloigna à grands pas. Clément apprécia sa sortie théâtrale. Ses belles fesses rondes rebondissaient sous la jupe et l'envie le démangea soudain de les délivrer du tissu, d'y imprimer ses deux paumes, de les palper à pleines mains. Sentant son regard appuyé, elle se retourna avant de passer la porte, releva le menton et lui lança :

— Tu sais où est l'Armagnac. Sers-nous, je reviens !

La bouteille ventrue bien en main, Clément versa l'Armagnac, lentement, respectueusement. Puis, glissant ses doigts autour du pied, il porta le verre devant ses yeux, admira la couleur d'ambre, évacua les vapeurs d'alcool d'un petit tour de poignet, s'emplit les narines du parfum boisé et ferma les yeux. Depuis le salon, la trompette de Chet Baker vint couler suavement à ses oreilles. Il rouvrit les yeux, déposa les verres sur la petite table basse devant la cheminée, alluma une cigarette et alla ouvrir la fenêtre. L'air frais sentait bon. Dame Nature s'était parfumée au lilas et sur sa robe printanière ourlée de lune, scintillaient des perles de pluie. Clément fuma, pensif. La profondeur de la nuit et le grand silence le déroutaient un peu. Soudain, un cri perçant lui fit lever la tête. Perchée sur la pointe du pigeonnier, il découvrit une dame blanche qui le fixait de ses gros yeux jaunes avant de s'envoler à grands froissements d'ailes pour aller se perdre dans le bois en contrebas. Le silence revenu l'oppressa, son cœur se serra, il pensa à elle, à ce qu'elle lui avait dit : « Je préfère renoncer à toi ». La phrase assassine tournait et retournait dans sa tête. D'une méchante pichenette il envoya sa braise au loin et referma nerveusement la fenêtre.

Dans un renfoncement de la cheminée, sur un coussin rond, Tequila dormait, une patte blanche délicatement posée sous sa joue, un sourire de Bouddha sur les lèvres. Prenant soin de ne pas le déranger, Clément déposa une bûche dans l'âtre, le feu se mit à crépiter. Il lança des étincelles et fit lever la tête au grand chat roux qui bailla en montrant ses crocs pointus, tourna nonchalamment le flanc à la flamme et se rendormit aussitôt, le nez sous la patte.

– C'est du bon chêne bien sec hein ? Ça chauffe !

Ludivine, de retour dans la pièce, serrait une grosse enveloppe brune sur sa poitrine. Elle la déposa sur la table, s'assit face à la cheminée et offrit ses jambes nues à la chaleur du foyer. Puis, saisissant son verre, elle le fit tourner entre ses doigts, huma le parfum de l'Armagnac, regarda les larmes se former, but une petite gorgée et claqua de la langue avec satisfaction.

– Tu m'excites, heu je veux dire tu excites ma curiosité ! ironisa Clément. Qu'est-ce donc que cette enveloppe ?

– Assieds-toi et goûte-moi ça d'abord !

Il prit place dans le fauteuil en face d'elle et goûta à son tour.

– Hum ! Quel nectar !

– Cadeau d'un ami. Quarante ans de fût de chêne, c'est pas rien ! Vise un peu cette couleur, et ce parfum boisé... Magnifique !... Bon, dis-moi : te souviens-tu de grand-tante Praxède ?

Clément fronça les sourcils, vaguement interpellé par cette étrange résonance au fin fond de sa mémoire.

– Pourquoi poser la question ? Je sais bien que mon cousin Clément ne s'encombre d'aucun souvenir de famille !

– Excepté ceux qui te concernent. Je me souviens de toi, depuis toute petite.

– Alors tu devrais te souvenir de tante Praxède ! Une petite femme à la peau sombre, avec deux longues tresses grises enroulées sur la tête et une envie sur la pommette, comme moi... tu la remets ? Elle vivait en banlieue, dans un petit pavillon vieillot, avec un jardin...

— Qui sentait bon la rhubarbe...

— Ah, tu vois que tu t'en souviens !

— Il faisait très chaud, tu avais une petite salopette jaune...

— Je ne sais plus pourquoi on s'était retrouvé là...

— Tu devais avoir six ans, tout au plus...

— Sept ! Et tu n'arrêtais pas de tirer sur mes couettes !

— Je me souviens surtout que tu me tournais déjà autour !... Alors que j'étais bien plus vieux que toi.

— Tu parles, à peine un an !

— En tout cas c'est toi qui m'as cherché ! Tu as même été jusqu'à m'embrasser devant tout le monde !

— Hi hi ! Tu étais rouge comme une tomate ! Tu as toujours été timide, en fait... Bon, je disais donc : Tante Praxède, qui était une femme intelligente et perspicace, a tout de suite reconnu en moi la digne descendante de sa lignée ! Je ne l'ai jamais revue mais elle, elle m'a gardé dans un petit coin de son cœur et tu sais quoi ? Elle m'a fait son héritière !

— Ah ? Parce qu'elle est morte ? La pauvre...

— Ne fais pas l'affligé, tu l'avais complètement oublié ! Elle est morte la semaine dernière. Pendue dans son jardin.

— Décidément, le suicide est contagieux dans ta famille !

— Non, c'est la rébellion qui est contagieuse. Tante Praxède était une femme courageuse, et avant tout, une femme libre. Elle ne supportait plus d'être dépendante. Son voisin, qui était aussi son ami, est passé la voir, comme chaque soir... Elle avait laissé un mot sur la table, il m'en a envoyé une copie.

Elle sortit un papier de l'enveloppe et les yeux brillants :

— Écoute ça, dit-elle.

« *Mon cher Gaston. Je te demande pardon pour le chagrin et les ennuis que ma mort va te causer. Tu es depuis trente ans mon ami fidèle, je sais que tu me comprendras. L'autre jour, Madame Martin a fait piquer son chien (qui avait à peu près mon âge) pour lui éviter trop de souffrances. Le vétérinaire n'a posé aucune difficulté. Le chien est mort paisiblement dans ses bras. Mes souffrances valent moins que celles d'un chien, en tant qu'être humain je n'ai pas droit à l'euthanasie ! Je me vois donc dans l'obligation de recourir au suicide. Après mûre réflexion j'ai opté pour la pendaison car, bien qu'il me coûte de devoir te laisser une mauvaise image de moi (et de souiller ma belle robe), cette mort-là présente le grand avantage de tordre ma face en une ultime et éternelle grimace à l'adresse de tous les liberticides !* »

Tu vois le genre de femme ?... Je regrette de ne pas l'avoir mieux connue. C'est ce cher Gaston qui m'a fait parvenir l'héritage de tante Praxède : le voilà. Elle plongea à nouveau la main dans l'enveloppe et, d'un geste solennel, en sortit un grand carnet rouge, format livre de poche. Avec un air de malice qui embrasa ses prunelles et retroussa son nez, elle l'agita devant Clément :

– Tout est là-dedans ! Mais, d'abord lis ça !

Elle secoua l'enveloppe brune. Une lettre jaunie en tomba, elle la tendit à Clément qui lut :

« *Aubervilliers le 7 juin 1974. Ma très chère enfant. Comme je suis heureuse aujourd'hui ! Je viens de faire ta connaissance et tu es la plus jolie petite fille qui soit ! Tu es vive, drôle et volontaire, tu as le teint mat et la marque sur ta joue : tu es la digne descendante de ton ancêtre ! C'est donc tout naturellement à toi que reviendra ce document qui m'a été donné sur son lit de mort par mon père Jean Désorbais Lalvin et qui lui venait de son grand-père Jules Marie Lalvin, notre aïeul. Partage cette découverte avec ton cousin Clément, si par bonheur tu l'aimes encore à l'heure où tu me lis. Je te souhaite ma chère enfant, d'être heureuse, comme je le suis en ce beau jour de juin où je te rencontre enfin ! Je te souhaite surtout et avant tout de devenir une femme libre ! Bien à toi. Ta grand-tante, Praxède. »*

– Cette brave Praxède ! Il aura fallu qu'elle meure pour que je sache enfin que tu m'aimes !

Ludivine s'approcha de Clément, déposa un petit baiser sur sa joue et s'assit sur l'accoudoir de son fauteuil :

– Ça fait trois jours que je patiente, je ne voulais pas le lire sans toi. Ceci dit, je n'ai pas pu m'empêcher de le feuilleter, avoua-t-elle en ouvrant le carnet rouge. Le début date de 1877. Regarde ! Elle se pencha au-dessus de son épaule et lui mit la page sous le nez.

– La première partie du récit, écrite de cette belle plume fine et élégante, parfaitement lisible, même si quelques passages ont été effacés... normal, avec toutes ces distances parcourues autour du globe ! Et dans le temps !...

Retenant son souffle, elle caressa du doigt les lignes tracées à l'encre mauve délavée. Une de ses longues mèches noires, frétillant au rythme de son émotion, vint chatouiller le nez de Clément. N'y résistant pas, il la happa et la mordilla entre ses dents. Ludivine lui retira de la bouche et le toisa avant de déclarer pompeusement :

– Cette écriture magnifique, eh bien c'est celle de notre arrière, arrière grand père ! Jules Marie Lalvin !!!

Clément resta de marbre. Déçue, elle insista, des trémolos dans la voix :

– Tu te rends compte !

Il grimaça : pathétique ! Elle avait les yeux mouillés pour un aïeul inconnu, mort et enterré depuis des lustres. Elle était capable de s'émouvoir pour un squelette depuis longtemps réduit en poussière et de rester froide devant lui ! Et en plus, elle lui assenait l'irrévocable fatalité de leur parenté ! Il se sentit devenir mauvais :

— Les liens du sang m'ont toujours fait chier, la famille m'emmerde, je me fous royalement de mes ancêtres !

Ludivine se leva d'un bond. La tache de vin sur sa pommette, véritable baromètre de ses humeurs, vira au violet :

— Royalement ! Tu ne pouvais pas choisir pire adjectif ! Je te parle de notre ancêtre Communard !

Clément éclata de rire.

— Adorable cousine ! Toujours, tu me déroutes !

— Tu n'as aucun respect ! Aucun sens du devoir !

Il la dévisagea, éberlué.

— Et de quel devoir devrais-je donc avoir le sens ?

— Du devoir qui nous incombe, à toi comme à moi, les descendants de Jules Marie...

— Bigre, il t'est déjà familier ! ricana-t-il.

— Le devoir d'honorer la mémoire de notre illustre ancêtre !

— Le voilà illustre maintenant !

C'était plus fort que lui, Clément était jaloux. Tequila ouvrit un œil et lui jeta un regard circonspect, il se sentit idiot. Ludivine, elle, haussa les épaules et renchérit :

— Le devoir de défendre coûte que coûte la République et de sauver notre liberté en danger ! Le devoir de militer, de proclamer haut et fort nos idées, de combattre s'il le faut !

— Tu ne vas pas remettre ça !

— Si tu n'es pas intéressé par les histoires de famille, sois-le au moins par l'histoire de France !

— OK, OK, vas-y ! Lis-moi ce que raconte notre « illustre » ancêtre ! conclut-il énervé. Puis, faussement mielleux, il ajouta :

— Je suis toute ouïe ma Divine...

— Arrête ! Je n'aime pas que tu m'appelles comme ça, tu le sais très bien !

– N'aie pas peur, je ne pousserai pas l'adoration au-delà de l'idolâtrie !

Ludivine alla reprendre place dans son fauteuil et ouvrit le carnet rouge :
– Écoute ! dit-elle en lui jetant un dernier coup d'œil pour s'assurer qu'il était bien attentif, puis après s'être raclé la gorge, elle commença la lecture.

Le carnet rouge

Une journée de plus, pareille à toutes les autres, interminable et harassante, sous le soleil assassin.

Une journée de bagnard.

Nous étions trente forçats et nous revenions vers le fort de Ducos, lamentable cortège de pantins enchaînés, épuisés et affamés, d'hommes brisés.

Comme tous les soirs.

Aujourd'hui identique à hier, identique à demain.

Aucune échappatoire. Rien qui puisse apaiser ma colère.

Sur l'herbe du fossé, une tache rouge, insolite. Un livre !

Personne ne l'avait remarqué. Je fermais le rang avec mon pote l'Africain. Son imposante stature m'a soustrait à la vigilance du gaffe, je ne sais où j'ai trouvé cette énergie fulgurante pour le ramasser. Je le sentais maintenant contre mon ventre. Mon cœur battait aussi fort que si je venais de m'emparer des clés de la prison. Je serrai le cordon qui me tenait lieu de ceinture et remboîtai le pas.

Ce n'était plus une journée pareille aux autres. Il y avait cet événement, là, collé à ma peau par la sueur. Un livre ! Des mots, des idées, une histoire ! La pensée d'un homme, d'une femme peut-être ? Une rencontre inespérée. Retrouvailles avec mon intellect... J'écoutais mon cœur tambouriner dans ma poitrine. Après des années de silence, il battait à nouveau. Poum poum. Poum poum. Poum poum. Sensation délicieuse. Et douloureuse. Un vieux réveil qui se remet en marche, malgré la rouille. J'avais oublié qu'on pouvait s'émouvoir.

La porte venait de se refermer. La solitude ce soir-là avait des reflets d'or.

Je palpais mon trésor. J'allais me vautrer dans la lecture ! Enfin soulever mon âme si lourde ! L'élever vers la beauté, vers la littérature, la plus grande des luxures ! J'étais dans un tel état d'excitation que mes mains tremblaient et je ne parvenais pas à défaire le nœud de mon pantalon. Je trépignais, je salivais, je grognais d'envie ! L'envie ! Je n'avais pas connu ce sentiment depuis si longtemps ! Impatient, je tirai d'un coup sec sur le cordon, il céda. Je n'étais pas près d'avoir une autre ceinture. Dans un baiser goulu, mon ventre me restitua l'objet de mes désirs ressuscités, j'en caressais enfin la couverture de cuir. Elle était douce, douce comme la peau d'Albertine... Mes mains, devenues épaisses et calleuses, retrouveront-elles jamais la douceur d'une peau de femme ?... La couleur du cuir était moins vive que dans le fossé, elle me remémora la tache de vin sur ma joue. Le sang séché. Les plaies ouvertes.

Je tournais et retournais le livre, mes mains moites laissaient leurs empreintes sur le cuir, j'avais le trac. Qui allais-je rencontrer ? Quel penseur était enfermé là ? Quel génie allais-je libérer ? Précautionneusement, je l'ai ouvert à la première page. Curieusement, elle était blanche ; aucun mot n'y avait été imprimé, aucun titre, aucun auteur. Je sentis la sueur perler à mon front. Je tournai fébrilement la page suivante : elle était tout aussi blanche. Je fis défiler toutes les pages, revins en arrière, fermai et ouvris le livre : toutes les pages étaient blanches ! Vierges ! Pas un mot, pas un signe ! Personne.

Avec un râle de bête blessée, j'ai jeté le carnet contre le mur et me suis affalé.

J'ai chialé comme un môme.

Une journée de plus, pareille à toutes les autres, interminable et harassante, sous le soleil assassin. Je pioche. Je courbe l'échine. Je ravale ma colère. Je me courbe et je pioche.

Les jours succèdent aux jours, ils n'ont plus de nom.

Nous sommes en 1877, je suis à la Nouvelle depuis cinq ans. Qu'est-ce que le temps ? Un comptage mis au point par les hommes : « Tes jours sont comptés ! » A quand le dernier ?

Une journée de plus, identique à hier, identique à demain. Tout autour est la forêt, la vie grouillante et sauvage, tellement plus hospitalière que le bagne ! Plus loin est la mer. Parfois je l'entends. Quand le vent souffle et apporte dans son haleine des parfums iodés qui salent mes lèvres, j'entends et je sens la mer. Comme ce soir.

Jadis, je rêvais de voyage.

Il faut que je m'évade.

Ce matin, dans la cour du pénitencier, une plume a fini sa ronde dans l'air à mes pieds. Une plume bleue, fine et longue. Je l'ai ramassée, je l'ai tournée entre mes doigts puis serrée contre mon cœur ; un oiseau libre m'offrait le moyen de m'évader… Les pages vierges du carnet rouge attendaient ma propre histoire. J'allais partir à la rencontre de l'homme que j'avais été.

La porte de ma cellule s'est refermée. Je suis assis sur la terre battue, fraîche et douce sous mes pieds nus, le dos contre ma paillasse, le carnet sur les genoux. J'ai sorti de sa cachette dans le mur, le morceau de fer que je garde précieusement : je l'utilise comme lame.

Après avoir taillé en pointe la plume bleue, j'entaille mon bras gauche. Le sang coule, lentement. J'en humecte la pointe de ma plume, elle s'anime dans ma main, elle s'agite, impatiente de retrouver le grand air, l'horizon, la liberté.

Mon esprit s'évade, vole par-dessus les mers, je retourne à Paris, sept ans plus tôt.

Liberté

14 juillet 1870

« Liberté ! Égalité ! Fraternité ! »

Nous étions des centaines, toute une foule vibrante d'espoir, défilant dans les rues de Paris pour célébrer la prise de la Bastille. J'étais très excité en arrivant au déjeuner dominical.

Père fulminait : j'étais en retard ! Je ne me suis pas excusé, au contraire, comme à mon habitude, j'ai pris un malin plaisir à le provoquer. Après avoir vanté le courage des révolutionnaires, j'ai entonné l'Internationale. Père a bondi de son fauteuil, l'œil mauvais. Mère l'a retenu par la manche et tout en me faisant ses gros yeux suppliants, elle a proposé que nous passions à table. Pour elle, je me suis tu et mon père a ravalé sa colère.

Blaise Désorbais présidait à la grande table. Hortense, sa femme, était assise à sa droite, l'aîné à sa gauche, sa jeune épouse à ses côtés, puis ses six autres enfants, quatre filles et deux garçons dont moi, en face de lui.

Père se taisait. Nous en faisions tous autant. Seule Mère risquait quelques anecdotes légères, espérant détendre l'atmosphère. Je voyais sa peine creuser ses joues et voiler son regard clair. Rien ne pouvait la faire souffrir davantage que la mésentente des siens. Elle était prête à tous les sacrifices pour faire le bonheur de sa famille, elle nous aimait tous autant, elle adorait mon père, c'était une bonne femme, la plus généreuse qui soit. Je l'aimais profondément, la faire souffrir me répugnait ; mes querelles avec mon père lui causaient hélas les plus grands tourments.

Les quincailleries Désorbais étaient connues sur toute la place de Paris. Blaise avait fait fortune. À force de courbettes, il était entré dans la haute sphère de la bourgeoisie. Il ne jurait que par l'Empire !

Il aurait voulu pour moi une belle carrière militaire ; je venais de le décevoir cruellement en abandonnant l'école. L'idée de devenir un de ces petits capos ne sachant qu'aboyer et obéir m'horrifiait. Je ne supportais pas qu'on me prive de mon libre arbitre. Je ne tolérais ni Dieu ni maître !

Blaise était fervent catholique, j'étais athée. Il était monarchiste, j'étais républicain. Il était pour l'ordre, j'avais des velléités anarchistes. Nous étions sur les deux rives opposées d'un fleuve qui allait bientôt charrier tant de cadavres...

J'avais beau être en totale rébellion contre lui, ses regards sombres plein de reproches et d'amertume me bouleversaient. Il m'arrivait souvent de penser que le fossé qui nous séparait avait été creusé non pas seulement par nos dissensions mais par quelque drame, un secret que mon père cachait au fond de lui et se refusait à dévoiler. Ce voile, je le voyais depuis toujours dans ses yeux ; il m'empêchait de pénétrer son cœur, il me gardait à distance.

Assis à l'autre bout de la table, la carrure imposante de mon père me cachait le grand crucifix d'ivoire accroché au mur derrière lui. Je ne voyais que la tête du Christ maculée de sang, penchée douloureusement au-dessus de son crâne dégarni, comme pour y déposer un baiser contrit. J'avais horreur de cette vision, elle me coupait l'appétit.

– Que se passe-t-il Jules-Marie ? Tu n'as pas touché à ton assiette... Le gigot n'est-il pas à ton goût ?

– Si, Mère, il est excellent, comme toujours. La meilleure viande qu'on puisse trouver sur le marché n'est-ce pas ? Suffit d'y mettre le prix... D'ailleurs n'y a-t-il pas toujours sur cette table les meilleurs mets qui soient ? De la viande rouge, de la volaille, des œufs, du jambon ! Et je vous passe les pommes de terre, les salades et les fromages ! Le tout en abondance, comme il se doit dans une bonne maison chrétienne qui pue la suffisance !

– Jules !

– Pardon Mère, mais je le dis comme je le pense. Ne voyez-vous donc pas ce qui se passe dehors ? Quand vous allez faire votre marché avec votre servante et que votre panier déborde de victuailles, n'avez-vous jamais remarqué ces crève-la-faim qui vous tendent la main ?

– Je leur donne toujours une pièce !

– Et vous trouvez normal de faire bombance alors que tant de gens n'ont rien ? Où est la belle compassion chrétienne dont vous nous gargarisez depuis tout petit ? Il semblerait que votre Dieu fasse la sourde oreille aux prières des pauvres ! Je le soupçonne de n'être en fait qu'un bourgeois égoïste ! Ce qui est un pléonasme, je vous le concède !

Ma sœur Adélaïde étouffa un rire dans ses mains ; mon insolence l'amusait, elle me jetait des regards complices, elle était depuis toujours ma discrète alliée. Les autres, le nez dans leur assiette, un œil craintif sur leur père, faisaient des ronds avec leurs bouches pour montrer leur désapprobation.

– Mon enfant, je t'en supplie, cesse de blasphémer ! Reprends plutôt un peu de compote, je l'ai faite spécialement pour toi. Tu te souviens comme tu l'aimais quand tu étais petit ? Mon Dieu, quel gentil petit garçon tu étais ! poursuivit-elle en reniflant.

– Oh ! Mère ! Je vous en prie, taisez-vous !

– Adélaïde ! Tu n'as pas d'ordre à donner à ta mère ! Celui qui ferait bien de se taire ici, c'est Jules-Marie ! s'étrangla mon père.

– La vérité est toujours pénible à entendre...

– Parce que tu as la vérité toi ? Mon pauvre garçon ! Mais regarde-toi, tu ne vaux pas mieux que tes amis républicains ! Tous des ingrats qui crachent dans la soupe !

– Je ne crache pas dans la soupe, je la vomis ! Je hais toutes vos manières de bourgeois, vos mensonges, vos tromperies, toutes vos magouilles ! Gagner ! Gagner toujours plus ! À vous la grosse part du gâteau ! Au diable les gueux qui ne ramassent que les miettes ! C'est la loi du plus fort ! Du plus roublard !

– Insinuerais-tu que ton père est malhonnête ?

Mon frère Anatole intervint :

– C'est vrai, Jules, tu pousses le bouchon un peu loin...

Ils auraient tous bien voulu que je me taise mais j'étais trop jeune, trop fougueux, trop passionné. Le bon vin avait ranimé ma flamme, je me sentais l'âme d'un guerrier ! Je me souviens avoir pensé que c'était aujourd'hui ou jamais : je ne savais pas de quoi je parlais mais une intuition plus forte que la raison me poussait à provoquer encore mon père. Lui me toisait méchamment sous ses gros sourcils noirs froncés. Je le voyais pâlir de rage sous son Christ éploré.

– N'oublie pas que tu es issu de cette bourgeoisie que tu vomis ! Tu en profites bien, depuis ton berceau ! Tu en abuses même ! Tu passes ton temps à faire la fête avec tes amis mais le vin qui coule à flots dans vos verres, c'est avec mon argent que tu le paies ! Tes costumes taillés sur mesure, c'est mon argent qui te les offre ! Mon argent que tu prétends mépriser !

– Justement, ça ne peut plus durer ! Je ne supporte plus cette vie-là ! Je ne supporte plus l'injustice ! Je ne supporte plus votre arrogance de petit-bourgeois, votre mépris des autres, votre égoïsme monstrueux ! Je ne vous supporte plus ! Je ne supporte plus de vous ressembler !

Blaise se cramponna aux accoudoirs de son fauteuil. Ses mâchoires étaient crispées, son œil plus noir que jamais. Je continuai pourtant, poussé par une force irrésistible, suicidaire.

– Ces richesses, vous les accumulez grâce au travail des ouvriers ! Des ouvriers qui logent dans des taudis ! Qui ont à peine de quoi nourrir leur famille ! Avec le peu que vous leur donnez ! Vous n'êtes qu'un exploiteur du peuple ! Comme tous ceux de votre race ! Un exploiteur et un affameur !

– Jules-Marie tais-toi ! Tu es un ingrat ! Ton père a travaillé dur toute sa vie pour que nous ne manquions jamais de rien. Il a toujours voulu ton bien ! Il rêvait d'un grand destin pour toi !

– Ah ! Parlons-en de mon destin ! Père voulait faire de moi le sbire d'un empereur minable ! Ce Naboléon ! Ce castrateur de la pensée ! Ce bourreau de la République ! Plutôt crever !

Blaise se leva d'un bond. Il était livide. Ses mains tremblaient. Il me foudroya du regard et hurla :

– Tu es un traître ! Un homme à abattre ! Comme tous les républicains !!! Au poteau ! Douze balles dans la peau !!! Et qu'on n'en parle plus !!!...

Son visage avait viré à l'écarlate, de la salive moussait au coin de ses lèvres, je ne l'avais jamais vu aussi furieux. Un doigt raide pointé vers la porte, il poursuivit :

– Va-t'en ! Sors de ma maison ! Retourne à ton ruisseau, bâtard !

J'ai vacillé. Ma mère a gémi. Mes frères et sœurs, abasourdis, n'ont pas bronché. Je les ai tous regardés sans comprendre et je me suis enfui.

Je suis revenu le soir même.

Quand tout le monde fut couché, je suis entré dans la maison comme un voleur et c'est bien ce que j'étais : je venais voler le secret de mon père.

La cuisine était plongée dans le noir, ma mère m'attendait, assise sur une chaise devant la fenêtre ouverte sur le jardin. Elle portait la robe d'intérieur aux grands pavots rouges que j'aimais tant et avait ôté sa coiffe ; la longue natte brune tissée de fils d'argent reposait tristement sur son sein flétri. Elle avait les yeux rouges et un sourire douloureux sur les lèvres. Elle paraissait très lasse. Je la trouvai dramatiquement belle.

– Je savais que tu viendrais ce soir, me dit-elle.

Je suis tombé à ses genoux, j'ai enfoui ma tête dans ses jupons. Mère a caressé mes cheveux, doucement, comme elle faisait depuis toujours, avec cet air un peu distrait qui me la rendait si proche et cependant inaccessible.

J'ai relevé la tête et j'ai plongé mes yeux dans les siens :

– Pourquoi Père m'a-t-il traité de bâtard ?

Elle a détourné le regard. Des larmes coulaient sur ses joues tandis qu'elle cherchait dans la pénombre du jardin le courage qui lui manquait. D'une voix terne elle a commencé de raconter :

– C'était un joli matin de mai... Je m'étais levée plus tôt que de coutume. Tout le monde dormait encore, il faisait à peine jour... Je suis descendue. La porte donnant sur le jardin était restée ouverte et le vent frais du matin répandait dans la cuisine le parfum des lilas en fleurs. J'étais en train de verser le lait chaud dans mon bol quand j'ai entendu un drôle de gazouillis...

Elle a plongé ses yeux dans les miens, j'ai refusé de comprendre.

– Tu étais là, dans un joli panier d'osier. Tu agitais tes minuscules petites menottes. Tu étais tout rouge de colère, déjà... Ta mère s'appelait Marie Lalvin. C'était une gentille fille de cuisine, toujours de bonne humeur, certes impertinente mais tellement jolie, malgré sa tache de vin... Elle faisait une pâtisserie délicieuse... nous l'avons bien regrettée... Elle t'a enfanté et elle est partie en te laissant à nos bons soins. Ton frère Anatole avait tout juste neuf mois, j'avais du lait pour deux, je t'ai nourri de mon sein et personne n'a remis en question ma grande fertilité. Tu es devenu mon fils, tout naturellement... Quand Blaise est arrivé dans la cuisine, tu étais dans mes bras et tu tétais goulûment. Il t'a regardé sans rien dire, il a juste grogné, tu sais, comme lorsqu'il est devant une situation qui le dépasse. Je lui ai dit : nous avons un nouveau fils. Il a tourné les talons mais avant de passer la porte il a dit : « Nous l'appellerons Jules-Marie ». J'ai compris qu'il savait. Et aussi qu'il avait mal...

Je m'étais assis en face d'elle. Les mains croisées sur la table, je ne disais rien, j'avais la tête vide et pourtant très lourde. Je retenais mes émotions, j'évitais de respirer, j'attendais que ma mère poursuive son incroyable récit.

– Jules était le frère cadet de Blaise. Il était plus grand, plus beau que lui, plus brillant aussi : il menait une belle carrière au théâtre... Ton père le jalousait bien un peu mais surtout, il l'admirait. Jules avait passé l'été chez nous. Il faisait la pluie et le beau temps à la maison, toujours très élégant, irrésistiblement séduisant. J'avais bien remarqué qu'il s'attardait plus que de raison en cuisine... Ton père lui avait fait une scène un soir, alors qu'il me croyait déjà au lit. Je l'avais entendu lui dire : « Tu n'as pas le droit de me voler Marie. » Je n'avais pas voulu en entendre davantage, je croyais à une simple tocade... J'ai vu l'humeur de ton père s'assombrir au fur et à mesure que le ventre de Marie s'arrondissait mais à l'époque j'étais bien trop occupée pour y prêter attention. Je crois surtout que je ne voulais pas admettre qu'il était amoureux d'elle... Je ne crois pas qu'il m'ait jamais trompée, il était trop honnête pour se permettre une incartade... On n'a jamais su ce que Marie était devenue. Jules a continué à mener la grande vie sans se soucier des autres. Il est bien venu te voir une fois, tu avais tout juste six mois... Il est mort peu de temps après, le jour de Noël, en 51, un duel de trop avec un mari jaloux... Blaise s'est enfermé dans sa chambre pendant trois jours. Lorsqu'il en est ressorti enfin, il m'a dit : « Je vais à l'hôtel de ville reconnaître Jules-Marie. »   Ce jour-là, je l'ai aimé plus que jamais... Nous étions une famille unie et heureuse. Mais plus tu grandissais, plus tu ressemblais à Marie. Et plus tes amis républicains te mettaient des idées dans la tête, plus tu parlais comme Jules ! Ton père ne pouvait le supporter. Comprends-le : tout en toi lui rappelait de douloureux souvenirs ! Quand je vous entendais vous disputer tous les deux, je ne pouvais m'empêcher de maudire ce fameux été de 1850 qui avait blessé à jamais le cœur de ton père... Blaise aimait Marie. Et il aimait son frère, et toi aussi, à sa façon, en en voulant au monde entier...

Mère a laissé s'écouler de longues minutes, le regard perdu dans le jardin qu'un clair de lune révélait en ombres chinoises.

– Marie nous a fait cadeau de ta personne, je ne la remercierai jamais assez. Mon dernier, mon septième ! Tu portais le nombre de la chance, tu étais né le sept mai !

Elle souriait et me regardait avec une immense tendresse. Dieu que j'aimais cette mère !

Pourtant, je l'ai quittée, sans me retourner. Je ne l'ai jamais revue.

De ce jour jusqu'à maintenant, le monde n'a cessé de s'écrouler autour de moi. J'ai perdu ma famille, mon travail, ma liberté. J'ai perdu ma dignité, je ne sais plus qui je suis. Je ne suis plus personne, juste un numéro : matricule 3077. Le sept, porte-bonheur...

Le lendemain, 15 juillet, la guerre contre la Prusse était déclarée.

Pendant un temps, je vis Adélaïde au journal ; elle apportait toujours dans son panier, une brioche ou un pâté.

Évoquer les petits pâtés d'Adélaïde me fait saliver : je n'ai rien cacayé* de bon depuis ces merveilleux petits pâtés de septembre 1870… Ici, on a tout juste droit à un brichton* noir et du tafia ! Les fagzires* qui gagnent un peu de braise* peuvent parfois fourguer un morceau de poca* salé, une poignée de fayots ou de riz, un peu de perlot*, du caoua mais du sucre : jamais ! De la barbaque fraîche : jamais ! On est bien loin de la ration quotidienne déclarée par l'administration ! Où passe la nourriture des déportés si ce n'est dans le ventre des gardes-chiourmes qui s'évertuent à nous rendre la vie impossible ? !

Je m'interroge encore sur le mécanisme de ces gens-là qui font le mal gratuitement, qui poursuivent, dans la réalité de tous les jours, leur lutte intérieure. L'ennemi imaginaire a pris l'allure d'un pauvre diable : un forçat à leur merci. Ils cognent pour se croire invincibles. Toute cette haine, cette cruauté ne peuvent être que le reflet de leur propre haine de la vie. Et leur image odieuse les effraie tant qu'ils tabassent jusqu'à l'anéantissement.

Un poteau vient de faire les frais de leur barbarie. Il ne reverra jamais le pays.

Le malin m'a laissé assez d'existence pour souffrir, mais pas assez pour espérer.

Combien de fois me suis-je dit que la mort serait bien plus douce ?… C'est pour en finir avec cette torture quotidienne de l'enfermement, de l'humiliation et de la faim que je garde cette petite plaque de fer, mince comme une lame.

Elle a tinté un jour sous ma pioche. Je l'ai mise dans mon froc et l'ai cachée derrière une pierre, dans le mur de ma cellule. Je la sors parfois de son trou, je l'aiguise sur une pierre, je la polis, je la caresse en rêvant que j'ai le courage, que j'éprouve le tranchant de ma lame sur mon poignet, que je souris enfin en regardant la vie s'en aller goutte à goutte.

* : mangé ; pain ; forçats ; argent ; porc ; tabac

Je me contente d'une petite entaille pour ma plume.

Je n'ai pas fini d'écrire.

Je ne suis jamais retourné à la maison.

Pendant dix-neuf longues années on m'avait menti, on m'avait usurpé mon identité, on m'avait trahi, je ne pouvais le pardonner.

Je devais rompre avec le passé.

Je commençais par rejeter le confort bourgeois : des amis avaient bien proposé de m'héberger mais je choisis de dormir à la belle étoile, sur la butte Montmartre.

C'était l'été, malgré mon ventre creux, la vie de bohème me semblait alors pleine d'un charme exotique.

Le nez au ciel, je passais mes nuits à remonter le temps. Tous les petits détails imprimés dans ma mémoire d'enfant jaillissaient clairs comme de l'eau de roche. Avec aigreur, je m'expliquais enfin les regards méprisants de cet homme qui se disait mon père, son intransigeance, ses réserves à mon égard, les non-dits de sa femme, les maladresses de mes tantes. Je voyais partout les signes de ma différence, de ma bâtardise. Je n'avais pas compris alors, mais aujourd'hui je sais que l'on me regardait comme un étranger. Comment cela aurait-il pu être autrement ? Ils avaient en face d'eux mon visage marqué du rouge de l'infamie ! Je devais sans doute mon goût de la liberté à mon géniteur... Peut-être Marie Lalvin était-elle aussi une révolutionnaire ? Non, je ne voulais rien tenir de ces deux-là, l'un mort depuis longtemps, l'autre à jamais perdue. Rien que je puisse leur devoir.

J'aurais voulu effacer cette tache sur ma joue et gommer avec elle mes souvenirs. J'aurais voulu m'écorcher vif et quitter enfin cette peau de bourgeois qui m'asphyxiait ! J'aurais voulu me retrouver nu, pur comme au premier jour et ouvrir mes yeux sur une société nouvelle. Recommencer ma vie sur l'autre rive.

Je pensais parfois au suicide, souvent au meurtre. La guerre que menaient de jeunes gars comme moi aux confins de la Moselle, me renvoyait la violence de notre temps. Mais moi, je rêvais de crever du bourgeois !

Cet été 70 m'apprit beaucoup sur la condition humaine.

Une espèce de cour des miracles se retrouvait le soir sur la Butte. J'y côtoyais des malfrats, des ivrognes, des biffins, des artistes, des philosophes, des mendiants, des putains, des anarchistes. Des estropiés de l'âme. Des vies tristes à pleurer. Des drames, des misères incommensurables, qui rendaient indécent mon propre malheur.

Je taisais mon histoire. Je me faisais passer pour un écrivain public tout juste arrivé de province. J'avais honte de mes origines. Je venais d'un monde où l'intérêt avait toujours dicté la conduite des hommes ; ici je ne rencontrais que compassion, solidarité, fraternité. Quand les bourgeois hypocrites cultivaient le faux-semblant et refusaient un morceau de pain à un orphelin, les gueux, eux, ouvraient grand leurs bras et usaient d'un franc-parler qui allait droit au cœur ! Ce sont eux qui m'ont permis de relever la tête. Il était temps de reprendre le flambeau de nos aïeux, grand temps de ranimer la flamme républicaine ! Je décidais de porter ma tempête ailleurs, de dénoncer l'injustice et de faire basculer ce monde égoïste, rien de moins !

Pour ce faire, j'allais user de ma plume.

Un ancien camarade de classe me prêta trente francs. Je dégotais rue Le Prince une pension à vingt francs le mois que je payais tout de suite. Avec un petit lit de fer-blanc et une chaise, la matrone avait fait d'un placard en sous pente, une chambrette accueillante : le soleil y entrait par une vitre de toit qui, une fois ouverte, me permettait de tenir debout. Je voyais le grand ciel zébré de tuiles grises et hérissés de cheminées.

J'avais Paris à mes pieds !

Avec les dix francs qu'il me restait, je m'offris un plat de saucisses chaudes, deux verres de vin et fis repasser mon pantalon. Ma logeuse recousit mon paletot, j'étais présentable. Au petit matin suivant, j'allais frapper aux portes des journaux.

Tout le jour, je me suis frotté à la chaleur animale des machines ronflantes, j'ai taché mes doigts à l'encre fraîche des feuilles, je me suis enivré de l'odeur entêtante de résine. Les ouvriers, en manches de chemise et bonnet de papier gris, se lançaient des ordres comme des marins à bord d'un navire en détresse. Ils partageaient la même grande émotion au sortir du papier imprimé, se précipitaient, se bousculaient pour être le premier à lire le journal ! J'aimais ce monde-là, je voulais en être, mais chaque fois que je demandais un emploi, on me souriait et on me renvoyait poliment. J'avais passé la journée entière à essuyer des refus !

Le soir tombait, mes pieds me faisaient horriblement souffrir, j'étais épuisé, sans un sou et mon estomac criait famine. Rue Taranne, des parfums d'oignons frits me menèrent par le bout du nez jusqu'à la devanture d'une gargote éclairée.

J'étais là, à humer les bonnes odeurs de cuisine, quand un homme en manteau jaune, chapeau à la main, la barbe noire et le cheveu en bataille, s'arrêta à ma hauteur. Il me dévisagea, me sourit et dit :

– Tu me fais penser à un bachelier affamé que j'ai connu jadis. Que dirais-tu de partager mon dîner ? Ici la nappe est blanche, le vin généreux et la côtelette en sauce de la mère Petray, une merveille ! De plus, j'ai horreur d'être seule à table ! Entrons ! Je me présente : Jules Vallès.

J'avais trouvé mon mentor !

Le lendemain, je devenais journaliste et collaborais à La Rue.

Une semaine plus tard, je rencontrais Albertine.

On l'appelait « La Rouge », rapport à sa magnifique crinière rousse. Pas très grande, la taille fine, la cheville délicate, le port altier et une figure d'ivoire mangée par de grands yeux verts aussi limpides que des lacs de montagne ! Elle prit un petit air canaille quand elle me croisa et laissa glisser son châle vert sur son épaule nue. Au premier coup d'œil elle me plut.

Aussi orpheline que moi, Albertine travaillait comme petite main dans un atelier du quartier et habitait une mansarde rue Pigalle. Je m'arrangeais pour me trouver sur son chemin. J'avais le béguin et voyais bien à ses yeux doux qu'elle en pinçait pour moi. Je rêvais d'avoir des enfants avec elle, de fonder une famille, de devenir éditeur. Je rêvais de son corps, de sa petite poitrine prétentieuse, de ses hanches rondes, de ses fesses primesautières sous son jupon. Albertine me tournait la tête, j'étais Adam soumis à la tentation et je comptais bien croquer la pomme à pleines dents !

Pendant ce temps, sur la frontière est, l'armée française, mal préparée et manquant cruellement de chef comme de munitions ou de victuailles, se faisait battre à plate couture, quoiqu'en disent les communiqués officiels. Strasbourg venait de tomber entre les mains de l'ennemi.

Mais Naboléon était prisonnier et son empire à l'agonie !

Le 4 septembre, une mer humaine envahit la Concorde et une clameur portée par un grand vent d'espoir monta jusqu'au ciel : « Vive la République ! » et la République exista avant même d'être proclamée. La foule chantait la Marseillaise pendant que le gouvernement provisoire se constituait avec Ferry, Favre, Gambetta, Arago, Crémieux, Trochu, Garnier-Pagès, Glais-Bizoin, Pelletan, Picard, Simon et Rochefort, sortant tout juste de prison, le seul à porter l'écharpe rouge.

Le gouvernement jurait que jamais on ne se rendrait et la foule criait plus fort encore « Vive la République ! » Dès lors les délégués ouvriers créèrent dans chaque arrondissement un comité de vigilance et de défense. Chacun de ces comités républicains devait déléguer quatre membres pour former un Comité Central. Grâce à l'action des Internationalistes, le 13 septembre ce comité était en place et le 15, quarante-huit de ses membres, dont Monsieur Vallès, signaient l'affiche rouge qui fut placardée dans tout Paris. Cette affiche voulait :

- La suppression de la police d'État, remplacée par des magistrats nommés par les municipalités et aidés par des membres de la Garde Nationale.
- L'élection et la responsabilité de tous les fonctionnaires.
- La liberté de la presse, de réunion et d'association.
- La réquisition des marchandises et le rationnement pour résister au siège qui se prépare.

M. Hugo, enfin de retour après dix-huit années d'exil à Jersey, blanchi mais toujours vaillant, fut accueilli gare du Nord par une foule immense qui acclamait en lui le prophète. N'avait-il pas écrit déjà : «... Vous vous sentirez une pensée commune, des intérêts communs, une destinée commune ; vous vous embrasserez, vous vous reconnaîtrez fils du même sang et de la même race ; vous ne serez plus des peuplades ennemies, vous serez un peuple. » L'heure était enfin venue.

Je croisais souvent une curieuse institutrice vêtue de noir. Elle venait au journal pour nous livrer ses études sur les anormaux, fous ou idiots. Ses textes étaient très innovants et fort sages : « Je veux donner à ces déshérités des bribes de connaissance afin qu'ils puissent trouver leur place dans la société. Avec le magnétisme de l'amour et la force de la conscience, on peut très bien les guérir ! Il suffit d'imprimer dès l'enfance le besoin d'agir loyalement pour diminuer voire éteindre les maladies de l'esprit ! » affirmait Louise. Elle était aussi persuadée que l'on pouvait deviner le caractère d'un individu à partir de son physique.

– La phrénologie permettra d'éviter les crimes ! prédit-elle un jour devant moi. Comme je raillais son ingénuité, elle s'emporta :

– « Rêves de fou, comme la vapeur et l'électricité ! L'heure viendra... Ceux qui nous succéderont prendront ces rêves, comme on a pris ceux des alchimistes et des astrologues, pour faire la science de la vérité ! »

Louise m'impressionnait. Je m'arrangeais souvent pour sortir du journal en même temps qu'elle et l'accompagner jusqu'à la rue Oudot où elle avait son logement et son école. Je puisais en elle la force de poursuivre ma route. « Souffrir infiniment, c'est être infiniment fort, ne plus rien redouter, car, tout est fini, et verser sur les autres les joies qui ne peuvent être pour nous. » disait-elle en prenant mon bras. J'avais soif d'idées nouvelles, ses paroles me faisaient l'effet d'un grand vent frais venu du large. Elle bousculait mes idées reçues. Elle remettait en question les principes de mon éducation bourgeoise. Elle m'obligeait à faire peau neuve.

Assis sur une pierre en haut de la butte, fraternellement collés l'un à l'autre pour se tenir chaud, nous admirions Paris endormi à nos pieds et « des maisons qu'on aurait dit bâties de nuages tant l'ombre les rendait incertaines. »

Nous refaisions le monde sous le clair de lune. Je m'enflammais souvent. À grands effets de manches, je me proclamais grand ordonnateur et pointais un doigt vengeur sur la ville humiliée. J'imaginais une arme fatale qui réduisait en poussière les traîtres, les bourreaux et tous les affameurs du peuple ! J'étais le sauveur de l'humanité, j'instaurais un monde nouveau, sans loi ni argent, où chaque individu était libre de choisir sa vie ! Louise, retroussait son grand nez de sorcière et éclatait de rire. Je l'entends encore déclamer ces vers de sa composition :

« Il allait, les cheveux au vent, l'âme dans les nuées, il allait aspirant à plein cœur, l'air, la vie, l'amour ! »

Elle est là, quelque part sur cette maudite île. Je pense souvent à elle. Puisse-t-elle bien se porter !

Le 19 septembre, les Prussiens étaient aux portes de Paris et nous prenaient dans leurs tenailles.

Peu importe, le drapeau rouge flottait sur les toits ! Pas seulement à Paris mais aussi en Province : à Marseille, à Toulouse, à Lyon ! Les nouvelles des villes insurgées nous parvenaient, malgré la présence prussienne et grâce à la boule de Moulins : pour déjouer le siège, la poste de Moulins qui centralisait le courrier pour Paris, avait eu l'idée d'utiliser la voie fluviale. Un jour que je passais par les quais, je vis des hommes remonter dans leur filet une de ces drôles de machines : elle était en zinc, ronde et toute hérissée de douze ailettes, pareilles à des nageoires qui, entraînées par le courant, lui permettaient de rouler au fond de l'eau. Elle contenait près de sept cents lettres ! Il arriva bien qu'on perde leurs traces et que certaines de ces ingénieuses machines restent coincées quelque part au fond de la Seine mais grâce à elles, Paris ne fut jamais coupé du reste de la France.

Tandis que le gouvernement continuait de jurer haut et fort qu'on ne se rendrait jamais, le peuple parisien, lui, se disait prêt à offrir sa vie pour la République. L'heure était héroïque, la révolte dans tous les cœurs ! On pensait qu'avec la République on aurait la victoire et la liberté, que le sombre passé serait fini, que nous serions à l'aurore d'un siècle géant. Mais ceux qu'on avait vus, honnêtes et vaillants, embrasser le peuple au 4 septembre, furent bientôt pris d'épouvante de cette nouvelle révolution : ils refusèrent d'armer le peuple pour sa défense. Les rouages de l'administration, la même que sous l'Empire, les enlisèrent sans tarder et bien qu'on lui eût changé de nom, ce gouvernement ressemblait en tout point à celui qu'on avait renversé, tant le pouvoir gâte même le cœur des vaillants !

Dès le quinze septembre, en vieux visionnaire qu'il était, Blanqui écrivait dans son journal « La Patrie en danger » :

« Le doute envahit les âmes. Le cœur se serre au soupçon d'un immense mensonge. On sent une lutte sourde entre deux courants, celui du dévouement et celui de l'égoïsme. Qui l'emportera, l'enthousiasme des masses ou la ruse du petit nombre ? »

En ces jours de trouble, « La Rue » se vendait bien et Monsieur Vallès put m'offrir dix sous la semaine. J'avais de quoi louer une petite chambre bien éclairée, rue Berthe. Fin octobre, je m'installai avec Albertine.

Ma belle Rouge avait des doigts de fée. Le tailleur juif au coin de la rue, lui confia la confection de boutonnières. Elle cousait jusqu'au soir, assise devant la fenêtre ou près du fourneau (trop souvent froid) et gagnait presque autant que moi ; nous arrivions à becqueter deux fois par jour ! Du moins au début du siège.

Ceux qui s'étaient sauvés dès l'arrivée des Prussiens, eux n'eurent jamais faim. On les appelait les francs fileurs. Les Désorbais en étaient. Adélaïde en pleurs était venue me gaver de pâtés avant de partir avec tous les autres se réfugier à Gennevilliers, chez l'aînée du clan, cette vieille pie d'Hermelinde. La honte et le ressentiment me poussèrent à renier définitivement ma famille. Je changeais de nom et adoptais celui de cette femme qui m'avait mis au monde pour m'abandonner. Je pensais tenir là ma vengeance, il me semblait alors qu'en lui volant son nom, j'allais l'obliger à se souvenir de moi ! Le mystère dont le gouvernement entourait les nouvelles des défaites successives, les mensonges qu'il inventait pour masquer la terrible vérité et ne pas avouer qu'en secret on se rendait, lui firent perdre définitivement la confiance du peuple. On dénonça la trahison, des affiches placardées dans toute la ville annoncèrent clairement :

> Pas d'armistice
> La Commune
> Résistance à mort
> Vive la République !

Et, comme elle avait crié le 4 septembre « Vive la République », la foule amassée devant l'Hôtel de Ville le 31 octobre cria : « Vive la Commune ! »

Dans son bureau de gouverneur de Paris, Trochu s'entêtait à expliquer qu'il était avantageux pour la France d'abandonner les places prises par les Prussiens quand on lui remit un papier qui le fit pâlir ; en trois mots, le peuple exprimait sa volonté : la déchéance du gouvernement.

Les gardes nationaux occupaient la place ; tout le jour il y eut remue-ménage dans les couloirs et les souterrains de l'Hôtel de Ville. Le soir même, circulait le décret de convocation pour le lendemain afin de constituer la Commune.

J'allais quitter la place et m'en retourner chez moi, gonflé de fierté et d'espérance quand un homme, portant un baluchon sur l'épaule, marmonna entre ses dents : « Il eut mieux valu une Commune nommée par le peuple. » Ses mots me firent blêmir, je sentis un courant froid descendre sur moi et la perfidie de la manœuvre me sauta aux yeux : une fois de plus le gouvernement mentait !

Le lendemain, nous apprenions que Blanqui, Flourens, Ranvier, Eudes et bien d'autres, tous ceux que la foule avait portés, avaient été faits prisonniers ! Dans la précipitation, on avait raflé par mégarde de pauvres gens qui apprirent à l'occasion pourquoi on faisait la révolution et qui du coup se rallièrent à notre cause !

L'Empire revenait. Avait-il jamais disparu ? La France sera-t-elle un jour débarrassée de ses parasites ? Verrons-nous un jour des gouvernants au service du peuple, ce pour quoi ils sont élus ? Est-ce pure utopie que d'espérer qu'ils ne nous trahissent pas une fois au pouvoir ? La corruption serait-elle inhérente à la race humaine ? À l'époque, (je n'avais pas vingt ans), j'avais la chance de côtoyer des âmes nobles comme Louise Michel, Jules Vallès, Rochefort, Varlin, Dombrovski ou Rouiller ; j'avais encore foi en l'Homme. Nous étions tous les enfants de la Révolution, moins de cent ans après, la pensée sociale qui avait germé et mûri, portait ses fruits en chacun d'entre nous, le temps de la récolte était venu. Du moins je le croyais.

Pour justifier ces arrestations arbitraires, le gouvernement faisait courir les pires calomnies sur les « malfaiteurs » du 31 octobre. Les prisons continuaient de se remplir et le peuple redoutait, par-dessus tout, les généraux plus prestes à menacer la foule qu'à bouter les Prussiens hors de France.

Les lois n'avaient pas changé, pire, elles aggravaient les peines, renforçaient la répression, amplifiaient le terrorisme d'état. Devant tant d'injustice, la colère du peuple déçu ne pouvait qu'augmenter.

« Attention, menaçait Louise, le recul des flots rend plus terribles les tempêtes » !

Fut-il impressionné par la menace ou était-ce une nouvelle fourberie pour amadouer la population ? Toujours est-il que le gouvernement tint ses promesses et procéda à des élections municipales. La plupart de ceux qui avaient été arrêtés le 31 furent élus dans les diverses mairies de Paris, certains même alors qu'ils étaient encore en prison ! (Ranvier et Flourens.) Dans les quartiers populaires, comme Montmartre et Belleville où la meneuse était la Liberté, les habitants devinrent les épouvantails des gens de l'ordre.

Cette année-là, l'hiver fut particulièrement froid.

Les assiégeants prussiens, qui tiraient régulièrement du canon sur les remparts, empêchaient toute sortie vers les faubourgs pour se ravitailler, nous étions prisonniers en nos murs et il devint de plus en plus difficile de se procurer un fricot en ville. Peu à peu les chiens et les chats désertèrent les rues ; on les vit pendre, écorchés vifs, à l'étal des bouchers. Les rats ne tardèrent pas à les y rejoindre. Quand il n'y eut plus rien à se mettre sous la dent, la faim et le froid frappèrent les plus pauvres. Dans les rues glacées de cet effroyable hiver, la liberté portait le masque de la mort.

Le tailleur qui employait Albertine avait fermé boutique et fui on ne sait où. Plus les denrées se raréfiaient, plus les prix augmentaient ; mon maigre salaire, fluctuant selon les déboires de M. Vallès, était insuffisant pour nous deux, on ne mangeait plus tous les jours et nous avions beau brûler tout ce qui nous tombait sous la main, le poêle restait froid trop souvent. À force de misère, Albertine devenait méchante. Elle me faisait des scènes pour un rien. Nous n'arrivions même plus à nous réconcilier au lit ! Amer, je regardais impuissant notre idylle s'effilocher.

Fin novembre, elle m'annonça, en larmes, qu'elle était enceinte :

– Je ne veux pas de cet enfant ! C'est trop tôt ! Comment le nourrir avec toute cette misère ! On crève déjà de faim ! Et puis qui va s'en occuper ? Certainement pas toi, t'es jamais à la maison ! Ça t'es bien égal ce qui m'arrive ! Pour sûr, ce marmot, vaudrait mieux pas qu'il naisse...

Je n'ai pas su retenir ma main, la gifle fut violente. Je la regrette encore mais son aveu me rappelait par trop ma triste vérité.
– Moi, je le veux cet enfant ! Et peu m'importe que nous soyons en guerre, que la famine sévisse ou que nous n'ayons pas vingt ans, je le veux coûte que coûte ! Pas question d'avorter !

Je sais aujourd'hui que je voulais cet enfant pour me venger de ma mère qui m'avait abandonné, pour me venger de ce père qui ne m'avait pas reconnu, je le voulais pour réparer tout le mal qu'on m'avait fait, je le voulais pour me reconstruire à travers lui ! Et en parfait égoïste, je n'entendais aucune des objections d'Albertine.

Je me mis à regarder avec émerveillement son ventre grossir, persuadé que mon enfant naîtrait dans un pays de liberté. Pour qu'il se souvienne du triomphe de la République, je lui donnerai le nom de Victor ! Ou mieux encore si c'était une fille, je l'appellerai Victoire ! J'allais être père et je jubilais ; quoiqu'en pense Albertine, j'avais un bel avenir devant moi. Bien décidé à me battre pour mon enfant, je me jetais à fond dans le journalisme. J'étais partout à la fois : dans les ateliers, auprès des ouvriers, chez les gardes nationaux, au Comité Central, dans la rue surtout. Je recueillais des témoignages pour mes articles, ma plume, animée d'un souffle nouveau, s'enflammait ; j'exaltais l'esprit révolutionnaire, j'attisais la soif de liberté, de justice sociale et haranguais le peuple qui, n'ayant plus grand-chose à perdre, se montrait plus déterminé que jamais.

Je fréquentais assidûment les clubs rouges ; on y débattait librement, hommes et femmes unis, égaux. Louise Michel animait celui de la Révolution dont les séances se tenaient à l'église St. Bernard de la Chapelle, dans le dix-huitième arrondissement. Ce soir-là, elle m'avait emmené dans le troisième, au club des femmes de l'église St. Nicolas des Champs. Le débat, qui avait porté sur l'union libre et m'avait époustouflé par sa modernité (le petit peuple revendiquait enfin son droit au bonheur !), s'était prolongé plus que de coutume. Nous avions beau taper du pied pour nous réchauffer, nos bouches exhalaient des vapeurs givrantes. Le froid, la fatigue et la faim qui congestionnaient nos esprits finirent par tarir les discussions. Nous nous apprêtions à prendre congé lorsqu'une femme au visage fripé, monta sur une chaise. Elle prit la parole. Sa voix, si pointue qu'elle semblait sur le point de se briser, griffa les tympans de l'auditoire comme l'écho insupportable d'une trop grande souffrance.

– Ma fille Mathilde n'avait que quinze ans. Elle avait de grands yeux bleus innocents, des cheveux bouclés, blonds comme les blés. Son rire clair faisait ma joie... Un jour, un jeune homme de bonne famille l'a remarquée. Il était bien mis de sa personne, courtois, charmant. Il lui a fait poliment sa cour. Puis un soir, il s'est montré plus empressé. Il l'a invitée dans un beau restaurant, lui a fait boire du bon vin, lui a promis le mariage, la belle vie. Mathilde s'est laissée séduire, elle ne l'a plus jamais revu !... Elle était désespérée, sans le sou... Quand l'enfant est né, elle l'a jeté à la Seine... Maintenant elle est au bagne.

La vieille descendit péniblement de sa chaise, un grand silence se fit. Puis une femme leva le poing et cria :

– Nous devons sauver nos filles ! Les femmes doivent être libres de leur corps ! Je dis que l'avortement doit être permis !!!

Les quelques huées scandalisées qui s'ensuivirent firent enrager Louise. Elle grimpa à son tour sur une chaise :

— Citoyennes, ne soyons pas nos pires ennemies ! Cessons de perpétuer les préjugés des hommes ! Nous devons nous libérer du poids des siècles, nous devons défendre toutes ensemble nos droits, à l'égal des hommes !

Réchauffés par la vindicte, on oublia le froid, la fatigue et les discussions repartirent de plus belle. Louise satisfaite me souffla à l'oreille :

— L'important est d'éveiller les consciences ! Puis en riant, elle ajouta : moi, je n'ai jamais voulu être le potage de l'homme !

Ce soir-là, mes convictions se brisèrent en mille morceaux. Tout était à revoir, tout était à repenser ! Je revins auprès d'Albertine, honteux et bourré de bonnes intentions.

Le 1er décembre, alors qu'elle participait activement à une grande manifestation de femmes réclamant qu'on chasse le prussien, qu'on rétablisse la paix et la liberté et qu'on approvisionne Paris, Louise fut arrêtée. On la retint deux jours au poste. À sa sortie, je l'attendais. Elle voulut que je l'accompagne chez son ami, le poète Théophile Ferré.

Nous marchions côte à côte, sur le boulevard. Louise me racontait les événements de ces deux derniers jours avec force gesticulations, elle ne vit pas arriver le bourgeois et se heurta à lui. L'air pincé, il la toisa de haut, exigeant des excuses. Louise, les mains sur les hanches, l'invectiva :

— Tu peux pas faire attention espèce de gros ventru ! Décidément, vous autres bourgeois vous êtes aussi encombrants que nocifs !

L'homme, rouge de colère, leva sa canne pour en menacer Louise.

— Tu crois me faire peur, mon gros ? Tu veux peut-être m'apprendre le respect, à coups de bâton, c'est ça ? Hein ? Y a que ça qu'ils comprennent ces sales gueux ! Dis le qu'c'est ça qu'tu penses ! Allez, dis-le mon gros !

Comme l'homme, proche de l'apoplexie, avait perdu l'usage de la parole, Louise poursuivit en pointant son index sur le ventre du bourgeois :

– Mais non, t'as pas le cran, c'est bien trop mou là-dedans ! Trop de chou gras !

Elle lui arracha la canne des mains et la planta dans un monticule de crottin de cheval puant qui fumait au bord du trottoir :

– Voilà ce que j'en fais moi de ton bâton merdeux !

J'ai éclaté de rire et déguerpi à ses trousses. L'homme, retrouvant enfin l'usage de la parole hurla et menaça mais nous étions déjà loin. Au coin de la rue suivante, on a dû s'arrêter pour reprendre notre souffle tant on riait !

Louise était ainsi, grave et facétieuse, audacieuse et tendre, impitoyable et généreuse à la fois. Jamais elle ne se laissa abattre, toujours elle garda la tête haute. D'une détermination inébranlable, n'épargnant pas ses efforts, elle mena la lutte jusqu'au bout.

La situation allait de mal en pis. La faim et le gel tuaient sans compter, les arrestations se multipliaient, les clubs rouges fermaient les uns après les autres, de nombreux journaux étaient suspendus, les feuilles socialistes comme « La Rue », carrément biffées et Thiers et Valoy plus que jamais acharnés à river définitivement le clou à l'opposition.

De son côté, estimant sans doute qu'il était temps de passer outre la volonté de résistance du plus grand nombre, le haut commandement prussien décidait le bombardement de Paris. Le 5 janvier le canon tonna tout le jour. Ce fut un horrible désastre ! Une journée d'apocalypse. Le commencement du grand carnage.

Albertine et moi avions tremblé dans les bras l'un de l'autre tout le temps que dura le bombardement. Nos baisers, plein d'une fougueuse frayeur, nous entraînèrent au plus profond de l'oubli.

Quand enfin le canon se tut, nous avons sauté de joie : nous étions sains et saufs, aucun boulet n'avait atteint notre logement, la rue Berthe avait été miraculeusement épargnée ! (Le choc de la canonnade avait juste cassé quelques carreaux que j'ai vite remplacés par les feuilles de la Rue). Nous avions eu beaucoup de chance, beaucoup furent blessés, les morts se comptèrent par centaines.

Les femmes s'improvisèrent infirmières ou ambulancières et firent preuve d'un courage sans faille, d'un dévouement sans borne. Mais les hôpitaux regorgeaient de blessés, on ne savait plus où les mettre et la mort empestait l'air glacé.

Pourtant, Paris releva la tête.

On apprit par un courrier parvenu grâce à la boule de Moulins que Gambetta, qui s'était échappé de Paris en ballon le 2 octobre, venait d'étouffer les communes de Lyon et de Marseille. La terrible nouvelle ne fit que renforcer notre détermination et notre courage.

Au cours de l'après-midi du 21 janvier, une petite troupe, composée de membres du groupe blanquiste, rusa si habilement et avec tant d'audace qu'elle réussit à pénétrer dans la prison de Mazas et à libérer le grand chef Flourens ! Le même soir, tous les membres des comités et des clubs rassemblés à la Reine-Blanche votèrent la mise en demeure du gouvernement. Il fut convenu que les gardes nationaux se trouveraient le lendemain à midi place de l'Hôtel de Ville. Les femmes déclarèrent alors qu'elles les accompagneraient pour les soutenir et, par la même occasion, protester contre le dernier rationnement du pain.

Le 22 janvier apparaissait pour tous comme un grand jour d'espoir. Il tourna funestement au drame.

Quand Vallès arriva au journal ce soir-là, sa vareuse était déchirée, tachée de sang et ses yeux encore brûlants de la folle épouvante à laquelle il venait d'assister :

– Toute la place encerclée ! En plein jour ! Les traîtres, les infâmes !!! Les gardes nationaux sont arrivés devant l'Hôtel de Ville, Sapia et Rigault en tête. Ils avaient tous la baïonnette au fourreau ! Pourtant, derrière toutes les façades, les soldats qui étaient embusqués n'ont pas hésité un instant ! Les coups de feu venaient de partout ! Les gardes ne pouvaient pas riposter, ils n'avaient pas de munitions ! Feux croisés sur la foule ! Pas de quartier ! Ignobles assassins !!! Hommes, femmes, enfants ! Les uns après les autres, ils tombent sous les balles ! Devant moi, un enfant d'à peine dix ans ! Un trou en plein cœur ! Il n'a même pas crié. Il a mis sa main sur sa poitrine, l'air surpris et il s'est affalé, replié sur lui-même, à peine né, déjà mort... Je me suis caché derrière un candélabre ; il était tout éclaboussé de cervelle ! Un vieux gisait, tête fracassée à son pied... De loin, je vois un homme qui roule sur le ventre, il tente de gagner un coin plus sûr. Soudain il se fige... À son flanc, grossit une tache écarlate comme à la bonde d'un tonneau... Ah les monstres ! Les criminels !!! Mes amis, c'est le gouvernement qui nous assassine !

Le gouvernement s'empressa de déclarer qu'« à la suite d'excitations criminelles » il interdisait les clubs ! Il fit placarder dans tout Paris une affiche honteusement mensongère qui sema la consternation dans les cœurs : « Quelques gardes factieux... ont tenté de prendre l'Hôtel de Ville, tiré sur les officiers et blessé grièvement un adjudant-major..., la troupe a riposté, l'Hôtel de Ville a été fusillé des fenêtres des maisons qui lui font face... d'avance occupées... on a lancé sur nous des bombes et tiré des balles explosives ; l'agression a été la plus lâche et la plus odieuse... » C'était signé : Général Trochu, Jules Favre, Emmanuel Arago, Jules Ferry.

Nos élus nous apportaient la preuve évidente de leur incroyable duplicité et de leur manque total d'impératif moral ! Démagogie, mensonges outranciers, provocation, répression étaient devenus leurs armes favorites. Leur pouvoir menacé, ils n'avaient pas hésité à tirer sur ce peuple qui leur avait offert leur fauteuil !

« Il entre dans les vues du sanglant Tom-Pouce* qui tient entre ses mains les forces organisées de la France de consommer la scission entre Paris et les départements, de faire la paix à tout prix, de décapitaliser Paris révolutionnaire, d'écraser les revendications ouvrières, de rétablir une monarchie, nul crime ne lui coûtant. » écrivit Rochefort dans le Mot d'ordre.

« Tant que durera le bombardement de Paris, on aura l'espoir d'une lutte suprême » se consola Louise.

Mais le bombardement cessa. Le canon se tut le 28 janvier, Thiers avait capitulé !

Nous, peuple de Paris, nous avions résisté aux Prussiens, nous avions surmonté la peur, supporté le froid, la famine, toutes les calamités à la fois, jamais nous n'avions renoncé ! Toujours debout, nous avions souffert pour la République, donné nos vies pour la Liberté ! Et voilà que ceux-là mêmes que nous avions élus nous trahissaient ! Nous livraient à l'ennemi ! Honte à jamais sur eux ! Ils ont déshonoré la France.

Encore et toujours berné le peuple meurtri, affamé, était broyé.

Louise ne s'avoua jamais vaincu. Le jour où je l'ai entendu glisser à l'oreille de Ferré : « Si la révolte ne peut vaincre, il nous reste la ressource de mourir ! », l'effroi se mêla à l'admiration que j'avais pour elle.

* surnom donné à Adolphe Thiers

Nous allions droit à la guerre civile. C'était inévitable. Le peuple ne pouvait pas compter sur les élus pour servir sa cause, il ne lui restait plus qu'à prendre son destin en main. La rage d'être libre devint son seul moteur.

Rage et désespoir me laminaient de l'intérieur. Un soir au journal, je me confiais à M. Vallès :

– D'où viennent ces éternelles défaites, Monsieur Jules ? Quel est le remède ? Où est le chemin ?

– « Le remède, répondit-il, c'est la franchise, mon gars. Le chemin, c'est celui où ne passera que quiconque aura écrit Révolution sociale sur son drapeau. Ce n'est pas tout d'être républicain, pas assez d'être jacobin, sois socialiste, il le faut ! »

Trochu avait juré mordicus que le gouverneur de Paris ne capitulerait pas ; il dut démissionner afin de paraître tenir sa parole. Ce fut un complice de « Napoléon le Petit » qui le remplaça : le général Vinoy.

En février, Paris, comme toute la France, prépara ses listes de candidats : elles allaient du républicain à l'internationaliste mais le nom de Blanqui faisant bien trop peur, il fut proscrit des listes dites des quatre comités.

Thiers mena sa campagne en province ; il sut très bien flatter les lâchetés et n'hésita pas à tricher : ses voix, au nombre de 61 000 la veille des élections, passèrent miraculeusement à 103 000 le lendemain ! Il lui fut facile ainsi d'être élu dans vingt-trois départements. Le suffrage universel était moins universel que jamais !

La nouvelle Assemblée élue était en majorité monarchiste ; sa hantise du patriotisme révolutionnaire l'amena jusqu'à se prétendre pacifiste ! Ce ramassis de provinciaux choisis pour leur incompétence face au génie de Paris et à sa volonté de progrès social, se réunit à Bordeaux et nomma Thiers chef du pouvoir exécutif. Le « nabot à tête de perroquet » avait bien mené son

jeu de dupe. Les conditions de l'armistice accordées par les Prussiens étaient :
- La cession de l'Alsace et d'une partie de la Lorraine avec Metz.
- Le paiement, en trois ans, de cinq milliards d'indemnités de guerre.
- L'occupation du territoire jusqu'à parfait paiement des cinq milliards.
- L'évacuation à mesure et en proportion des sommes versées.

La grande majorité des députés de Paris refusa ces conditions drastiques. M. Hugo déclara à la tribune : « Cette cité auguste, Paris, nous a donné un mandat qui accroît son péril et qui ajoute à sa gloire, c'est de voter contre le démembrement de la patrie. »

Mais l'Assemblée de Bordeaux fut indigne jusqu'au bout et quiconque pensait librement ne pouvait rester dans ce milieu hostile à toute idée généreuse. C'est ainsi que Rochefort, Malon, Ranc, Tridon et Clémenceau donnèrent leur démission en ces termes : «... Par le vote du 1er mars, l'Assemblée nationale a consacré le démembrement de la France, la ruine de la patrie, elle a ainsi frappé ses délibérations de nullité... Nous ne pouvons demeurer un jour de plus dans cette assemblée. »

Albertine était native de Metz et même si elle n'avait plus de contact avec sa famille depuis longtemps, cette nouvelle et terrible trahison sapa méchamment son moral :
– Mes racines, j'en ai besoin moi ! gémissait-elle, sinon, je pars à la dérive !... »

C'est ce qu'elle fit. Son humeur, de mauvaise devint exécrable. Elle passait ses journées entières au lit, à geindre ou bien me hurler des insanités. Je ne tarissais pas de reproches à son encontre. Elle devenait laide, je devenais con, sa maigreur faisait ressortir encore plus son gros ventre, on ne voyait que ça ! La paternité me faisait horreur maintenant, l'inéluctable venue d'un marmot me rendait fou, je souhaitais qu'elle le perde, qu'une balle mette fin à mes souffrances, que Paris brûle, que l'humanité entière soit anéantie et qu'on en finisse une bonne fois pour toutes avec l'espoir, le pire des maux puisqu'il ne savait que prolonger le tourment ! C'en était fini de notre amour, je touchais le fond, l'alcool me donna plus d'une occasion de larguer les amarres.

L'assemblée de Bordeaux poursuivit son travail de sape : elle accorda à l'ennemi la satisfaction de camper dans la capitale, légiféra sur les échéances et mena tous les commerçants parisiens à la faillite ! Par une loi inique sur les loyers, elle jeta à la rue cent cinquante mille familles d'ouvriers, d'employés, de façonniers, de petits boutiquiers. Marquant définitivement sa haine et sa défiance à l'égard du prolétariat, elle en rajouta dans l'humiliation et choisit de siéger à Versailles. Paris, la Ville Déesse, la Ville Humanité chantée par les poètes des rues, en fut profondément blessée. Le peuple gronda et menaça, de résistant, il devint dissident et les monarchistes s'empressèrent de remettre en question le bien-fondé d'un régime choisi par le peuple de la rue, « inculte et grossier » !
 La manœuvre pour renverser la République était bien engagée.

Ludivine referma brutalement le carnet :

– Les salauds ! Quelle bande de pourris ! Quand je pense que dans toutes les villes de France on trouve des rues Thiers ! C'est toujours pareil : les honneurs pour les voyous, la fosse commune pour les héros !

– À t'écouter lire, j'ai cru un moment que tu me racontais notre actualité : l'assemblée réunie à Versailles, l'État voyou, la répression, les provocations, jusqu'au nabot ! Ça fait beaucoup de similitudes inquiétantes !

– L'histoire ne fait que bégayer ! Dès que la pensée s'élève, il faut que les faucheurs d'espoir la coupent dans son élan ! Et tu sais pourquoi ? Parce qu'ils n'ont toujours pas compris que la vie est une œuvre d'art ! Parce qu'ils en sont indignes et plutôt que de faire face à leur médiocrité, ils préfèrent tuer le génie qui leur fait de l'ombre ! Tous ceux qui ont voulu apporter leur lumière au monde ont mal fini. Regarde Socrate et Sénèque : « suicidés » ! Mozart : enterré à la fosse commune ! Camille Claudel : enfermée pendant trente ans ! Gandhi : assassiné, Hugo : exilé ! Louise Michel, Jules-Marie, déportés ! On a tous voulu les faire taire !

– Mais on parle encore d'eux, leur génie est toujours vivant, on ne peut pas tuer la pensée.

– Certes, mais combien de siècles avant que l'humanité sache aimer ? Combien de sacrifices encore ?

– La Terre va mettre fin à tout ça, rassure-toi. Elle va nous faire une bonne grosse indigestion et boum ! On va tous exploser dans un rot magistral ! Un pet gigantesque qui trouera la couche d'ozone et c'en sera fini de nous !

– L'humanité anéantie par un pet ! ?

– Je sais, ce n'est guère glorieux, mais l'homme mérite-t-il mieux ? Et si tu regardes bien, la fin des grandes civilisations s'est toujours annoncée par une période de décadence ! Nous sommes en plein dedans !

– Tous ces pauvres gens qui se sont battus, qui ont payé de leur vie, de leur liberté, qui ont subi l'horreur des bagnes, comme ils seraient déçus s'ils revenaient aujourd'hui ! soupira Ludivine. Puis, se levant d'un bond :

– Ils pourraient être fiers aussi, poursuivit-elle en farfouillant bruyamment dans le placard. Ils ont fait progresser les mœurs, il a fallu attendre cent ans mais bien des propositions de la Commune sont devenues des lois : avortement, union libre, éducation des femmes...

Une fois le calme revenu, Clément intervint :

– Tu sais pourquoi on a si peur de la mort ?

– Non. Enfin, il y a des tas de raisons, répondit-elle en se laissant tomber dans son fauteuil, une plaquette de chocolat à la main.

– On meurt de trouille à l'idée de ne pas avoir le temps de devenir celui qu'on a rêvé d'être. L'impossible complétude de la vie nous terrorise.

– C'est pour ça qu'on a inventé la religion, le paradis, la perspective d'une seconde chance...

– À propos, connais-tu le lien entre une crédence et une croyance ?

Ludivine, du chocolat plein les dents, se contenta de hocher la tête.

– La crédence est un petit meuble dressoir sur lequel, dans la Rome Antique où l'on craignait beaucoup l'empoisonnement, l'esclave déposait les mets préalablement goûtés. On pouvait alors avaler n'importe quoi, sans vérification ni jugement personnel. Intéressant non ?

Ludivine acquiesça :

– La religion n'est rien d'autre que le culte de la soumission. Il est désolant de constater que l'homme a dû endurer bien des épreuves et des souffrances afin de se dresser sur ses deux jambes pour aussitôt s'agenouiller devant Dieu ! Plus je connais les hommes, plus je préfère les chats... Puis, après lui avoir passé le chocolat :

– Alors, si j'ai bien compris, la tache de vin qui orne si délicatement mon visage, me vient de Marie Lalvin, notre arrière, arrière, arrière-grand-mère !... C'est drôle, j'ai consulté toutes les archives familiales à la mort de mes parents et ce nom n'apparaît nulle part ! Aucune trace de cette femme ! Occulté, gommé le péché originel ! Pas étonnant que j'ai du mal à m'y retrouver dans mes origines : Marie Lalvin est l'élément manquant sur l'arbre généalogique ! Je descends d'elle et de son fils Jules-Marie, le communard, le bagnard, le proscrit ! Ils ont effacé son nom mais pas la tache de vin ! Ce signe particulier, c'est le fil qui nous relie, notre empreinte génétique. Tante Praxède le dit bien dans sa lettre, c'est grâce à elle qu'elle m'a reconnue !

– Quel intérêt trouves-tu donc à faire ton arbre généalogique ? Crois-tu que connaître le nom de celle qui t'a transmis la tache va te faciliter la vie ? Que les liens du sang vont justifier ton existence ? Faut-il que tu remontes à tes lointains ancêtres pour savoir qui tu es ? Tout cela me semble bien dérisoire ma Divine...

– Nous ne sommes rien sans la mémoire. Ces liens existent, que tu le veuilles ou non. D'ailleurs je suis très fière de cet aïeul qui nous arrive aujourd'hui : il redore le blason ! C'est un insoumis, comme moi, comme toi. Il a fait germer en nous la graine de la rébellion et ce retour en arrière m'intéresse énormément, figure-toi ! Parce qu'il prouve bien que le temps n'est rien, que nos vies se déploient dans le passé comme dans le futur et que la loyauté est un engagement de l'âme donc un sentiment éternel ! Ce grand-père tombe à pic pour nous rappeler la Commune, ce formidable élan de la pensée ! Il y a cent quarante ans, des gens ont osé dire non, ont eu le courage de lutter ! Et nous ? Serions-nous moins braves ? Tu vois, avec ce carnet rouge, Jules-Marie vient nous secouer les puces : allons enfants de l'apathie ! Défendons nos droits et nos libertés ! N'attendons pas la goutte qui fera déborder le vase, l'explosion qui noiera les belles idées dans le sang. Au vingt et unième siècle, avec toute l'expérience que les hommes ont acquise, on devrait pouvoir faire la révolution sans s'écharper, non ?...

– Pour faire la révolution, il faut avoir faim. Le confort ramollit les esprits. Et ça, ils l'ont bien compris ! Tant qu'ils nous jettent les miettes de leur gâteau, on se tient à carreaux !

– Ben justement ! Il y en a de moins en moins du confort ! Et de plus en plus de laissés pour compte et de crève-la-faim. On est exploité, taxé, pressurisé, on en peut plus ! La révolte gronde...

Puis ouvrant le carnet rouge, elle reprit la lecture.

Le 22 février, toujours plus révolutionnaire, toujours plus près du pavé, Vallès fondait Le Cri du Peuple. J'y collaborai âprement. Les sujets d'indignation étaient infinis : l'abrogation de la loi sur les loyers faisant des milliers de sans-logis, la population ouvrière au chômage, les commerçants en faillite, les trente sous (gardes nationaux) ne recevant plus leur solde, les opposants au régime, les journalistes emprisonnés comme des criminels, Paris exsangue !

Engagé corps et âme dans la révolte, prêt à refaire 93, j'écrivais des articles incendiaires que je signais J.M. Lalvin. Ma plume s'envolait, incisive, impitoyable envers ses adversaires. On me lisait avec intérêt disait-on dans le milieu révolutionnaire, on appréciait ma jeune fougue, on s'étonnait de mes idées si « sensées dans un crâne si jeune ! »

– Ton article fait avancer la pensée, me dit un jour M. Vallès. Le plus beau compliment que j'ai jamais reçu !

Je rentrai auprès d'Albertine, gonflé d'orgueil ; c'est une furie qui m'accueillit.

Je crois que c'est à partir de ce jour que j'ai commencé à la détester. Je lui en voulais tellement de ne pas me soutenir, de ne pas me comprendre, de ne pas être à la hauteur de mes aspirations, que je pris le parti, plus ou moins consciemment, de me venger : je lui menais une vie impossible. Laissant libre cours à mes mauvais penchants, je devins avec elle arrogant, prétentieux, méprisant, et l'alcool aidant, parfois brutal. Ses cris et ses pleurs n'y faisaient rien, je restais incapable de discernement, seulement préoccupé de moi. La rancune, la colère accumulée, l'insurmontable sentiment d'injustice, mes terribles déceptions, mes épuisants problèmes d'identité, tout ce fiel éclatait au grand jour, éclaboussait la pauvre Albertine, qui les deux mains sur son ventre énorme, hurlait de douleur sous les coups de pied furieux de l'enfant.

Aujourd'hui, je sais qu'en exhortant le peuple à mourir plutôt que de se rendre, j'exprimais ma propre violence, je demandais aux autres de donner leur vie pour que la mienne retrouve un sens, je voulais entraîner tout le monde dans une lutte contre mes propres démons, au nom de la liberté.

Albertine était mon souffre-douleur. Je ne me pardonnerai jamais tout le mal que je lui ai fait. C'était une fille joyeuse, la vie avec moi l'a rendue mauvaise. Je suis responsable de la détérioration de notre couple. Je n'étais pas prêt pour le rôle d'époux, encore moins de père. J'avais bien trop à faire avec moi-même, enfant abandonné, trompé, blessé.

J'aspirais à la liberté, la révolution m'a servi d'exutoire, j'en paie chèrement les frais, depuis cinq longues années, enfermé, seul face à moi-même.

Le gouvernement voyou continuait de prendre des dispositions scélérates et menaçait chaque jour un peu plus la République quand brusquement, la démission du général Thomas changea toute la donne : la garde nationale échappait au contrôle du pouvoir ! En quelques jours, le Comité Central prit le commandement de tous les bataillons de la Fédération républicaine. De la place d'Italie à Montmartre, les canons de Neuilly, achetés par souscription au début de la guerre, furent répartis dans tous les quartiers populaires, les armes étaient entre les mains des révoltés !

Le 28 février, deux jours avant que les Prussiens ne fassent leur entrée dans Paris, le Comité Central de la garde nationale fit afficher le manifeste suivant :

« Les révolutionnaires ne voulant pas faire inutilement égorger une partie de la population, [...] Il sera établi autour des quartiers que doit occuper l'ennemi, une série de barricades destinées à isoler complètement cette partie de la ville. Les habitants de la région circonscrite dans ses limites devront l'évacuer immédiatement... » Le manifeste se terminait par ces mots : «...éviter toute agression qui serait le renversement immédiat de la République. »

1er mars 1871

C'est le silence qui m'a réveillé. Dans les rues désertes on n'entendait que le claquement sec des drapeaux noirs pendus aux balcons. Les volets restaient clos et les rideaux de fer baissés affichaient : « Fermé pour cause de deuil public ». La ville insultée se terrait.

Bientôt, le roulement des tambours de Montmartre se fit entendre. Suivit une pluie de grêle : c'était le pas des chevaux sur les pavés. Les Prussiens arrivaient.

À la tête des troupes étaient Moltke, une cape usée sur les épaules, et Bismarck, le grand vizir casqué, en uniforme de cuirassier blanc. Bien protégé par ses sbires et prenant des airs de péronnelle avec son plumet frétillant sur le crâne, venait le roi Guillaume.

C'en était fait, l'ennemi était en nos murs. Il avait rêvé de la Ville Lumière, c'était, comme l'écrivit Vallès, un « Paris muet et noir, sans voix, sans feux, la bouche cousue et les yeux éteints » qui le recevait. Paris humilié résistait encore.

Ce jour-là, il me sembla que tout le spleen de Paris avait choisi de loger rue Berthe. Je n'avais pas pris la peine de sortir du lit. Les yeux grands ouverts sur le vide de mon existence, je ruminais ma rancœur envers le traître État qui avait préféré se rallier à l'ennemi plutôt qu'entendre la voix du peuple, envers le prussien qui violait Paris, envers Albertine qui m'avait encore fait une scène la veille parce que je n'avais pas pu me procurer de pain, envers ma mère qui m'avait abandonné sans scrupule, envers ce père adoptif qui m'avait jeté hors de chez lui, envers toute ma soi-disant famille et sa pitié crasse. J'en voulais au monde entier, et surtout à moi-même. J'en étais à me souhaiter une fin rapide lorsqu'un rayon de soleil réussit à s'infiltrer par les volets clos pour venir incendier la chevelure d'Albertine. Assise devant sa psyché, juste vêtue d'une chemise de nuit légère dont la blancheur rivalisait avec sa peau, Albertine, tête renversée sur le côté, balayait ses cheveux à grands coups de brosse. Elle me fit penser à la Loreleï de la légende. Je la trouvai très belle.

Le bruit terrible des sabots qui se rapprochaient me fit bientôt haïr ce rayon de soleil insolent, témoin d'une nature implacable, n'ayant que faire de la laideur des hommes, continuant d'accabler le monde de sa lumière ! Quand Albertine vint se glisser sous les draps près de moi, je lui tournais le dos. Ni la chaleur de son corps ni le feu de ses larmes amères, ne parvinrent à ranimer un peu de mon humanité. Je me croyais le plus malheureux des hommes, je pleurais sur mon triste sort. Je ne savais pas ce qui m'attendait.

Si je pouvais revenir en arrière, je réchaufferais mon âme au rayon du soleil, je prendrais Albertine dans mes bras, je baiserais ses yeux et sécherais ses larmes, je caresserais son corps magnifique, je parlerais doucement à l'enfant dans son ventre. Si je pouvais tout recommencer, j'aimerais et je bénirais la vie.

Les Prussiens restèrent trois jours dans Paris.

Les troupes du général Vinoy (environ 12 000 soldats et près de 3 000 gendarmes) s'étant repliées sur la Rive gauche, la rive droite tout entière était aux quelques milliers de fédérés. Paris avait un pied dans la révolution.

Des bandes de voyous au service des Versaillais, déguisés en « blouses blanches », s'introduisirent dans les ateliers pour briser les presses des journaux. Le Cri du Peuple fut suspendu, comme la Marseillaise de Rochefort et bien d'autres. Vallès, condamné à six mois de prison pour son action du 31 octobre, échappa de justesse aux gendarmes.

Le journal fermé me laissait impécunieux, oisif et enragé. Voulant frotter mon cœur déçu à l'âme du peuple, j'arpentais les boulevards tout le jour. Ils étaient noirs de monde, tout un peuple en colère. Des milliers d'hommes, de femmes, d'enfants, criant d'une même voix : « La Justice ! La Sociale ! »

Nous marchions ensemble le long des grands boulevards, au coude à coude. La même force terrible de volonté et de bravoure nous unissait. Nous étions le formidable creuset d'idées neuves, nous étions le progrès social.

En cette année 71, un même souffle de tempête sema les idées nouvelles sur Cuba, sur l'Espagne, la Russie, la Grèce. Partout, les esclaves secouaient leurs chaînes, partout le peuple revendiquait sa liberté.

Le pouvoir vacillant s'affolait, déchaînait ses meutes armées et la répression toujours plus féroce, emplissait les cachots. Comme renaît la fleur au printemps, la révolte noyée dans le sang renaissait pourtant, encore et toujours ! Rien ni personne ne pouvait plus arrêter la terrible marée montante des peuples assoiffés d'idéal !

« J'aimerai toujours le temps des cerises
C'est de ce temps-là, que je garde au cœur,
Une plaie ouverte.
Et dame fortune en m'étant offerte,
Ne saurait jamais calmer ma douleur.
J'aimerai toujours le temps des cerises,
Et le souvenir que je garde au cœur. »*

Cet air-là me poursuit. Parfois dans ma nuit carcérale, j'entends pleurer l'orgue de Barbarie. Je revois ce gavroche au coin de la rue Mouffetard, avec son bras unique et sa voix de misère qui déchirait les cœurs.

Nous, les défenseurs de la liberté, les opposants à la dictature, nous sommes aujourd'hui des « terroristes », déportés à 6 000 lieues de la France et pliant sous le joug éternel des partisans de l'Ordre !

J'avais vingt ans, je n'étais qu'un jeune coq ignare. Je suis devenu un vieux con qui a perdu toute dignité, une loque humaine, un animal enchaîné, un numéro matricule. J'ai courbé l'échine, j'ai abandonné la lutte. C'est du sang de vaincu qui rougit ces pages.

Mais en ce formidable mois de mars 1871, j'y croyais plus que jamais !

Jules Vallès sortit de sa cachette et s'empressa de lancer un nouveau journal : Le Drapeau.

Je repris la plume.

* Le Temps des Cerises. J.-B. Clément

Le 18 mars 1871

Il était cinq heures du matin, samedi 18 mars. Il faisait froid.

J'avais travaillé au journal toute la nuit et je rentrais chez moi en pressant le pas. L'aube qui se levait derrière les toits de Paris endormi, rampait lentement le long des murs. De loin, à son allure de grand cheval racé, je reconnus Louise. Elle venait à ma rencontre, elle était très pâle.

– Salut camarade citoyen ! Les agents de l'Ordre viennent encore de sortir Blanqui de son lit ! On ne sait où ils l'emportent cette fois !

– Chaque fois qu'ils tremblent, il faut qu'ils mettent ce pauvre vieux sous les verrous ! m'emportais-je. Il aura passé plus de temps en prison qu'en liberté ! Mais s'ils croient qu'il suffit de l'enfermer pour que nos forces s'estompent, ils se trompent !

Louise brandit une affiche blanche sous mon nez :

– Ce n'est pas tout : lis ça !

– « [...] Les canons dérobés à l'état [...] rétablis dans les arsenaux, [...] acte urgent de justice et de raison. Le gouvernement compte sur votre concours. Que les bons citoyens se séparent des mauvais ; qu'ils aident à la force publique au lieu de lui résister, [...] nous estimons votre bon sens, votre sagesse, votre patriotisme ; mais cet avertissement donné, vous nous approuverez de recourir à la force [...] » Infâmes salauds ! Ah les traîtres ! Les assassins !!! Viens Louise ! Il ne faut pas les laisser prendre nos canons !

Au pas de charge, nous montâmes la rue Mont-Cenis en criant à tue-tête :

– Oyez braves gens ! Réveillez-vous ! La République est en danger ! Sortez de vos lits citoyens ! Debout ! Venez défendre vos droits ! Tous dans la rue ! Bonhomme, bonhomme, aiguise bien ta faux !

Il en sortit de partout : hommes, femmes, enfants, ébouriffés, mal fagotés, la chassie au coin des yeux mais la rage au ventre, tous bien décidés à conserver les canons qui devaient assurer la libération, nous emboîtant le pas, se serrant les coudes, montant à l'assaut de la butte Montmartre, citadelle de la liberté, notre mont sacré.

Là-haut, les hommes de la brigade Lecomte nous attendaient, genoux à terre, fusils chargés à l'épaule. À leur grande surprise, nous poussâmes un soupir de soulagement : les canons étaient toujours là ! Nous étions sauvés !

La foule se répandit sur la Butte pour commenter la rumeur qui courait : « Trochu aurait différé l'arrivée des chevaux pour que le bruit des sabots sur les pavés ne nous réveille pas !!! » Après avoir stupéfié par son énormité, la bévue déclencha la franche rigolade. Devant l'air bon enfant de toute cette populace, les soldats commencèrent à fléchir et les fusils à mollir. Voyant cela, l'infâme général Lecomte, ordonna froidement : « Feu sur la foule ! » Les soldats ne bougèrent pas : une grande costaude se détachait de la foule, avançait vers eux mains sur les hanches, telle une matrone rappelant ses marmots à la raison. Elle les exhorta :

– Vous n'allez quand même pas tirer sur vos frères ! »

– Feu sur la foule ! cria encore Lecomte.

Le soleil choisit cet instant pour émerger de derrière la butte et répandre sa lumière sur les hommes. On entendit un petit enfant crier « Papa ! ». Le sous-officier Verdaguerre sortit des rangs, se plaça devant sa compagnie et ordonna :

– Crosse en l'air !

Les versaillais le fusilleront quelques semaines plus tard pour ce fait héroïque.

Ulcéré, Lecomte réitéra pour la troisième fois son ordre criminel. On vit alors ses propres soldats l'encercler et le faire prisonnier et un cri formidable retentit sur Montmartre. Le cri de joie de tout un peuple épuisé au sortir du cauchemar ! La soldatesque fraternisait, nous restions maîtres des canons !

On battit du tambour et bientôt la Butte qui avait failli devenir un champ de bataille, se transforma en champs de foire. Les femmes ouvraient leurs paniers, distribuaient le pain et le lait aux révolutionnaires comme aux soldats, tous ensemble nous déjeunions sur l'herbe !

D'heure en heure, le peuple répandit son rêve de liberté, d'égalité et de fraternité dans les rues de Paris jusqu'à l'Hôtel de Ville où, bien qu'il s'y accrochât désespérément, Jules Ferry fut contraint et forcé d'abandonner son fauteuil le soir même ! Les gardes nationaux de la compagnie de l'Étoile établirent leur campement dans la belle salle des fêtes de l'hôtel de Ville. Jamais ces pauvres gars n'avaient eu un toit aussi luxueux sur leurs têtes !

Tout le jour on chercha Thiers, il resta introuvable. La rumeur le disait à Versailles. On sut par la suite que l'abject avorton était aussi un pleutre et qu'il avait pris la poudre d'escampette dès le matin !

Une semaine de corvée chez le porte-clés et me voilà avec un flacon d'encre mauve et une plume sergent-major !

Les premières pages de mon carnet s'effacent déjà, il faudra les repasser à l'encre... Plus tard.

Quand j'en aurai fini avec le sang.

Ce matin du 18 mars 1871, fut le plus beau matin du monde.

« Une aube splendide de délivrance » selon Louise. Une ère nouvelle était née.

Encore une fois mon histoire personnelle était étroitement liée à celle de Paris. L'espoir revenu, Albertine retrouva sa joie de vivre et j'abandonnai mon cynisme pervers pour redevenir « son prince charmant ». Notre rémission dura deux semaines. Quinze jours pendant lesquels je flottais sur un petit nuage rose. J'en arrivai même un soir de fol amour, à lui proposer le mariage !

Le 18 mars n'avait pas été sans bavure. La poussée de colère du peuple indigné avait débordé du côté de Pigalle, des coups de feu avaient été tirés et à quatre heures, rue des Rosiers, on avait fusillé les généraux Thomas et Lecomte qui avaient ordonné qu'on tirât sur la foule.

Le Comité Central, souhaitant conquérir le cœur de tous les Français et imposer comme une évidence la révolution communale à tout le pays, se voulut pacifique : il condamna ces crimes et au lieu de poursuivre la guerre civile commencée par Thiers et de marcher sur Versailles, trop bon garçon, il annonça des élections communales. Assi, Bergeret, les blanquistes Eudes et Duval, l'ex-directeur de théâtre Lisbonne, Ranvier, Arnaud le journaliste, mon ami l'ouvrier relieur Eugène Varlin, Rouiller le savetier déchausseur de pavés, et Grêlier le maître de lavoir, prirent en main le destin de la capitale. Tous étaient de braves gens honnêtes. Ils mirent un point d'honneur à sauvegarder le capital, pensant naïvement qu'ainsi ils sauveraient la révolution et plutôt que de se servir du trésor de la Banque de France (trois milliards trois cent vingt-trois millions !), ils laissèrent au vieux Beslay le soin de veiller sur cette fortune, au risque de sa vie !

Le 28 mars, nos élus sortirent de l'Hôtel de Ville, l'écharpe rouge en sautoir, et devant le peuple attentif rassemblé place de

Grève, Ranvier, solennel, prit la parole : « Citoyens, vous venez de nous donner des institutions qui défient toutes les tentatives. Vous êtes maîtres de vos destinées ! Au nom du peuple, la Commune est proclamée ! »

L'espoir d'une telle proclamation avait tant gonflé les poitrines qu'il en jaillit un formidable cri de joie ! Des drapeaux rouges, façonnés dans des couvertures trouées, des écharpes effilochées ou des jupons usés, apparurent à toutes les fenêtres. Les musiciens sortirent leurs instruments, on joua la Marseillaise puis Lucie, la petite lavandière, grimpa sur une charrette et poussa la chansonnette. La grande Rolande, retroussant ses jupons, se mit si bien à danser que la foule lui emboîta le pas. On vit des couples enlacés tournoyer jusqu'à l'ivresse tandis que les vieux, hilares, secouaient leurs maigres carcasses. Du vin coulait des tonneaux, on riait, les mômes se pourchassaient en poussant des cris de joie, le tintamarre était formidable, c'était celui de tout un peuple en liesse ! La fête dura jusque tard dans la nuit. C'était comme si un souffle neuf et puissant nous emportait sur des sommets encore jamais atteints ! Au-dessus des nuages, notre rêve se profilait et Jules Vallès exultait ! Il écrivit le lendemain dans le Cri du Peuple : « La Commune est sortie de l'urne électorale, triomphante, souveraine et armée. La Commune est proclamée dans une journée de fête révolutionnaire et patriotique, pacifique et joyeuse, d'ivresse et de solennité, de grandeur et d'allégresse, digne de celles qui ont vu les hommes de 92, et qui console de vingt ans d'Empire, de six mois de défaites et de trahisons. La foule chante la Marseillaise, crie Vive la Commune ! La Révolution Sociale est en marche ! » La Commune dénonça la conspiration monarchiste, les corruptions, les complicités, l'ignoble alliance avec l'étranger et en appela : « [...] de ces menées exécrables au jugement de la France et du monde. » Dès les premières séances, elle prit les décisions souhaitées et promulgua des décrets avec effets immédiats : liquidation des termes dus par les locataires, restitution des objets du Mont-De-Piété, abolition du budget du culte et de la conscription, abolition du travail de nuit, interdiction des retenues sur les salaires. Elle rétablit et simplifia les services publics, relança l'industrie et le commerce et réorganisa la garde nationale, seule force armée de la cité. Les comités de vigilance tenaient sous leur contrôle dix-huit arrondissements. Le Comité Central, l'Internationale et les chambres ouvrières celaient leur union. La Commune vota encore l'octroi de pension alimentaire pour les fédérés blessés ou en cas de décès, pour leur femme, légitime ou non, ou encore leur enfant, reconnu ou pas. Une pension alimentaire fut également accordée aux femmes séparées de leurs maris. La justice fut rétablie avec l'autorisation pour les parties de se défendre elles-mêmes, l'interdiction de perquisitionner sans mandat régulier, l'élection des magistrats et l'organisation du jury. Le cumul des mandats fut interdit et le maximum des traitements fixé à 6 000 francs par an. La presse enfin retrouva sa liberté d'expression, sans restriction aucune (il était impensable de clouer le bec à l'opposant quand on avait tant souffert de la censure !). Rochefort reprit la rédaction du Mot d'Ordre, Félix Piat celle du Vengeur, Lissagaray le Tribun du Peuple, Grousset la Nouvelle République, Maroteau le Salut Public et Vallès le Cri du Peuple.

> Temps futurs, vision sublime.
> Les peuples sont hors de l'abîme !
> Le désert morne est traversé ;
> Après les sables la pelouse,
> Et la terre est comme une épouse,
> Et l'homme est comme un fiancé.*
>   * Victor Hugo

En province, les Communes de Lyon et de Marseille, étouffées par Gambetta, renaissaient de leurs cendres et réclamaient la décentralisation et l'octroi des attributions administratives et municipales aux conseils municipaux élus, l'institution des préfectures étant funeste à la liberté. Mais hélas, une fois encore, la répression dans ces deux villes fut effroyable. Les prisonniers comme les blessés, achevés sans pitié. Les rues, jonchées de cadavres.

Malgré ces épouvantables crimes, nombre de villes de province se soulevèrent à leur tour : St Étienne, Narbonne, Le Creusot, Le Mans, Bordeaux, Montpellier, Béziers, Troyes, Agen, Toulouse, Limoges, Mâcon et toutes les villes industrielles du nord. Toutes se réclamaient de la Sociale ! Toutes voulaient leur Commune !

De son côté, Versailles occupait massivement les employés du gouvernement à des besognes policières : tous les hôtels, garnis, auberges, cafés et cabarets étaient mis sous haute surveillance.
Aucun journal de Paris ne devait circuler. La délation était expressément encouragée. Mais plus la France devenait une souricière, plus les consciences s'éveillaient ; le mouvement d'insurrection agitait le pays tout entier. Des lettres de réprobation arrivaient par milliers à Versailles ! La réponse était toujours la même : la répression, acharnée, impitoyable.

« Il y a en effet un complot, organisé pour exciter à la haine des citoyens les uns contre les autres, et pour faire succéder à la guerre contre l'étranger la hideuse guerre civile. Les auteurs de cette criminelle tentative sont les drôles qui se gratifient indûment du titre de défenseurs de l'ordre, de la famille et de la propriété. L'un des agents les plus actifs de ce complot contre la sûreté publique s'appelle Vinoy ; il est général et il fut sénateur » pouvait-on lire dans l'Émancipation de Toulouse.

Pourtant le 28 mars, l'Algérie à son tour, envoya son adhésion :

« Citoyens,

Les délégués de l'Algérie déclarent au nom de tous leurs commettants, adhérer de la façon la plus absolue à la Commune de Paris.

L'Algérie tout entière revendique les libertés communales. Opprimée pendant quarante années par la double concentration de l'armée et de l'administration, la colonie a compris depuis longtemps que l'affranchissement complet de la Commune est le seul moyen pour elle d'arriver à la liberté et à la prospérité. »

Élu membre de la Commune dans le quinzième arrondissement, puis en avril, membre de la Commission de l'Enseignement, Jules Vallès était de toutes les séances à l'Hôtel de Ville et n'avait plus guère le temps d'écrire ; je l'accompagnais dans ses missions, il me soufflait mes articles.

Ce jour-là, après avoir couru de Montparnasse à l'Hôtel de Ville, il m'entraîna à la Corderie du Temple où les sections de l'Internationale avaient pris l'habitude de se réunir et où l'attendait Rouiller, le ministre de l'Instruction publique.

La place de la Corderie était humide et encaissée. Les maisons alignées formaient un triangle vide où ne passait aucune voiture. Au rez-de-chaussée : les petits commerçants, sous les toits : les familles de pauvres, au troisième étage : le siège du nouveau Parlement. Je montais l'escalier poussiéreux de ce grand temple de la paix et de la liberté avec émotion. Je suivis Vallès dans la grande salle nue, me figurant la révolution assise là en habit d'ouvrier, prête à lancer le signal, le mot d'ordre que tout un peuple écouterait ! J'arrivai à la porte du bureau le cœur gonflé d'un bel orgueil, pleinement confiant en l'humanité !

Rouiller nous reçut un couteau à la main et une serviette autour du cou. Devant lui, un saucisson entamé attendait sur sa planche qu'on lui fît un sort. Le ministre nous fit asseoir et posa deux verres devant nous. Tout en arrosant le cochon, nous réformâmes l'école. De son éducation dépendait l'avenir du peuple, il fallait donc multiplier les écoles, les ouvrir aux garçons comme aux filles, et ce gratuitement ! Offrir enfin les mêmes chances à tous en supprimant les privilèges.

Le saucisson et le vin consommés, nous digérâmes en silence, préoccupés par l'avenir de la Commune. Nous savions que les ennemis du progrès social s'acharneraient à la briser, nous étions au fait de leur férocité, nous pouvions redouter le pire.

Chassant cette cruelle pensée d'un revers de la main, Rouiller grogna :

– Qu'importe ! On est en révolution, on y reste... jusqu'à ce que ça change ! Il s'agit seulement d'avoir le temps de montrer ce qu'on voulait faire, si on ne peut pas faire ce qu'on veut !

Vallès renchérit :

– Quoi qu'il arrive, dussions-nous être de nouveau vaincus et mourir demain, notre génération est consolée ! Nous sommes payés de vingt ans de défaites et d'angoisses. C'est de la graine d'insurrection jetée dans le champ des bourgeois !

On trinqua bruyamment à l'avenir.

Au fond de nous, sourdait l'angoisse.

Durant ces deux mois, de mars à avril, les plus belles idées politiques fusèrent comme des feux d'artifice aux oreilles du peuple ébahi. La liberté de conscience était avancée comme la toute première liberté. Proudhon avait voulu minimiser la puissance de l'État, « cause de l'aliénation de l'homme », Bakounine lui, réclamait son abolition pure et simple !

La Commune prévoyait de mettre un terme à l'économie fondée sur le profit. Voulant universaliser le pouvoir et la propriété, elle se proposa de créer une banque du peuple et une de ses priorités fut de réquisitionner les logements vacants et d'étaler leur paiement sur trois ans. Elle prévoyait aussi de supprimer les armées permanentes et d'abolir la peine de mort. Elle voulait encore supprimer le trafic matrimonial et permettre les unions libres ne reposant que sur l'affection mutuelle, le respect de soi, la dignité d'autrui. Elle reconnaissait leur droit aux enfants illégitimes, séparait l'Église de l'État, rendait gratuit l'enseignement laïc et ouvrait l'enseignement professionnel aux filles. Avec elle, les artistes, enfin pris en compte, gagnaient leur indépendance et créaient une fédération que M. Courbet (pour une fois dans les grâces d'un gouvernement) présidait. La Commune concourrait à la régénération des artistes, aux splendeurs de l'avenir et à la République universelle !

Le Cri du Peuple titrait : « La Sociale arrive, entendez-vous ! »

La France que nous redessinions alors promettait d'entrer dans le vingtième siècle la tête haute, libre, égalitaire et fraternelle !

Le ciel bleu, la douceur de l'air et les cerisiers en fleurs incitaient à croire aux miracles : tout Paris était de bonne humeur, Albertine et moi aussi. Je sifflais avec les merles moqueurs sur le chemin du retour, mon cœur donnait des coups dans ma poitrine pareils aux coups de pied de l'enfant dans le ventre de ma belle Rouge, des ailes aux talons je courais la rejoindre ! Elle sautait dans mes bras dès que j'avais franchi notre seuil et m'embrassait goulûment puis se jetait en travers du lit pour écouter mon rapport sur les événements de la journée. Me figurant alors à la tribune, je bombais le torse, abusais des gesticulations et le verbe haut, je tâchais de rivaliser avec mon maître en rhétorique. Sous prétexte d'informer Albertine, je tenais mes propres séances rue Berthe.

– Notre révolution est avant tout un questionnement de la démocratie. Il s'agit d'assurer vraiment les droits des gouvernés. Contre les gouvernants s'il le faut ! S'auto-administrer, voilà ce qu'il nous faut ! Nous devons lutter pour notre autonomie ! Je suis mon propre souverain ! Tu es ta propre souveraine !

Albertine éclatait de rire. Sa chevelure rousse étalée sur l'oreiller comme la fleur d'un tournesol, elle m'écoutait déblatérer mes discours en ouvrant de grands yeux étonnés :

–Je n'y comprends rien ! Tu dis n'importe quoi !

Elle riait et moi, tombé de mon piédestal, je lui en voulais terriblement.

– Idiote ! Tu ne sais que railler ! Bien sûr que tu n'y comprends rien, cervelle de piaf ! Et en plus, tu te fous complètement du sort des autres !

Elle ne ripostait plus, il ne servait à rien de discuter, ça tournait toujours au vinaigre ! Elle préférait me faire des yeux doux et une mine charmante. Si je lâchais prise, elle souriait malicieusement, découvrait par inadvertance un sein rose, une cuisse blanche et moi, faible et lâche, je succombais à l'appel de sa chair.

Je l'avais dans la peau et ça m'exaspérait.

Notre vision libertaire de la démocratie faisait partout des émules. De nombreux étrangers comme Dombrovski, nourrirent le fol espoir que la révolte parisienne ferait des petits dans toute l'Europe opprimée. Ils vinrent prêter main-forte aux Communeux.

Les ouvriers, qui détenaient enfin le pouvoir révolutionnaire, avaient de la bonne volonté à revendre mais manquaient terriblement de cohésion. Pendant les longues réunions, on se chamaillait, on se jalousait, on se tirait dans les pattes, on finissait par se traiter d'incapables (et c'était vrai pour la moitié d'entre eux !) Les victimes des habitudes se laissaient intimider par l'Ordre établi, les plus bravaches ruaient dans les brancards, de graves dissensions régnaient entre tous ces hommes de la révolution et l'on voyait partout des espions de Thiers se frotter les mains : le sabordage du navire allait bon train ! Pourtant, le drapeau rouge flottait toujours aux fenêtres et l'enthousiasme des Communeux ne faiblissait pas. Du haut des remparts, certains esprits frondeurs osaient même défier les canons ! On s'empressa de démolir la maison du polichinelle à lunettes, de renverser la colonne Vendôme, symbole du despotisme impérial et au cri de : « à bas la peine de mort ! » on brûla la guillotine au pied de la statue de Voltaire. Certains francs-maçons se rallièrent à la Commune et ce fut là l'occasion d'une fête mémorable ! Tous unis, nous avons chanté en chœur la Marseillaise avec la grande Bordas emballée dans un drapeau rouge, plus belle que jamais !

Pendant que nos élus peinaient à maîtriser une situation qui les dépassait et que le peuple, confiant en l'avenir, faisait la fête, les traîtres s'accointaient avec le Prussien.

À la majorité, l'Assemblée de Versailles opta pour la guerre civile ! Et Gallifet clama haut et fort : « C'est une guerre sans merci que je déclare à ces assassins ! » Il parlait de nous, le peuple parisien.

Mac-Mahon avait pour objectif de s'emparer de Neuilly, de détruire les forts du sud et de masser une puissante artillerie au centre.

Aux premières loges pour le spectacle, Bismarck se réjouissait d'avance : les Français allaient s'entre-tuer sans qu'il ait besoin de se salir les mains ! C'est donc de bonne grâce qu'il restitua aux versaillais la moitié des prisonniers. Après les avoir flattés et appâtés, on les envoya « bouffer du communard » !

Le premier avril, plus de sept cents femmes réunies place de la Concorde entamèrent une longue marche vers Versailles afin de faire entendre raison à Thiers et d'empêcher l'effusion de sang. Pourtant, dès le lendemain matin, Paris était réveillé par le fracas du canon. Ce n'était pas le Prussien mais bien Versailles qui attaquait ! Ironie du sort, le canon frappa d'abord à la porte d'une église : les élèves d'un pensionnat de Neuilly qui venaient de prier pour le rétablissement de l'Ordre, en furent les premières victimes !

L'armée de Mac-Mahon égorgea les Fédérés à Courbevoie. Les survivants qui purent se replier, reprirent Courbevoie le soir même et trouvèrent alignés le long du quai, les cadavres de leurs compagnons faits prisonniers.

Horrifiée et la mort dans l'âme, la Commune décida la levée de son armée. À l'aube du 3 avril, Bergeret, Flourens et Ranvier marchèrent à la tête de leur colonne vers le Mont Valérien que l'on croyait encore neutre. Trahison ! Le fort était aux mains de l'ennemi ! Les Fédérés furent anéantis.

Un butor de gendarmerie ouvrit le crâne de Flourens, le cadavre de ce grand chef fut exposé sur un tombereau de fumier et promené dans tout Versailles pour « remonter le moral des honnêtes gens » !

Ce que nous avions tant redouté était en train de s'accomplir : les chiens étaient lâchés et la voie de la barbarie, grande ouverte.

Les batteries prussiennes, établies à l'ouest et au sud de Paris, servaient aux versaillais pour mitrailler les pauvres gens qui habitaient de ce côté. L'armée utilisa contre les parisiens des balles explosives qu'elle n'avait jamais osé utiliser contre les Prussiens ! J'ai vu un homme dont le bras avait été arraché avec l'épaule, laissant à découvert l'omoplate ; il perdait son sang à gros bouillon. J'en ai vu un autre dont la poitrine n'était plus qu'un trou béant. Ces balles-là ne laissaient aucune chance aux blessés. Elles étaient faites pour tuer, à coup sûr.

Les ambulancières qui manquaient de tout, soignaient les blessés comme elles pouvaient, faisant de la charpie avec leur jupon, trouvant toujours un mot de réconfort, prodiguant des caresses quand il n'y avait plus rien à faire. Il fallut bien du courage à ces hommes et à ces femmes pour continuer la lutte, pour résister si longtemps ! Ils n'étaient qu'une poignée face à la grande armée mais ils se battaient pour la liberté, ils étaient prêts à donner leur vie pour que leurs enfants vivent dans un monde meilleur. Ce furent tous des héros.

Contrairement aux défenseurs de l'ordre, les membres de la Commune, on l'a vu, avaient une conscience : ils firent placarder sur tous les murs de la ville un manifeste exhortant les combattants à arrêter « l'effusion de ce sang précieux qui coule des deux côtés ».

Dans « l'Avenir national », le député Schoelcher publia un traité de paix par lequel il proposait qu'une commission de six membres de l'Assemblée s'abouche avec la Commune pour rétablir l'autorité du gouvernement légal à Paris.

Mais Thiers fit la sourde oreille et le massacre du peuple continua. Sans aucun respect pour les lois de la guerre et avec une monstruosité sans pareille, les prisonniers étaient fusillés sur place, les blessés achevés, les cadavres atrocement mutilés !

Indignée, désespérée, la Commune vota le 6 avril un décret qui restaurait la loi du Talion. Nos prisons se remplirent. On y tenait des notables, des prêtres. Parmi eux, Mgr Darboy.

Les Blanquistes, espérant récupérer leur vieux chef, proposèrent l'arrêt des exécutions et l'échange des otages : Darboy plus trois notables pour l'Enfermé. Da Costa, le secrétaire du Comité de Sûreté générale, fit rédiger plusieurs lettres à l'archevêque et les députés comme les francs-maçons envoyèrent leurs conciliateurs. Tout fut tenté pour négocier l'armistice, obtenir l'échange, épargner des vies, éviter un désastre et ramener à un peu d'humanité le tyran de Versailles. Non seulement Thiers refusa catégoriquement toute négociation mais il alla jusqu'à nier les faits qu'on lui reprochait ! Décidé à mener la Révolution à l'abattoir, il persista dans la cruauté. « Que l'insurrection désarme d'abord ! » vociférait-il.

Les boulets qui pilonnaient jour et nuit Paris semblaient sortir tout droit de son horrible gueule.

Vallès s'arrachait les cheveux :

– Allez donc peser les théories sociales quand il tombe de ces grêlons de fer dans le plateau de la balance !

Nous étions dans l'impasse. Les forts cédaient un à un, les villages alentour se rendaient et à la délégation de la guerre c'était la débandade ! Ni Cluseret, (vaniteux, ancien défenseur de l'ordre), ni Rossel (qui avait refusé de livrer Metz aux Prussiens et qui, aux yeux de Louise, était le chef qu'il nous fallait), ne purent faire valoir leur autorité sur les officiers, encore moins assurer notre défense. Les gardes nationaux, épuisés par deux sièges, tiraillés entre les commandements de l'état-major, des commissions d'arrondissement, du Comité central et des différents délégués à la guerre, n'obéissaient plus à personne. Démoralisés, ils erraient comme des âmes en peine dans les rues et noyaient leurs espoirs en perdition dans la vinasse.

Pourtant, si l'implacable et constante avancée des Versaillais en démoralisa certains, elle décupla l'ardeur des autres et c'est avec l'énergie du désespoir que les Communeux montèrent au feu et organisèrent la résistance.

Delescluze, nommé à la commission de la guerre, prit le commandement et l'on vit des barricades s'édifier dans toutes les rues. Elles étaient faites de pavés, de tonneaux, de sacs de sable, de planches, de chaises, de bancs, de branchages, de bric et de broc. Des milliers de femmes étaient engagées dans la lutte. Louise Michel, en uniforme de la garde nationale et armée d'un chassepot, menait tambour battant la défense de la barricade qui fermait l'entrée de la chaussée Clignancourt. Celle de la Place Blanche était essentiellement défendue par des femmes. Les ambulancières soignaient les blessés, les cantinières plantaient la marmite entre deux pavés, y fondaient les balles ou réchauffaient le pot-bouille et distribuaient du pain et du café. Leur présence remontait le moral des troupes.

– Faut prendre des forces camarade citoyen ! Une bonne soupe, une rasade de vin et en guise de dessert, un bécot !

Les hommes étaient fiers de leurs femmes. La plupart tombaient amoureux, toutes et tous faisaient preuve d'une bravoure admirable. Les Volontaires de Montrouge, les Vengeurs de la Commune et les Turcos (commandés par Lisbonne), réussirent à former de solides bataillons. Des corps francs farouchement décidés à bouffer du bourgeois, vinrent leur prêter main-forte. Attifés de costumes bigarrés, ils arboraient crânement des noms éloquents : les Vengeurs, les Lascars, les Éclaireurs. Les enfants perdus sautaient de barricades en barricades, transmettant les messages, ramassant les fusils des morts. La résistance se propageait telle une maladie contagieuse. À la Roquette, j'aidais à brûler la guillotine au pied de la statue de Voltaire. Le peuple de Paris, pessimiste par l'intelligence mais optimiste par la volonté, était résolu à donner du fil à retordre aux Versaillais !

Pour ma part, je répugnais à entrer dans la bagarre. Le sang me faisait horreur, je blêmissais à l'idée de me servir d'une arme. Imaginer que je pourrais tuer un homme me faisait dresser les cheveux sur la tête ! Je n'avais rien d'un soldat. Mon combat, je le menais avec les mots. J'allais de barricades en barricades, je recueillais des témoignages pour le journal, j'informais les combattants des positions ennemies et il m'arrivait de grossir les pertes subies de l'autre côté et d'optimiser les forces révolutionnaires. Je voulais qu'ils continuent d'y croire. Parce que moi, chaque jour un peu plus, je perdais la foi.

Un matin, dès le réveil, Albertine piqua une colère parce qu'il n'y avait rien à becqueter. Comme chaque fois que quelque chose n'allait pas, elle s'en prit à moi :

– Tu es un bon à rien ! Tu ne sais que blablater ! Quand il faut agir, y a plus personne ! Tu n'es qu'un lâche !

Le soir même je rejoignais Louise à la barricade de Clignancourt.

Mieux valait vivre au gré de son cœur, en plein péril mais en pleine liberté, que de passer pour un lâche !

Le tonnerre des canons, la fureur de la mitraille, les cris de fauves que poussaient les gars pour se donner du courage, les hurlements des blessés, la fumée des chassepots et des incendies, les pans de mur qui volaient en éclats, la poussière épaisse qui recouvrait tout et tous, l'odeur de la poudre, celle, terrible, des chairs calcinées et au fond de moi un effroi insurmontable.

Je restais recroquevillé dans un coin, tremblant, les tripes nouées avec, dans la tête, revenant sans cesse, les paroles entendues le matin même dans la rue : « Jamais les bourgeois n'accepteront de lâcher les pleins pouvoirs, ce serait comme arracher sa cassette à l'avare ! C'est pas dans leur nature de partager le gâteau. Non, ce qu'ils veulent c'est voir crever la Commune ! »

Un boulet tomba de l'autre côté de la rue. Il frappa un pauvre gars de mon âge, un étudiant maigre à faire peur dans sa jaquette usée. Je l'avais salué une heure plus tôt place des Abbesses. J'ai rampé jusqu'à lui, l'ai soulevé dans mes bras, il a ouvert de grands yeux étonnés, du sang a coulé de sa bouche et j'ai senti son corps se raidir. Son regard s'est voilé, c'est la mort qui me regardait.

Régulièrement, la nuit, la mort vient me visiter. Elle a le visage de ce jeune gars, ses yeux clairs pénètrent jusqu'au fond de mon âme, je me réveille en sueur, tremblant de tout mon être, surpris de ressentir encore l'effroi, d'être encore de ce monde.

J'ai contemplé la mort, son image reste collée à ma mémoire. Depuis ce jour, je vis chaque seconde qui passe comme le moment ultime.

7 Prairial de l'an 79
La nuit de mes vingt ans.
En ce joli mois de mai retentissant du fracas de la guerre, j'ai eu la chance de vivre une nuit d'excellence.
Cela avait très mal commencé.
J'étais rentré tard, maculé de boue, infiniment triste et las. Albertine ne m'avait pas laissé poser mon manteau.

– D'où tu viens ? Regarde dans quel état tu me laisses ! J'ai eu le malheur de passer par la place Blanche, ça s'est mis à canarder de tous les côtés ! J'ai failli y rester ! Mais toi, bien sûr, tu t'en fous ! T'es jamais là quand on a besoin de toi ! La révolution d'abord ! Ta femme peut bien attendre !

– Je te rappelle que c'est toi qui m'as envoyé sur les barricades !

– Tu ne penses qu'à toi ! Je vois bien que tu préfères aller traîner dehors plutôt que t'occuper de moi ! Toujours avec les canailles ! Tu ne vaux pas mieux qu'eux, tiens !!! Aïe ! Mon Dieu ! Et cette graine de vermine qui me torture là-dedans !.... J'aurais mieux fait de m'écouter et le faire passer !!! Oh, je vous hais tous les deux !...

J'ai renfilé mon manteau et claqué la porte.

L'air du dehors piquait méchamment les narines. Lourd des fumées des incendies, le ciel gris avait de grandes trouées rouges : « une grande blouse inondée de sang » aurait dit Vallès.

Je me mis à marcher au hasard, en proie à une colère sourde. Je pestais contre Albertine qui décevait mes rêves d'amour, je pestais contre le Comité central qui n'était pas à la hauteur de mes espérances, je pestais contre l'idiosyncrasie des hommes qui rendait impossible la Commune et surtout je pestais contre l'homme que je devenais, incapable d'assumer ses choix jusqu'au bout !

Le vent froid qui fouettait les rues exsangues de la ville m'apporta quelques notes mélancoliques. J'y reconnus le Temps des Cerises et mon cœur se serra. Je me mis à marcher plus vite. J'aurais voulu que mes pas me portent loin de Paris, au-delà de la misère et de la peur, au-delà de la mort, vers un ailleurs où je n'entendrais plus le canon ni les pleurs.

J'étais arrivé sans m'en apercevoir dans un cul-de-sac. Une faible lueur derrière le carreau cassé d'un rez-de-chaussée m'attira comme un papillon. Je m'engouffrai dans le mastroquet puant.

Je sirotais ma deuxième absinthe lorsque la porte s'ouvrit brutalement sur un féroce courant d'air. Je me retournai : une longue silhouette noire, poussée là par le vent, se tenait au chambranle. Les pans de son paletot élimé lui battaient les cuisses et ses cheveux longs, bouclés comme ceux d'une fille, lui mangeaient la moitié du visage. Il claqua violemment la porte derrière lui et marcha d'un pas raide vers le rade. C'était un jeune homme d'une grande beauté. Il se posta à deux mètres de moi et me regarda le sourcil froncé, l'œil noir, suspicieux.

J'en avais assez des querelles, j'étais là pour me saouler la hure, en bonne compagnie de préférence. Je pressentis que ce jeune homme au regard ténébreux, à l'allure fragile ferait l'affaire.

Je l'ai regardé droit dans les yeux mais l'alcool plus la fatigue troublèrent ma vision, j'y vis double et éclatai de rire. Il n'a pas bronché, ses yeux noirs toujours fixés sur moi. J'ai vidé mon verre d'un trait, ce type m'intimidait. Il restait planté là devant le comptoir, les mains enfoncées dans les poches de son paletot, avec sur son beau visage cet air de flotter entre ici et ailleurs, comme porté par un vent de liberté. Un air farouche qui disait aussi sa grande douleur. J'ai commandé deux verres d'absinthe, j'en ai fait glisser un devant lui. Il l'a bu d'un trait, sans remercier. Je lui en ai offert un autre. Il l'a englouti aussi sec. Nous étions à égalité. J'ai commandé une troisième tournée et cette fois, nous avons trinqué :

– À la Sociale ! criais-je.
– À la joyeuse mort des hommes ! répondit-il.

Le souvenir de cette nuit est l'ultime bonheur de ma vie d'homme libre. Dans cette cave humide et sombre, avec trois ou quatre rescapés des barricades noirs de suif et d'alcool pour témoins, Arthur et moi, de vertes en vertes, sommes devenus frères.

– Je n'aime rien tant que la liberté ! me vantais-je.
– « Je m'entête affreusement à adorer la liberté libre ! » raillait-il.

Nous devions avoir à peu près le même âge mais Arthur avait au moins deux vies d'avance sur moi. Il disait qu'il avait peu de temps, qu'il voulait brûler la chandelle par les deux bouts. Il puisait ses forces au creuset d'une colère éternelle ; tantôt il gueulait, se répandait en accusations haineuses, et je roulais avec lui sous la table. Tantôt sa muse poétique l'emportait sur des sommets inviolés et je ne pouvais le suivre qu'en rêve.

Arthur était une étoile filante, une comète qui m'éclaboussait de lumière.

Nous nous séparâmes à potron-minet :
– Vois-tu l'aube qui se lève, frère ? Eh bien elle célèbre notre amitié et mes vingt ans ! dis-je d'un ton solennel, entre deux hoquets.

Arthur m'a serré dans ses bras. Puis il m'a tapé sur l'épaule, a tiré un papier froissé de sa poche crevée et me l'a tendu :
– Je l'ai écrit juste avant de te rencontrer. Disons que c'est mon cadeau d'anniversaire !

Il est parti, je ne l'ai plus jamais revu. Son poème lui ne me quitte pas. Je le sais par cœur.

Le Cœur du Pitre

Mon triste cœur bave à la poupe,
Mon cœur est plein de caporals :
Ils y lancent des jets de soupe,
Mon triste cœur bave à la poupe :
Sous les quolibets de la troupe
Qui pousse un rire général
Mon triste cœur bave à la poupe,
Mon cœur est plein de caporal.

Ithyphalliques et pioupiesques
Leurs insultes l'ont dépravé !
À la vesprée ils font des fresques
Ithyphalliques et pioupiesques.
Ô flots abracadabrantesques,
Prenez mon cœur qu'il soit sauvé :
Ithyphalliques et pioupiesques
Leurs insultes l'ont dépravé !

Quand ils auront tari leurs chiques,
Comment agir, ô cœur volé ?
Ce seront des refrains bachiques
Quand ils auront tari leurs chiques :
J'aurai des sursauts stomachiques
Si mon cœur triste est ravalé :
Quand ils auront tari leurs chiques,
Comment agir, ô cœur volé ?

Arthur Rimbaud

— Il a connu Rimbaud ! s'exclama Ludivine en laissant tomber le carnet de ses mains. Incroyable ! Je n'arrive pas à concevoir que l'on puisse rencontrer en chair et en os un tel être ! Arthur Rimbaud ! Le dispensateur de beauté ! Quelle chance !

— Je ne sais pas si l'on peut parler de chance en ce qui concerne Jules-Marie...

— N'empêche, ce devait être une époque formidable !

— Une époque formidable, la guerre fratricide ! ? Les travaux forcés ! ? Tu dérailles !

— L'époque où les gens avaient encore le courage de se rebeller ! Aujourd'hui, on ne résiste plus à la tyrannie, on a le ventre trop plein, tu l'as dit ! C'est la dictature du conformisme. Tu connais l'histoire de la grenouille qui barbote dans sa casserole d'eau froide ? Quand l'eau tiédit, elle est aux anges, quand ça chauffe trop, il est trop tard, elle est déjà toute ramollie, elle est bientôt cuite ! Si elle avait réagi tout de suite, elle aurait donné le coup de patte nécessaire et se serait sortie de là ! Tirons leçon de la grenouille !

— À défaut de penseurs, pourquoi pas la grenouille ?

— Tu plaisantes mais chaque jour on rogne un peu plus nos libertés ! On nous sucre nos acquis sociaux, on supprime le service public, on casse le système des retraites, on demande aux policiers, aux écoles et même aux hôpitaux d'être rentables ! On nous fait payer les erreurs des traders et on pollue à outrance ! La déforestation va bon train, ça me rend malade !... 1870, aujourd'hui, ce sont les mêmes qui nous gouvernent, qui dilapident le fric et qui, sous prétexte de crise réclament des sacrifices au peuple ! Trouves-tu normal qu'une infirmière par exemple donne douze pour cent de son salaire annuel quand les plus fortunés ne paient que neuf pour cent d'impôt ? Voire zéro pour cent avec une bonne petite niche fiscale ? Ce sont les mêmes qui placent leur argent dans les paradis fiscaux, délocalisent et aggravent le chômage ! Treize pour cent de la population française sous le seuil de la pauvreté ! Tu trouves ça normal ? Dans un pays aussi riche que le nôtre ? ! Et ce sont encore les mêmes qui incitent à la haine raciale et se font un devoir de mater la racaille ! Racaille, canaille, même combat ! On est des grenouilles, j'te dis ! Des grenouilles en sursis, en liberté surveillée. Y a des écrans partout ! Des caméras partout ! Ils disent qu'ils veulent nous protéger, mon cul ! Ils nous espionnent, nous volent notre intimité ! Le ciel est truffé de satellites, même ici, l'œil du grand ordonnateur nous surveille ! C'est une atteinte permanente à la liberté ! Et on reste les bras croisés ! Oh, bien sûr, parfois on manifeste, on descend dans la rue crier notre indignation ! On chante des conneries sur l'air de l'Internationale, on déverse du fumier sur les pelouses des préfectures, on scande « à bas le patronat et l'État voyou » mais on détourne la tête si l'un d'entre nous ose crier « révolution ! » Et on rentre bien vite chez soi regarder la télé !... Ils doivent bien rigoler au sommet en nous voyant défiler sous la pluie armée de nos pancartes en carton ! Eux sont autrement plus féroces !

    La main de Ludivine trembla en prenant une cigarette. Clément lui alluma. Il savait qu'elle avait raison mais il n'avait pas envie de refaire le monde ce soir. Il n'était pas venu pour ça. C'était son monde à lui qu'il voulait reconstruire, son monde avec elle. Il souffrait de la voir souffrir mais ne trouvait rien à lui dire. Le verre à la main, il regarda tourner l'armagnac, pensa à la rondeur du sein de Ludivine qui tenait juste dans sa paume et se revit devant le Taj Mahal... Chah Djahan n'avait-il pas eu l'idée de mettre la main de l'architecte sur le sein de sa servante pour qu'il s'inspire de son galbe ? C'était à l'aube, une brume mauve enveloppait le jardin, Ludivine était dans ses bras, ils s'embrassaient longuement...

– ... Il faudrait une société qui permette à l'homme de se gérer lui-même, reprit Ludivine sans conviction.

– Ça s'appelle l'anarchie ma chérie !

– Elle a raison Albertine. Quand il faut agir, il n'y a plus personne. La paresse intellectuelle nous cloue à notre fauteuil, regarde-nous ! Notre ancêtre oui, c'était un rebelle ! Il l'a quitté lui, son fauteuil ! Il a eu le cran de la défendre sa liberté !

– Et il l'a perdu !

– C'est un risque...

– Un risque qui l'a mené à 6 000 lieues, prisonnier sur une île perdue, condamné aux travaux forcés à perpète !... Tu l'imagines, ton héros valeureux, avec ses chaînes aux pieds ?

– Je l'imagine oui, et ça me rend malade.

– « Mourir pour des idées ? D'accord, mais de mort len-en-te, d'accord mais de mort len-en en te » chantonna-t-il. Comme tonton Georges, je dis : ne comptez pas sur moi !

Ludivine fit la grimace. Clément ne put se résoudre à la satisfaire par pure complaisance, tant pis pour l'héroïsme :

– Je connais la route de la plage, je me casse ! affirma-t-il.

– Ah oui je sais, c'est ta façon d'agir... dit-elle d'une voix éteinte.

– Un anarchiste est avant tout un homme libre. La planète est mon champ d'action. Si on m'emmerde trop ici, je vais me faire voir ailleurs, voilà tout ! D'ailleurs très franchement mon amour de l'humanité a ses limites.

– Concernant l'être humain, je ne partage pas tout à fait ton pessimisme.

– Tu sais ce qu'est un pessimiste... Un optimiste bien informé !

Ludivine rouvrit le carnet rouge en soupirant bruyamment.

– Et si on en restait plutôt aux vers de Rimbaud ? On pourrait continuer demain, suggéra Clément en étirant son corps endolori.
– Juste quelques pages encore.

La beauté d'Arthur m'a souvent permis de surmonter la laideur des hommes. J'ai appris la miséricorde : à défaut d'aimer, je ne hais plus. Et je peux continuer de vivre.

Et lui, a-t-il sauvé son âme ? A-t-il soigné son cœur volé ?

Cinq ans ont passé déjà ! J'ai tellement vieilli...

Qu'est devenue Albertine ? Et l'enfant ? Est-il vivant ? Est-il garçon ou fille ? Le saurais-je jamais ?... Victoire a cinq ans. C'est une belle petite fille aux cheveux roux. Victor a cinq ans, c'est un beau petit gars costaud... Il a la tache de vin sur une pommette... Mon fils...

Albertine a dû lui donner un autre nom. Elle aura voulu tout effacer de moi. Comme je la comprends ! Je l'ai abandonné. J'ai abandonné mon enfant. Pourquoi ? Pour qui ? Rien n'a changé.

Parfois je pense à Hortense, ma mère nourricière... Mais son image m'échappe, son visage se barbouille de rouge, il est jeune et sourit tristement.

Mère sans visage. Enfant sans visage. Vie sans visage.

Mes nuits sont peuplées de cauchemars : tout est rouge autour de moi, le sang entre à flot dans ma bouche. Je suis écrasé sous une pierre tombale, je suffoque, je me réveille en sueur.

J'ai peur de sombrer à nouveau dans ce sommeil qui ressemble à la mort. Alors, je cogite. J'ai l'oreille qui traîne, l'oreille du journaliste, me dis-je pour me persuader que je suis encore un homme. Tous les jours, je recueille des renseignements, j'accumule des informations, des on-dit, des non-dits aussi. Je recoupe le tout, je me fais mon opinion.

Et la nuit, j'échafaude des plans, je rêve que je m'évade.

Je suis libre. Jusqu'au matin.

– Il va s'évader, j'en suis sûre ! affirma Ludivine en refermant le carnet.

– Ça m'étonnerait, on ne s'évadait pas de la Nouvelle.

– Comme on ne s'évadait pas de l'île du Diable. Pourtant, Papillon l'a fait !

Clément s'extirpa douloureusement de son fauteuil :

– Ce satané fauteuil a achevé le travail commencé par le train et ton horrible bagnole, j'ai les reins en compote !

– Tu vas te coucher ?

– Oui. La grande évasion sera pour demain, Steeve Mac Queen attendra.

– Je n'arriverai jamais à dormir avec toute cette histoire dans la tête ! Trop d'injustice, de crimes horribles ! J'ai la rage ! Et un gros poids sur le cœur... Je continuerais bien un peu, des fois que ça s'arrange...

– Tu as vu l'heure ?

– Bigre ! Je n'ai pas vu le temps passer ! Au lit ! Je te réveille à neuf heures ?

– Neuf heures ? Heu... neuf heures et demi...

– J'aimerais que tu m'aides à bêcher le potager. Je veux devenir autonome, tu comprends, je veux vivre en autarcie, enfin presque. En tout cas je ne veux plus cotiser à l'arnaque de la grande distribution ! Il faut absolument agrandir le potager.

– On verra ça demain. Là ce soir, dans l'état où est mon dos, je ne veux même pas y penser ! dit-il en se tenant les reins à deux mains.

Ludivine, encore pleine d'énergie, le suivit en se moquant :

– OK, OK, tu verras demain, monsieur fait comme il veut... Monsieur est un homme libre !

– C'est bien pour ça que tu m'aimes, non ? !

Il la saisit au vol et la plaqua contre lui.

– On dort ensemble ? proposa-t-il avec un sourire canaille, les yeux dans les siens.

Ludivine savait qu'elle ne savait pas résister à ce regard-là, chaud comme l'ambre au soleil, profond comme un lac de montagne, envoûtant comme un voyage en des contrées merveilleuses. Un regard qui mêlait la malice à la tendresse, la fantaisie à l'adoration. Elle sentit l'émotion lui nouer la gorge. Se hissant courageusement sur la pointe des pieds, elle déposa un rapide petit baiser sur ses lèvres, lui échappa et s'engouffra dans sa chambre. Avant de refermer la porte, elle lui murmura : « Je t'aime ».

La tête pleine de batailles, Ludivine se retourna longtemps dans son lit avant de sombrer dans un sommeil peuplé de rêves.

Une foule en colère envahissait les rues et le feu des canons arrachait leurs poings levés. De grandes flammes léchaient les murs de sa maison. Elle gémit, une femme lui apparut, le visage barbouillé de rouge. Allongée sur un grand lit blanc, elle déchirait la peau de son ventre avec ses ongles.

Ludivine se retourna encore et plongea dans des flots tumultueux. Au sommet d'un rocher surgi du néant, Blanqui, de sa main gantée de noir, lui tendait un bouquet de violettes. Elle voulut se saisir des fleurs, le vide s'ouvrit sous ses pieds, elle se réveilla en sursaut, une sourde angoisse vrillée au ventre. Elle eut envie de rejoindre Clément, de se pelotonner contre son corps tout chaud, de se laisser bercer par sa respiration régulière et de s'endormir à ses côtés, paisiblement. Pourquoi lui ai-je fermé la porte au nez ? » se demanda-t-elle, recroquevillée sous les couvertures. Quelle idiote !

Incapable de retrouver le sommeil, elle finit par se lever. Sur la pointe des pieds, elle alla à la porte de Clément, hésita, tourna en rond dans le couloir et finalement décida de s'habiller pour sortir.

Dehors, le ciel était encore tout griffonné de ténèbres. L'air frais et humide éveilla ses sens aux multiples senteurs printanières. Au loin un hibou ulula. Tequila, Shan et Bambou vinrent se frotter à tour de rôle contre ses jambes.

– Je vais faire un tour dans le bois, leur dit-elle.

Tequila miaula en la fixant de ses grands yeux d'opaline.

– Tu as raison, lui répondit-elle en le caressant, on est à potron-minet, je t'emmène !

C'était l'heure où la nuit, en se retirant discrètement, oubliait parfois dans les replis de son manteau un animal sauvage surpris dans son intimité. Sur l'étroit sentier qui descendait en pente raide à travers le bois jusqu'à la source, Ludivine se fit discrète. Son pied léger savait éviter les feuilles mortes qui craquaient et faisaient dresser l'oreille, les cailloux ronds qui roulaient pour donner l'alerte.

Tequila, nez en l'air, trottinait devant elle. Sa queue rousse annelée de blanc se dressait, frémissante de plaisir. En surplomb de la source, il s'arrêta net. Ludivine s'accroupit à ses côtés et découvrit, en contrebas, trois jeunes chevreuils penchés sur le ruisseau. L'un d'eux avait encore sur le dos les marques blanches de l'enfance, les deux autres arboraient fièrement des bois courts et duveteux. Ils buvaient tranquillement. Tout près, dans les branches d'un noisetier, un rouge-gorge lissait ses plumes. Plus haut, les coups répétés d'un pic épeiche sur le bois creux résonnaient dans le silence comme l'appel du tam-tam. L'air pur vibrait du vrombissement des abeilles, du froissement des libellules, de la caresse des premiers papillons. Au loin, sur le mamelon de la colline, l'aurore peignait déjà le ciel en rose.

Ludivine ne bougeait pas, respirait à peine. Elle regardait, émerveillée, les trois chevreuils surpris par le jour.

S'infiltrant dans la bambouseraie, un rayon de soleil vint chahuter la source. Les trois chevreuils redressèrent la tête et dans un même élan, franchirent le ruisseau. Ludivine les suivit du regard : ils traversèrent la prairie par petits bonds gracieux. À l'orée du bois voisin, ils marquèrent un temps d'arrêt, tournèrent le regard vers la source puis, lentement, comme à regret, s'enfoncèrent sous le couvert des arbres.

Tequila s'était éloigné, il furetait de son côté. Ludivine poursuivit seule sa promenade. Comme chaque matin, la nature la réconciliait avec la vie, elle se mit à fredonner « C'est un jardin extraordinaire... »

Devant le patriarche du bois, un grand chêne vieux de six cents ans qui enjambait le fossé et dressait vers le ciel ses longues branches tordues, épaisses comme des troncs, elle s'arrêta et tendit l'oreille : la voix fluette de Bambou lui parvenait de loin, elle l'appela. Un instant plus tard, la minette troua le feuillage et la fixa de ses grands yeux dorés. Sur sa robe de soie noire un rayon de soleil jetait des reflets moirés. Ludivine se répandit en compliments. Bambou miaula sur toutes les tonalités du contentement en dévalant prestement le talus. Ravie de la compagnie de sa vieille complice, Ludivine s'installa confortablement dans un creux du grand chêne, dos calé contre l'écorce moussue elle sortit le carnet qui ne la quittait jamais, mordilla le bout de son crayon et griffonna un premier vers. D'un pas précautionneux Bambou remonta la longue racine torve qui émergeait du sol et vint s'allonger sur ses cuisses. La pensée de Ludivine s'évada par-dessus les mers.

– Si j'avais été homme, j'aurais été comme Jules-Marie, dit-elle à Bambou. Tu crois qu'il était beau, malgré sa tache de vin ?... Il aimait la liberté par-dessus tout... Comme moi... Comment fait-on pour supporter les chaînes, les coups, les humiliations ?... L'épaisse fourrure de Bambou lui procurait la douceur que son âme réclamait et si sa pensée s'éloigna enfin du prisonnier ce fut pour évoquer le triste sort de Marie Lalvin.

– Comment peut-on abandonner son enfant ? Quelle terrible décision... Toi aussi t'es une petite adoptée, dit-elle pensive tout en caressant la minette... C'est chouette l'adoption, hein ma Bambouline !

Une brise légère vint flirter avec les branches du grand chêne. Elle leva le nez, sourit à la beauté du feuillage naissant et s'amusa à y découvrir des images, comme elle aimait faire, enfant, avec les nuages. Les ondulations lascives des jeunes feuilles d'un vert très tendre, légères comme de la dentelle, lui firent penser à un châle glissant sur une épaule nue. Un écureuil traversa le tableau en le barbouillant de roux. Albertine était là. Elle non plus ne voulait pas d'enfant, songea tristement Ludivine. Un merle qui remontait du bois à tire d'ailes en riant haut et fort, vint biffer la toile d'un trait noir, l'image de la belle rousse s'effaça, laissant au cœur de Ludivine une amère sensation. Elle se redressa en soupirant, enlaça le vieil arbre, posa son oreille contre la mousse et ferma les yeux. Sous l'écorce rude, creusée de profondes rides sinueuses par le passage du temps, il lui sembla entendre le fracas des guerres et les lamentations des hommes qui ont perdu leurs illusions.

– Donne-moi ta force, grand chêne, implora-t-elle, donne-moi ta force.

Elle eut soudain froid. Elle eut beau fermer le col de sa veste, enserrer son torse, se donner de grandes tapes sur les bras et accélérer le pas, elle ne put réprimer ses tremblements et l'énergie lui manqua pour avancer. Il lui semblait que pesait sur ses épaules le fardeau d'une longue hérédité, qu'il lui fallait porter tout le poids des tourments de ses ancêtres. Elle marcha d'un pas lourd dans l'allée encaissée sans voir les arums sauvages aux longues fleurs nacrées qui la tapissaient. Au-dessus d'elle, les branches des noisetiers qui se rejoignaient en voûte de cathédrale empêchaient la lumière de pénétrer et l'humidité régnante la fit frissonner de plus belle. Son sang refusait d'affluer aux bouts des doigts, la température n'y était pour rien, elle ressentait souvent ce grand froid intérieur, comme une absence. Tout en forçant le pas, elle essaya de mettre de l'ordre dans ses idées. Elle retourna dans sa tête les paroles qu'elles voudraient dire à Clément, convaincue maintenant que son chaos intérieur ne trouverait de repos que lorsqu'elle lui aurait vraiment parlé, qu'ils auraient retrouvé leur belle complicité. Osera-t-elle enfin lui parler de ce projet d'adoption qui lui trottait dans la tête ?...

Un rayon de soleil la surprit à l'orée du bois. Au bout de la prairie qui s'ouvrait devant elle, la maison s'illuminait, les tuiles romanes rosissaient et dans les futaies, les oiseaux entamaient leur concert pour saluer le jour nouveau. « Tu es là mon amour... Tu dors... Bientôt tu me souriras... Déjà, tu embellis ma vie... Quoique tu décides, je t'aimerai toujours. »

– Soldat lève toi ! Soldat lève toi, soldat lève toi bien vi-te !

Ludivine au pas cadencé, tournait autour du lit en chantant à tue-tête.

– Grrrrr ! Faites la taire, quelqu'un ! grogna Clément du fond de son lit.

– Debout ! Il fait un temps superbe et le p'tit déj est prêt !

Ludivine ouvrit les contrevents sur un grand rayon de soleil intrusif, Clément replongea la tête sous la couette.

– Tu veux que je te la rechante ? Soldat lève-toi ! Soldat lève-toi !

– T'as rien de mieux pour mon réveil ? bougonna Clément en mettant pied à terre.

Elle plaqua un baiser sur ses lèvres :
– Peut-être préféreras-tu ce poème... Je l'ai écrit tout à l'heure au pied du grand chêne.

Rebelle, c'est pour toi que j'écris
Avant que tes tempes n'explosent
Et que tu crèves d'une overdose
D'ennui

Dans ce monde fardé et vide où les hommes épuisés
survivent
Tes ailes blanches sont rognées et tes désirs sont exsangues
Dans tes nuits longues et sans sommeil où ta pensée souvent
dérive
Tu rêves d'un brûlant soleil, de femmes qui auraient un
goût de mangue

Rebelle, c'est pour toi que j'écris
Avant que, vieilli, tu n'oublies le parfum enivrant des roses
Et que toutes illusions perdues, la haine fatale ne névrose
Ta vie

Oh oui ! Je connais tes douleurs et tes plaies vives sont les
miennes
Tu n'oses plus rien espérer, rêver que le bonheur survienne
Tu te demandes si c'est la peine et si vraiment ça vaut le
coup
D'avancer, de vouloir quand même et jusqu'au bout vivre
debout.

Rebelle, c'est pour toi que j'écris
Avant que, revenu de tout, niant la vie un jour tu n'oses

Prendre ton flingue, une seringue, mettre une fin à toutes choses
Folie !

Ne vois-tu pas, l'aube venue, l'herbe trembler sous la rosée ?
La Dame blanche sur son vieux chêne vient à nouveau se reposer
Une pervenche s'est appuyée sur la pierre moussue du chemin
Une fille nue sous le soleil sourit en te tendant la main.

Rebelle, c'est pour toi que j'écris.

(poème de Claude Litzler)

La symphonie « Jeune Homme » égrenait ses notes joyeuses dans toute la maison et dans le jardin les oiseaux volubiles semblaient vouloir rivaliser avec Mozart. Assise à la grande table de la cuisine devant une tasse de thé fumant, Ludivine beurrait tranquillement une tartine de bon pain.

– Confiture de melon, figue, pastèque, fraise ? demanda-t-elle à Clément qui la rejoignit.

– Fraise. Merci pour le poème. Très joli. Tu as tous les dons ma Divine.

Elle sourit, lui tendit sa tartine :

– As-tu bien dormi cousin chéri ?

Clément acquiesça mollement tout en se versant du thé.

– Moi, pas terrible. J'ai fait la révolution toute la nuit... J'ai hâte de connaître la suite de l'histoire. Il va s'en sortir, c'est sûr... On reprendra la lecture à l'heure du café, n'est-ce pas ?...

Clément était distrait, il ne répondit pas. Il trempait sa tartine dans son thé, les yeux rivés sur la poitrine de Ludivine, sur ses deux petits seins ronds et nus qui pointaient sous le tissu grossier d'une vieille chemise à lui. Il trempait méthodiquement sa tartine et son cœur fondait lentement.

Ludivine reprit sa tasse en le regardant par en dessous. Elle but tout en vérifiant d'une main que ses boutons étaient bien fermés, reposa sa tasse et croisa les jambes.

– Tu es déjà en tenue de travail ! s'exclama Clément la bouche pleine en découvrant le pantalon maculé de taches brunes, déchiré aux genoux.

– Plutôt sexy... ajouta-t-il en déglutissant.

Ludivine sourit puis, tout en se préparant une nouvelle tartine, raconta :

– Je suis allée me balader dans le bois à potron-minet, tu sais l'heure où tout espoir est permis... Nous sommes descendus jusqu'à la source, Tequila et moi, et là, penchés sur le ruisseau, devine ce qu'on a vu ?... Trois chevreuils ! Ou plutôt, deux fringants chevreuils et un adorable Bambi ! Ils buvaient tranquillement au ruisseau !

Il sourit. Elle se resservit du thé, poursuivit :

– J'ai aussi arraché les mauvaises herbes dans le potager. Ce ne sera pas si long. Il fait juste assez doux pour bien travailler... Au fait, comment va ton dos ?

– Ça va, t'inquiète, ton potager sera retourné avant midi. Mais, dis-moi, qu'as-tu fait de l'urne ? Je ne la vois plus sur la cheminée...

– Tu m'as convaincue. Je suis allée au Cap Ferret au mois de février. Il n'y avait personne, juste l'océan et moi, au bout du monde. L'air embaumait le mimosa. Le vent a emporté les cendres de mes parents. J'ai pleuré, enfin, toutes les larmes de mon corps, si longtemps retenues. J'ai aussi évacué mes regrets. Tant pis pour elle si j'ai déçu Maman ! Elle rêvait pour moi d'un grand mariage, d'une vie bourgeoise, je me suis entêtée dans le vagabondage et le célibat ! Hem... Je me souviens d'une lettre, une de ses très rares lettres, qui disait : « Avec tout le mal que nous nous sommes donnés, ton père et moi, pour que tu aies la meilleure éducation, tu pourrais au moins passer le concours et être institutrice ! Au moins ça, tu devrais en être capable... »

— Toujours le mot pour plaire...

— Pendant des années, j'ai vécu la vie que ma mère m'avait assignée, puis un jour j'ai lu cette phrase dans un livre : « Ne pas s'emparer du cours de sa vie, c'est réduire l'existence à un simple accident » Ça m'a fait horreur ! Je savais depuis longtemps qui je ne voulais pas être mais j'étais incapable de savoir qui j'étais... Ça m'a pris beaucoup de temps de le savoir.... Plus tard, je me suis rendu compte qu'en fait Maman n'avait jamais cru en moi. Tu sais ce qu'elle disait ? Que j'étais musicienne par erreur ! Que c'était son fantasme à elle d'avoir une fille concertiste ! « Tu n'arriveras jamais à rien ma pauvre chérie ! Tu n'as pas le talent. Tu ne me ressembles guère... »

— Ta mère n'a qu'un seul mérite, c'est de t'avoir enfantée.

— Après mon échec à Rome, elle avait tellement honte qu'elle a tout fait pour que je renonce à mes ambitions « démesurées » comme elle disait... C'est à partir de ce jour qu'elle m'a bassiné pour que je devienne institutrice. Ça l'aurait arrangée, elle aurait pu me ranger dans un tiroir, y coller une étiquette et hop ! Du balai ! On n'en parle plus !

— T'as préféré t'enfuir au bout du monde...

— Ce n'était pas seulement pour fuir, je voulais voyager. Je voulais être libre, vivre selon ma volonté... Comme Jules-Marie, j'ai déçu le père et trahi la mère.

— Déçu, ton père ?...

— Oui, dans la mesure où je ne satisfaisais pas les désirs de sa femme... Sinon, c'est vrai qu'il n'attendait pas grand-chose de moi. Il me regardait comme si j'étais un ovni ! Même en plein récital, il riait de moi ! Tu te rends compte ? Il riait ! Et moi, je ne devais pas m'arrêter, pas me déconcentrer ! Horrible ! Le pire de mes souvenirs !... Papa ne m'a jamais prise au sérieux, du coup, pour ne pas le contredire, je n'ai rien fait de sérieux. Nous sommes quittes !... Ils n'ont pas cherché à me connaître, ni l'un ni l'autre. Sans doute pensaient-ils que je n'en valais pas la peine... Ils m'ont aimé, certainement, comme ils pouvaient, de loin. Je ne leur en veux pas, tu sais. Ils avaient déjà bien du mal avec leurs propres fardeaux, avec la guerre, en pleine jeunesse... Qui sait comment on s'en sort ? Je les comprends. Je ne les excuse pas pour autant... Tu saisis la nuance, toi ?

Clément se contenta de hocher la tête.

– Maintenant, je me sens beaucoup plus légère, plus libre. J'ai coupé définitivement le cordon ! J'ai non seulement fait le deuil de mes parents mais aussi celui de la famille telle qu'ils l'avaient conçue. Je n'ai plus de compte à rendre, je ne me sens plus jugée, évaluée, je ne suis plus « la fille de ». Orpheline me va très bien ! « Exprimer une chose, c'est lui conserver sa force et lui ôter l'épouvante » disait Pessoa. En dispersant leurs cendres, je me suis enfin débarrassée de l'épouvante que me procurait le souvenir de mes parents ! Ouf ! J'aurais dû t'écouter plus tôt.

Il la regarda avec tendresse :

– Pour toi je voudrais être un rempart contre la laideur du monde, dit-il.

Elle sourit, se pencha par-dessus la table, déposa un baiser sur ses lèvres :

– Tu es beau.

Mozart s'était tu, Ludivine avait quitté la cuisine. Clément, resté seul, sirotait son thé. Une mésange bleue vint se percher sur le rebord de la fenêtre mais il n'y fit pas attention, il était perdu dans ses réflexions. Il se revoyait ado, dans ce petit train qui l'emportait loin de son exécrable cercle familial où les cris hystériques des femmes couvraient la voix tonitruante d'un père réduit au rôle de tiroir-caisse. Il s'arrangeait pour « dégager le plancher » aussi souvent que possible et passer toutes les vacances avec elle, chez tante Bibiane, une gentille bonne femme rondouillette, toujours entourée de gosses, une vraie matrone, alors un de plus, un de moins... Quand elle n'était pas en pension, c'est là que Ludivine avait sa chambre, sous le toit. Il se revoyait grimper l'escalier sur la pointe des pieds. Il connaissait par cœur les marches qui craquaient. Collés l'un à l'autre, ils passaient la nuit à regarder les étoiles... Derrière la maison, il y avait un grand jardin, des fruitiers chargés de pommes, de mirabelles, de pêches. Le jus coulait sur leurs mentons, ils se léchaient mutuellement en riant. En contrebas, il y avait la rivière. C'est dans ses eaux fraîches et claires qu'il lui avait appris à nager. Ludivine avait un petit maillot jaune, sa peau en était encore plus dorée... Il se souvenait de leurs longues promenades, main dans la main. Ils se racontaient sans fin, insatiables, toujours curieux l'un de l'autre, en si parfaite complicité. Les deux plus grands amis du monde. Aux vacances de la Toussaint, les bois de feuillus fleuraient bon le champignon, à Pâques, ils se parfumaient au muguet... Il se souvenait de son regard brûlant quand elle lui avait fait promettre de ne jamais lui mentir.

La mésange s'envola. Clément se leva et débarrassa son couvert. En passant devant la cheminée où manquait l'urne funéraire, il se remémora les courtes apparitions des parents de Ludivine. Ils entraient chez tante Bibiane, parlaient haut et fort, avec de grands gestes, comme s'ils étaient encore au théâtre, toujours en représentation. Il revoyait leur air étonné devant leur fille, « ce charmant fardeau ! », le baiser sur le front, sec, froid. Les yeux sombres de Ludivine. Sa main qui cherchait la sienne. Et puis les cadeaux, toujours somptueux, aussi coûteux qu'inutiles. « Grossiers jusque dans leur prodigalité, dit-il à voix haute. Ceux-là sont morts comme ils ont vécu : en parfaits égoïstes ! »

Tandis qu'il lavait sa tasse, lui revint en mémoire l'image douloureuse de Ludivine lui faisant signe de la main, l'escalier roulant d'Orly qui l'emportait, et lui qui restait là, à pleurer avec Brel, son amour envolé. « Tu ne voulais plus être un fardeau, tu as tout largué : ta famille, ton violoncelle, et moi avec ! »

Un rouge-gorge plein d'audace se gava des vers de terre délogés par leur travail de sarclage. Heureux de travailler ensemble, Ludivine et Clément repiquèrent fraisiers, bourrache et salades, semèrent radis, petits pois et potiron, préparèrent enfin le carré pour les futures tomates. À midi, fatigués et contents, ils récompensèrent leurs efforts par un copieux casse croûte au magret fumé arrosé d'un Côtes de Gascogne fruité. Après quoi ils s'installèrent au salon pour prendre le café et poursuivre le récit de l'ancêtre rebelle.

Une fringante lumière d'avril éclairait la pièce. Ludivine, les yeux fixés sur le carnet rouge qui reposait sur ses genoux, semblait perdue dans ses pensées. Clément, assis sur le divan à côté d'elle, buvait son café en silence.

– Où en était-on ? finit-il par demander. Ah oui ! L'enfant... Je ne peux m'empêcher de ressentir de l'admiration pour les femmes de cette époque qui choisissaient leur liberté plutôt que de se limiter comme leurs aînées à des fonctions reproductives. Avoue qu'elles étaient très avant-gardistes...

– Et courageuses ! Et en ce temps-là, ce n'était pas évident.

Clément leva sa tasse de café et porta un toast :

– À toutes les femmes cohérentes et lucides qui ont refusé de participer au réchauffement climatique et à la surpopulation !

– Aujourd'hui heureusement, on a le choix. Enfanter n'est plus une fatalité...

– Tu te rends compte de tout ce qu'on aurait raté si on avait eu un enfant à charge ? Adieu les voyages en routards ! Adieu la liberté. Finies les structures légères !...

– Oui... Je me souviens, tu disais : « Avoir un enfant, c'est comme un lapsus : si on savait pourquoi on en fait, on s'abstiendrait ! » Hem ! Et tu clamais haut et fort que jamais, au grand jamais, tu ne reproduirais tes gênes !

– N'empêche, elle aurait été sûrement craquette notre petite... surtout si elle avait eu tes mirettes !

– Il aurait été irrésistible... comme son père...

Un silence embarrassé s'en suivit. Ludivine finit par glisser sa main dans celle de Clément et la serra très fort puis, la gorge nouée :

– Il ne faut rien regretter, on n'avait aucune maturité, on n'était pas prêt à donner des fruits. Alors que maintenant, nous avons fait du chemin...

Avant que Clément n'ait eu le temps de réagir, trois coups énergiques retentirent à la porte d'entrée. Ludivine se leva, essuya discrètement une larme sur sa joue et alla ouvrir. Son amie Pascale entra comme une tornade dans le salon, jeta sa veste sur l'accoudoir et se laissa tomber lourdement dans le vieux club au cuir lacéré qui grinça sous le choc. Secouant énergiquement sa tignasse aussi noire qu'exubérante pour refuser la tasse de café que Ludivine lui proposait, elle tira sur ses mitaines en fixant Clément de ses grands yeux charbonneux :

– Tu es là, toi...

– Ça se voit, non ?

– Tu ferais bien d'y être plus souvent. Enfin, je ne veux pas me mêler de ce qui ne me regarde pas mais je trouve que Ludivine a mauvaise mine ces temps-ci... On dirait que tu as pleuré ma belle ? Je ne vous comprends pas tous les deux ! Vous avez tout pour être heureux ! Vous ne connaissez pas votre chance tiens ! Vous êtes là, comme des coqs en paille... Si vous aviez des enfants comme moi, vous auriez de quoi vous faire des cheveux blancs ! Mon Dieu, quelle galère ! Je ne sais pas ce qu'ils ont dans le ventre aujourd'hui mais ils m'en font baver de toutes les couleurs ! Je croyais que ça allait s'arranger, avec le temps, tu parles ! C'est de pire en pire ! Ophélie est en pleine crise d'adolescence ! Hier, elle n'a rien trouvé de mieux que de nous dire, à son père et moi, que nous étions des loosers ! Oui ! Des loosers ! « Et j'en ai rien à branler de l'environnement et de votre culture bio ! » qu'elle rajoute ! Quant à Paulin, c'est le bureau des réclamations : « Les copains ont tous une PS3, un Ipod, moi j'ai jamais rien ! Vous n'avez jamais assez de fric ! Vous êtes des loosers ! » Et c'est reparti ! Ils se lèvent à midi, se remplissent le ventre et se greffent à l'ordinateur : question convivialité c'est zéro ! Franchement, on a l'impression de vivre avec des zombies. Ils n'en ont absolument rien à foutre de ce qu'on pense d'eux ! En plus, Ophélie vient de rompre avec son petit copain, j'vous dis pas la gueule qu'elle nous tire ! Une humeur de cochon ! Bon, faut que j'y aille, je dois prendre Paulin au collège pour le conduire à Auch chez l'ortho et le ramener à six heures au rugby. Après ça, j'récupère Ophélie à son cours de danse, je prépare les patates de monsieur qui ne mange plus que ça, c'est n'importe quoi ! et je termine sa comptabilité sinon il me fait une crise ! Allez, je vous laisse... Au fait, ta pièce, ça marche ? Et toi Lud, t'en es où de tes cours de musique ? T'as trouvé de nouveaux élèves ? Je me demande comment tu arrives à t'en sortir ? Faut dire aussi que... tu n'as qu'toi. Moi, j'arrive jamais à boucler les fins de mois ! Travailler plus pour gagner plus, mon cul ! Au fait, je t'ai laissé les graines de tomates sur le banc de pierre, tu verras. J'ai aussi mis du maïs inca violet, c'est délicieux avec un peu de beurre salé. Ah, dernière chose : le thème du prochain café philo sera « baby or not baby ». Viens, tu auras des tas de choses à nous dire, depuis le temps que tu te poses la question ! Tu pourrais adhérer aux no-kids ! Hihi ! Ceci dit, moi, je me plains mais heureusement que j'ai mes enfants parce que sinon, je crois que je me serais fait chier à tourner en rond autour de mon nombril... J'dis pas ça pour vous mais je crois bien que notre couple aurait fini par se fossiliser. Enfin, vous faites comme vous voulez mais vous savez pas ce que vous perdez ! Hem ! Oui, je sais, faudrait savoir ! Paraît que je manque de cohérence en ce moment, ils n'arrêtent pas de me le dire. Je crois qu'en fait j'ai un gros coup de Bourbon. Raz le bol ! Fatiguée. Je rêve de les lâcher ! Juste une fois, pour qu'ils voient !... J'irais au bord de la mer. Je passerais mon temps à tricoter, tiens. Je ne penserais qu'à moi ! Mais je déconne, j' suis indispensable ! Ouste ! J'me sauve. Adishatz !

Pascale ramassa ses vêtements en vrac sous le bras et sortit comme elle était entrée, en coup de vent et décoiffée.
Abasourdis, Ludivine et Clément se regardèrent et éclatèrent de rire.

– Et c'est comment quand elle n'est pas fatiguée ? demanda Clément.

– Exactement pareil...

– Je reconnais qu'elle a un incroyable talent pour détourner les expressions populaires ! Mais faudrait quand même qu'elle arrête de me chercher des loups dans la tête...

Ludivine sourit, posa sa tête sur son épaule. Il passa un bras autour de son cou mais elle s'écarta bientôt, ramassa le carnet rouge sur la table, en tourna nerveusement les pages et d'une petite voix, proposa :

– Reprenons la lecture, tu veux.

J'ai cru à un monde de liberté, aujourd'hui je suis l'homme le moins libre au monde. Avec la Commune, j'ai combattu les tyrans, aujourd'hui je suis l'homme le plus servile qui soit.

Aurais-je, dans ma défaite, étouffé ma rébellion sous la pierre tombale ?

Les brimades quotidiennes émoussent les plus grandes résistances.

Aujourd'hui dimanche, un pauvre fou a profité du bain pour prendre la poudre d'escampette. Il n'a pas couru plus de trente mètres, une balle dans le dos l'a arrêté net.

Hier, l'Iphigénie a déversé un nouveau lot de condamnés sur le caillou. Quand cesseront-ils d'en envoyer ?

Avant-hier, la Crevure s'est fait piquer le cul par des fourmis électriques. Fallait le voir courir comme un dératé jusqu'au creek en hurlant et se tenant les fesses à deux mains ! Quand il a baissé culotte pour faire trempette, on s'est payé une franche rigolade ! Pas de pot, c'est moi qui l'ai payé cher : mon œil gauche est tuméfié, je n'entends plus que d'une oreille, je m'en tire bien.

Il ne me reste plus beaucoup d'encre, j'économise sur le perlot pour m'offrir un nouveau flacon.

En ces temps révolutionnaires, les nouvelles idées de Marx séduisaient beaucoup, même si elles n'étaient pas toujours bien comprises. Pour ma part, je préférais le communisme non autoritaire de Bakounine. Si certains pensaient que la Commune était un début de dictature du prolétariat, moi je voyais en elle l'ébauche d'une révolution socialiste anti-étatique.

Nous étions des idéalistes, visionnaires, précurseurs, libres penseurs.

Pour Albertine, nous n'étions que des utopistes, des forts en gueule. Elle n'avait aucune instruction, encore moins politique et son jugement à l'emporte-pièce m'exaspérait ; j'aimais son corps, pas son peu d'esprit. J'avais fini par ne plus vouloir discuter avec elle. Je l'évitais donc, passant le moins de temps possible à la maison. Quand j'y étais, c'était pour ne voir, consterné, que son ventre gonfler. Je le regardais sans comprendre, incapable de réaliser ce qui m'attendait, et quand je m'en faisais une idée : la vie de famille, Albertine comme épouse, compagne de tous les jours, mère de mes enfants, ad vitam aeternam, j'en avais froid dans le dos !

Je finissais par penser au suicide, trouvant inutile de poursuivre cette vie réduite à de simples accidents de parcours, de hasards malheureux.

Entre mon désespoir d'alors et mon désespoir d'aujourd'hui, tellement de larmes et de souffrances, si peu d'amour, si peu de joie.

Sur ma pierre tombale il faudra inscrire :

« Ci gît Jules-Marie Lalvin handicapé de la vie, inapte au bonheur.

Qu'il repose enfin en paix. »

La semaine sanglante

La grande vengeance commença le samedi 20 Prairial.
Elle dura sept jours.
Elle tua plus de vingt mille Français.

Bien que, dans les journaux qui lui étaient favorables, Thiers niât que Paris fut bombardé, les obus tombaient en plein cœur de la ville et mettaient le feu aux bâtiments. Ces mêmes journaux accusèrent les Communeux de vouloir détruire la ville. De pauvres femmes qui avaient eu le malheur de sortir de chez elles une lanterne à la main, furent accusées de fournir le pétrole aux incendiaires et exécutées sommairement. En réaction, et avec l'espoir de ne plus jamais les voir revenir, les Communeux incendièrent les repères des rois : le palais des Tuileries, le palais Royal et celui d'Orsay. Le Conseil d'État, la Légion d'honneur et la Cour des comptes brûlèrent à leur tour.

« Le peuple préférait s'ensevelir dans les ruines de sa ville plutôt que de l'abandonner à la coalition de despotes mille fois plus cruels et durables que l'étranger. » affirmait Lissagaray dans le Tribun.

Certains propriétaires en profitèrent pour mettre volontairement le feu à de vieilles bâtisses inutiles, dans l'espoir avide de grasses indemnisations. Bientôt, toute la ville lumière ne fut plus qu'un immense brasier.

Dombrovski avait été nommé commandant en chef de la ville. Il avait environ trois mille hommes, les versaillais en avaient plus de cent mille. En plus du nombre, l'ennemi avait « l'avantage » du vice et de la cruauté : ayant piégé deux cents Fédérés dans une maison, il n'hésita pas à tous les égorger !

Le sang coulait à flots dans toutes les rues où passaient les soldats de Versailles. Les pelotons d'exécution poussaient les prisonniers à coups de crosse contre un mur. Il fallait marcher sur les cadavres ou les mourants pour l'atteindre. La mitraille ne tarissait pas. Sans le décret sur les otages, Gallifet, Vinoy et consorts, auraient égorgé Paris tout entier !

Les versaillais allaient nous anéantir. Nous en étions conscients et cela décuplait notre rage. Nous étions tous résolus à nous battre jusqu'à la mort !

En l'église saint-Michel, aux Batignolles, lors de la première séance du club de la Révolution sociale, Combault assura que les persécutions activaient sans cesse la liberté du monde ! La mairie du 18° placarda un manifeste exhortant à tous les sacrifices : «... plus nous serons prêts à donner, moins il nous en coûtera... Une guerre sans exemple dans l'histoire des peuples nous est faite ; elle nous honore et flétrit nos ennemis. Vous le savez, tout ce qui est vérité, justice ou liberté n'a jamais pris sa place sous le soleil sans que le peuple ait rencontré devant lui, et armés jusqu'aux dents, les intrigants, les ambitieux et les usurpateurs qui ont intérêt à étouffer nos légitimes aspirations. Aujourd'hui, citoyens, vous êtes en présence de deux programmes. Le premier, c'est le peuple à l'état de bête de somme, ne travaillant que pour un amas d'exploiteurs et de parasites, que pour engraisser des têtes couronnées, des ministres, des sénateurs. L'autre programme, citoyens, c'est celui pour lequel vous avez fait trois révolutions, c'est celui pour lequel vous combattez aujourd'hui, c'est celui de la Commune, le vôtre, enfin. Ce programme c'est la revendication des droits de l'homme, c'est le peuple maître de ses destinées ; c'est la justice et le droit de vivre en travaillant... »

« Les états vermoulus craquent dans leurs mâtures.
Toute l'étape humaine est debout : c'est le temps
Où vont s'émietter les vieilles impostures.
Un souffle d'épopée emplit les ouragans :
Tocsin, tocsin, sonne dans les vents. » écrivit Louise Michel.

« Votre triomphe sera celui de tous les peuples, assura Delescluze.

« ...quand j'envisage le sublime avenir qui s'ouvrira pour nos enfants, et lors même qu'il ne nous serait pas permis de récolter ce que nous avons semé, je saluerais encore avec enthousiasme la révolution du 18 mars qui a offert à la France et à l'Europe, des perspectives que nul d'entre nous n'osait espérer il y a trois mois... »

Nous pouvions bien mourir maintenant, la vague meurtrière des réactionnaires ne pouvait plus effacer la trace de nos pas dans le cours de l'histoire !

L'annonce dans le Tribun, que Delescluze était tombé au Château d'Eau ébranla sérieusement le moral des combattants.

« Le soleil se couchait derrière la place. Delescluze [dans son vêtement ordinaire, chapeau, redingote et pantalons noirs, écharpe rouge autour de la ceinture, peu apparente, comme il la portait, sans arme, s'appuyant sur une canne], sans regarder s'il était suivi, s'avançait du même pas, le seul être vivant sur la chaussée du boulevard Voltaire. Arrivé à la barricade, il obliqua à gauche et gravit les pavés. Pour la dernière fois cette face austère, encadrée dans sa courte barbe blanche, nous apparut, tournée vers la mort. » signait Lissagaray.

Notre lutte partait à vau-l'eau, mon histoire d'amour aussi et moi avec. Ne tenant plus à la vie, je n'avais plus rien à perdre. J'oubliai mes principes et passai à l'acte. Jusque-là je n'avais fait que le commissionnaire ou secouru les blessés ; dès lors, je trempai mes mains dans la poudre et dans le sang.

Rue Vavin. La barricade avait été solidement construite. La rue avait été déchaussée et un mur de pavé servait de base à un amoncellement de sacs de jute remplis de sable. Ils étaient une vingtaine à la tenir. L'homme au tablier de forgeron me mit un chassepot dans les mains :

– Balance la purée mon gars ! Crève leur la panse ! On va leur vendre cher not' peau à ces salauds !

Je suis resté là à regarder bêtement le grand fusil dans mes bras. Son contact était froid, on aurait dit un poisson mort.

Les coups de feu se firent plus nourris.

Des tessons chauds roulaient à nos pieds, la fumée empestait, piquait les yeux et nous rendait aveugles, le vacarme était effrayant.

– Ils arrivent ! cria un gamin.

– La liberté ou la mort !

Tous en même temps ils se sont rués par-dessus la barricade et ils ont tiré. Un tonnerre de feu. Le forgeron revint s'accroupir près de moi. Il crachait des paroles incompréhensibles, rugueuses comme des pierres de lave. Il rechargea son fusil et hurla sous mon nez :

– Tire, bon dieu ! Tire !

Il avait le regard fou de ceux qui ont vu passer la grande faucheuse.

Mon cœur résonnait comme le marteau sur l'enclume, je me mis à trembler, un fluide glacial monta de mes reins jusqu'à ma nuque, je bloquai ma respiration.

Je ne sais quelle force me souleva, je me suis dressé, j'ai épaulé, dans ma ligne de tir, la tête d'un jeune soldat aux yeux clairs. J'ai tiré. Je suis retombé sur le cul, l'épaule endolorie. Un camarade bascula à mes pieds. Un tesson lui traversait la tempe et ressortait par l'orbite béante.

Soudain, en pleine horreur, en plein fracas, on a entendu de la musique ! On a tous levé le nez au ciel, prêts à voir apparaître des anges. Les armes se sont tues comme par miracle, la grande faucheuse a suspendu sa faux, des deux côtés on écoutait, le nez en l'air et la larme à l'œil. « C'est la Louise... C'est Louise Michel qui joue dans l'église ! »

Louise, l'intrépide. Louise la magicienne...

Quand elle s'est interrompue, quelqu'un de notre côté a crié : « Vive la Commune ! » et on a remis ça de plus belle. On avait du courage, on allait en crever un maximum avant de mourir fièrement.

La barricade fut prise d'assaut. Mon fusil s'est cassé sur la tête d'un soldat, je lui ai pris son sabre, je l'ai fait tournoyer au-dessus de ma tête en hurlant comme un enragé et je me suis jeté dans la mêlée.

Ma lame fendait l'air en sifflant et tranchait un bras, découpait un jarret, plongeait dans le gras d'un bide, en ressortait rougie du sang de l'ennemi ! J'éprouvais une satisfaction sauvage à tuer. Les corps qui s'affalaient mollement me procuraient une étrange volupté. Je n'avais plus d'état d'âme, plus de conscience. Il me semblait que tant que je serais son zélé serviteur, la mort m'épargnerait.

Je me sentais invulnérable.

Jusqu'à ce mauvais coup d'arbalète.

Je me souviens avoir entendu tintinnabuler une cloche. On m'appelait : « Allez mon garçon, il faut rentrer ! »...

La voix était douce. Le long de la grande allée blanche, les cerisiers étaient en fleurs. Au fond du jardin, Mère me souriait. J'étais bien.

J'ai senti qu'on me tirait par les pieds, je me suis dit que mon heure était arrivée, la mort venait me chercher. J'ai ouvert un œil, n'y ai vu que du rouge. Était-ce l'enfer ? Une douleur vive m'a ramené sur terre. J'ai palpé mon crâne, suivi du doigt la longue entaille et suis tombé dans les pommes.

Quand j'ai recouvré mes esprits, une ambulancière posait son beau regard bleu sur moi. Avec des gestes tendres, elle essuyait le sang sur mon visage, dans mon cou, sur ma poitrine. Puis elle banda ma tête, posa un doux baiser sur mes lèvres et alla se pencher sur un autre blessé. Je n'ai pas entendu le son de sa voix. Je n'entendais rien du tout. Ma vision se brouilla. Je n'ai plus rien senti.

Il faisait nuit. J'avais froid, ma tête pesait un veau mort et on me secouait comme un prunier.

– Allons eh ! Reviens-y mon garçon !

– ... Monsieur Jules...

Ma voix me sembla lointaine, hors de son coffre. Les larmes coulèrent de mes yeux sans que je n'y puisse rien.

– ... On les a eus, dites ?

Vallès se racla la gorge. Il passa un bras sous le mien et m'obligea à me relever. Quand je fus debout, capable de mettre un pied devant l'autre, il explosa :

– Montmartre a été livré ! Tu te rends compte ! Montmartre ! Le berceau de la Commune ! Vendu ! Le César nabot n'a pas dû ménager le boursicot de la République pour avoir raison des républicains : il faut bien qu'il ait présenté le mulet chargé d'or pour que certaines issues aient été ouvertes ! Et maintenant, au lieu du drapeau rouge, c'est le drapeau tricolore qui flotte sur la butte !

Mes forces m'abandonnèrent, je fléchis sur mes jambes, Vallès me retint :

— Tu t'es défendu comme un beau diable... Allons mon garçon, à la verticale !

Je me suis ressaisi. Soutenu par l'épaule robuste de Vallès, j'ai fait face à mon destin.

L'horreur engendre l'horreur, la haine nourrit la haine.

Les rues de Paris se peuplèrent d'une faune sanguinaire assoiffée de vengeance.

Ce matin-là, à Belleville, une meute de furieux envahit la cour de la mairie, poussant devant elle, à coups de fourches et de bâtons, une vingtaine de traîtres supposés. Ranvier fit tout ce qu'il put :

— Du calme, camarades citoyens ! Du calme ! Du calme !!! Nous n'allons tout de même pas jouer le jeu de l'adversaire ! Thiers n'attend que ça ! Des exécutions ! Des morts ! Encore des morts ! Assez de morts camarades ! Assez de sang ! Justice, oui ! Jugeons avant de condamner, citoyens ! J'en appelle à votre sens civique ! J'en appelle à la République !

— Elle est morte ta République ! lui cracha un homme en cravate.

Une femme hurla « mort aux traîtres ! » et tira la première.

Beaucoup d'autres exécutions suivirent. L'ennemi était partout : c'était le prêtre, le sénateur, le bourgeois, l'artisan, le type qui, de sa fenêtre, criait « à bas la Commune ! » ou le pauvre bougre qui montrait sa peur.

La Commune agonisait dans un bain de sang répandu des deux côtés.

Darboy, l'archevêque de Paris, fit partie du macabre lot de fusillés.

— La petite hyène doit se lécher les babines ! dit Vallès, des larmes plein les yeux. Il lui fallait ces corps de martyrs pour en caler son fauteuil de président !

La meute des loups approchait. Les barricades tombaient les unes après les autres. Le fier Jaroslav Dombrovski fut tué sur son beau cheval noir en défendant celle de la rue Myrrha. Celle de la rue Fontaine au Roi, tenue par Ferré, Clément et Varlin, ceints de la ceinture rouge, fut une des dernières à tomber. Comme celle de la place Blanche où les femmes firent preuve d'un admirable courage et d'un acharnement égal à leur peur de retomber dans l'asservissement. Elles luttèrent jusqu'au bout. La liberté ou la mort ! criaient-elles avec Louise revenue de Clignancourt.

Beaucoup tombèrent. Quelques-unes seront faites prisonnières et déportées jusqu'ici.

Refusant de se rallier aux versaillais, Rigaud, brave et fier commandant du 114ᵉ bataillon, cria « Vive la Commune ! » et fut assassiné d'une balle dans la tête.

Les soldats de Thiers avaient reçu l'ordre de nettoyer Paris de sa racaille. L'écho des salves de plomb répandit la terreur et les murs des maisons se barbouillèrent du sang des enfants de cette Commune morte en couche.

Les cadavres s'empilaient sur les trottoirs. Femmes, enfants, vieillards, personne n'était épargné ! Pas même les tout-petits ! La ville tout entière empestait la mort.

Le samedi 27 mai 1871, à grands fracas de chassepots et de canons, l'hallali fut annoncé.

Les dernières curées eurent pour théâtre les Buttes Chaumont, Belleville et le cimetière du Père-Lachaise.

C'est la puanteur qui m'a ramené à la vie. Une odeur insoutenable. Il faisait sombre. J'ai senti sous mes doigts quelque chose de mou et froid. Une goutte est tombée sur mon front, a longé lentement mon nez, atteint mes lèvres. J'ai reconnu le goût du sang.

J'ai levé les yeux : au-dessus de ma tête, dans une trouée de ciel bleu, pendait le corps dénudé d'une femme. Goutte à goutte, son sang coulait de sa poitrine à ma bouche. J'étais au fond d'un caveau, nourri au sein par le cadavre de la Commune.

Souvent je revois ce sein meurtri, ce sang qui goutte sur mon visage. J'éprouve, l'espace d'un rêve, la volupté du renoncement, de l'abandon, du lâcher prise… La Camarde me berce dans ses bras. Je peux dormir tranquille…

Mais l'instinct de survie reste le plus fort.

Je suis sorti de ce caveau comme je sors aujourd'hui de mes cauchemars, après une longue apnée, l'âme encore plus noire et le désespoir rivé au cœur.

La lumière m'a aveuglé. L'astre solaire brillait haut dans l'implacable sérénité de l'azur. Il dansait avec les papillons dans les verts feuillages, il allongeait l'ombre des croix sur les tombes et faisait s'ouvrir les fleurs ; il s'étendait sur les corps raidis par la mort et ne reculait pas devant les faces livides qui lui tendaient le masque de leur ultime terreur. Impitoyable, le soleil éclairait de lumière l'abomination humaine.

Malgré la fureur de la bataille, malgré le feu croisé des chassepots, des mitraillettes et des obus, malgré les assauts répétés de l'ennemi tout au long de cette nuit terrible, j'étais en vie ! Mon crâne s'était rouvert, j'avais le gras du flanc gauche déchiré, des entailles aux bras, j'étais couvert de sang, le mien et celui de mes victimes mais je tenais encore debout !

Toute la nuit j'avais éprouvé la grande vulnérabilité des corps. Chaque soldat qui rencontrait mon sabre était une tête de l'hydre de Lerne qui tombait. Le monstre voulait dévorer la Commune ?

C'était sans compter avec Jules-Marie Lalvin !!! Ma force était redoutable.

La pluie cessa enfin. L'aurore pointa son nez, j'étais épuisé. L'homme qui m'a fait tomber dans le caveau m'a cru mort, il aura voulu économiser de la poudre...

Les camarades n'ont pas eu cette chance.

Au pied du mur, les Fédérés portaient tous une cocarde rouge à la poitrine. Dans les allées et sur les tombes du Père Lachaise tout un peuple pathétiquement enchevêtré s'embrassait dans la mort commune.

De 22 heures à 6 heures du matin, une pluie battante avait rythmé le combat ; un filet d'eau rougissant serpentait maintenant entre les corps étendus. Il courait dans les travées et s'en allait vomir dans les égouts. Il y avait plus de cadavres sur terre que sous terre en ce cimetière.

Paris était muet d'effroi. On n'entendait plus le canon, ni la mitraille, plus même un cri. J'ai remonté le boulevard de Ménilmontant, sur les trottoirs les macchabées remplaçaient les passants.

Au coin de la rue Tourtille, derrière les débris de la barricade renversée, j'ai trouvé une fontaine. Une femme y avait laissé tremper sa main, je l'ai écarté doucement, j'ai reconnu Lucie la petite gouailleuse. Son nourrisson reposait sur son dos, les yeux grands ouverts sur le ciel bleu.

À califourchon sur l'amoncellement de pavés, de tonneaux et de sacs, une pointe d'arbalète dépassant de ses côtes, Alphonse le rémouleur collait sa joue sur son chassepot avec l'air étonné de ne plus l'entendre tirer. Sa femme était éventrée à ses pieds. Un peu plus loin, gisait son grand gaillard de fils.

Morte aussi la belle Rolande. Morte Mouche l'ambulancière, mort le gros Fernand, mort l'Alphonse, morts, morts. Morts les petits mômes, les enfants soldats, les pas plus hauts que trois pommes ! Tous morts. Leur vie pour la Commune. La liberté ou la mort.

Les rats pullulaient. Rendus fous par la bacchanale inespérée que la folie des hommes leur offrait, ils couraient en tous sens en poussant des cris perçants avant de se masser sur un visage pour le dévorer.

J'ai vomi toutes mes tripes. Puis je me suis lavé à la fontaine. L'odeur persistait : l'odeur de la poudre, de la chair brûlée, du sang. L'odeur de la mort.

Je la sens encore.

J'ai erré dans Paris en deuil. Rue Pavée, j'ai perçu une rumeur, je l'ai remontée. À contre-courant dans le caniveau, ruisselait du sang. Rue des Rosiers, devant les grilles, une foule vociférante se bousculait pour mieux y voir. Au fond de la cour, contre le mur criblé de balles, Varlin mon ami, était pâle. Il a relevé la tête, de sa poitrine a jailli un cri « Vive la République ! Vive la Com... » et du sang.

Le sang des Communeux qui avait coulé la semaine durant finissait de noyer la Commune. En deux mois et dix jours, le rêve de tout un peuple avait été porté au firmament, et brisé.

« Le peuple au collier de misère sera-t-il toujours rivé ?
Jusqu'à quand les gens de guerre tiendront-ils le haut du pavé ?
Jusqu'à quand la sainte clique nous croira-t-elle un vil bétail ?
À quand enfin la République de la justice et du travail ?
Oui mais... ça branle dans le manche
Ces mauvais jours-là finiront
Et gare à la revanche
Quand tous les pauvres s'y mettront »

Jean Baptiste Clément

Nous y avons cru, nous l'avons chanté, nous l'avons braillé haut et fort ! Pauvres de nous ! Albertine avait raison : nous étions des utopistes.

Aujourd'hui plus que jamais, au collier de misère je suis toujours rivé.

Charon me rit au nez. J'ai regagné les Enfers. Ils s'appellent la Nouvelle Calédonie.

Que ne suis-je mort avec Varlin !

J'ai été ce journaliste, ce jeune émule de Vallès dont on s'arrachait les articles. Ma fougue dépassait celle du maître, j'exhortais le peuple à mourir plutôt que de se rendre !

J'avais à peine vingt ans.

Et déjà beaucoup de sang sur les mains.

Je les ai menés à l'abattoir, je mérite mon sort.

Je suis coupable.

Ma faute est tatouée sur mon visage. Lalvin tache de vin.

Tache de sang.

Ludivine laissa tomber le carnet sur ses genoux et mit son visage entre ses mains. Ses doigts contournèrent la tache sur sa pommette, elle poussa un long soupir, leva des yeux embués sur Clément. Il lui sourit tendrement, prit sa main et la pressa contre ses lèvres.

Elle finit par se lever. Elle se sentait lasse, traîna les pieds jusqu'à la chaîne stéréo, introduisit un CD dans la platine et se laissa retomber lourdement dans le fauteuil.

– Chanson de circonstance, annonça-t-elle, amère.

Grand déchirement d'accordéon, la voix de Brel emplit la pièce :

« Ils étaient usés à quinze ans
Ils finissaient en débutants
Les douze mois s'appelaient décembre
Quelle vie ont eu nos grands-parents
Entre l'absinthe et les grands-messes
Ils étaient vieux avant que d'être
Quinze heures par jour le corps en laisse
Laisse au visage un teint de cendre
Oui, not'Monsieur oui no't bon Maître
Pourquoi ont-ils tué Jaurès ?
Pourquoi ont-ils tué Jaurès ? »

....

« Demandez-vous belle jeunesse
Le temps de l'ombre d'un souvenir
Le temps du souffle d'un soupir
Pourquoi ont-ils tué Jaurès ?
Pourquoi ont-ils tué Jaurès ? »

D'une voix grave, Ludivine s'interrogea :

– Je me demande ce que serait devenue la France si la Commune n'avait pas été noyée dans le sang ?

– Et que serait le monde si Jésus avait partagé un pétard au lieu du vin ? Allons, souris ma belle, et ne regrette rien, l'histoire est une succession de drames et quoiqu'il arrive, la nature humaine reste toujours la même !

– Tu penses vraiment qu'on ne peut pas changer ?

– Pas en profondeur. Si la Commune avait vécu, elle aurait été corrompue tôt ou tard par un tyran. Il en est toujours ainsi. Regarde le communisme.

– Le communisme voulait remplacer l'État bourgeois par la dictature du prolétariat, la Commune, elle, voulait supprimer l'état, ça aurait tout changé au contraire ! Le pouvoir aurait été partagé, les richesses mieux réparties, c'en serait fini du despotisme et de l'injustice ! Fini le pognon roi !

– Génétiquement impossible ! Il paraît que nous avons ça dans le cerveau : une case spécifique qui s'allume dès qu'on parle pognon, d'où le cercle vicieux de l'argent qui attire l'argent, qui nécessite l'argent, toujours plus, comme une obsession.

– Je comprends mieux pourquoi les Américains sont si entreprenants : ils prononcent le mot dollar toutes les trois minutes, ça n'arrête pas de tilter sous leur crâne... Tout de même, je veux bien croire qu'on peut changer les choses... sinon à quoi bon lutter ? La nature humaine, c'est comme un jardin : si la terre est pauvre, on l'enrichit !

– L'Homme est mauvais, il ne pense qu'à nuire aux autres, au risque de se perdre d'ailleurs. Tu connais l'histoire du scorpion qui veut traverser une rivière ? Il rencontre une grenouille et lui demande de le prendre sur son dos. Un peu inquiète, la grenouille l'interroge : « Mais dis donc, t'as pas une très bonne réputation, qui me dit que tu ne vas pas me piquer ? » Le scorpion répond : « Ce serait idiot, on coulerait tous les deux ! » Rassurée, la grenouille accepte de l'emmener. Au milieu des flots, le scorpion la pique. Avant de sombrer, la grenouille dépitée lui demande :

« Mais pourquoi as-tu fait ça ? » « Parce que c'est dans ma nature », dit le scorpion.

– Hélas ! La plupart des gens ignorent l'immense plaisir qu'on peut avoir à faire plaisir aux autres...

– Tu devrais expliquer ça à nos gouvernants...

– Ils sont si loin de penser au bonheur des gens ! On dirait qu'ils font tout pour que les Français deviennent un peuple malheureux. Nous sommes devenus tristes et blasés... Les Communeux avaient pressenti qu'en demandant à quatre-vingt-dix pour cent de la population de suer sang et eau pour permettre aux dix pour cent restants de s'engraisser, on allait droit dans le mur. Le monde dont nous rêvons, ils en ont établi les bases, ils en ont semé les graines. Rappelle-toi : « Il s'agit d'avoir le temps de montrer ce que nous voulons faire, même si nous n'avons pas le temps de faire ce que nous voulons », « Quoi qu'il arrive, c'est de la graine d'insurrection jetée dans le champ des bourgeois ! » La révolution russe, 36, 68, c'est la Commune qui les a faits ! Elle n'a duré que deux mois, mais elle a frappé les esprits pour l'éternité !... Quand je pense que ce pauvre Jules-Marie en est arrivé à se croire coupable !

– Il l'est : coupable d'avoir eu une conscience dans un monde qui en est dépourvu.

Le bruit d'un moteur interrompit leur échange. Ludivine se leva et alla regarder à la fenêtre :

– Zut ! Mon élève ! Je l'avais complètement oubliée ! Tu m'attends, j'en ai pour une petite heure. Désolée, je te laisse avec son père.

L'homme, la quarantaine bien relookée, debout jambes écartées et mains dans les poches de sa veste de cuir noire, regardait autour de lui, le sourcil levé, un rictus condescendant au coin des lèvres. Puis, avec l'assurance d'un homme important, il tira une chaise loin de la table, s'assit, dos bien en appui sur le dossier et croisa jambes et bras.

Clément posa une bière devant lui et alla s'installer deux chaises plus loin.

– Alors comme ça, vous êtes un ami de Ludivine ?
– En quelque sorte.
– De passage ?
– Pour le week-end.

La réponse de Clément sembla lui plaire : il sourit imperceptiblement et ferma les yeux en buvant une nouvelle gorgée de bière.

– C'est une femme formidable, vous ne trouvez pas ?
– Je confirme.
– C'est quand même incroyable qu'une femme comme elle vive dans un endroit aussi reculé... Dans des conditions aussi précaires, ajouta-t-il après un nouveau tour d'horizon.
– Elle aime cette maison.
– Peut-être, mais avouez qu'il faudrait y apporter un peu de modernisme !
– Ça a l'air de lui convenir.
– Oui, peut-être... La simplicité volontaire, je connais ce refrain, c'est très à la mode, ma fille m'en rebat sans arrêt les oreilles ! Ce qui ne l'empêche pas de réclamer régulièrement de l'argent à son cher Papa !

Clément fronça le sourcil et jeta un regard à la pendule : encore cinquante minutes à me le coltiner ! pensa-t-il. Il se leva et ouvrit la fenêtre pour purifier un peu l'atmosphère.

– Vous faites quoi dans la vie, Clément ? Si ça n'est pas indiscret... demanda l'autre dans son dos.

– Il n'y a pas de question indiscrète, seules les réponses peuvent l'être, dit distraitement Clément en regardant tournoyer deux hirondelles sur fond de ciel bleu.

L'homme, nullement sensible à ce genre d'humour, reposa la question comme si elle avait été mal comprise :

– C'est quoi votre métier ?

– Le théâtre

– Ah ouais ? C'est un métier ça ?

Silence de Clément

– Moi, je suis dans les pompes funèbres et croyez-moi, ça marche du tonnerre ! Faut dire que la mort, c'est comme la bouffe, on ne peut pas s'en passer ! Concession, embaumement, crémation, mise en terre, je prends tout en charge ! Si vous le souhaitez, je peux de A à Z, organiser vos funérailles !

– J'y songerai.

– Je blague ! Mais quand même, pour la plupart des gens, c'est très important de pouvoir partir en laissant tout en ordre derrière eux. Je suis là pour leur faciliter la vie, si je puis dire ! Je les soulage énormément.

– Je n'en doute pas, soupira Clément en revenant s'asseoir.

– Il faut beaucoup de psychologie pour faire ce métier vous savez, et de compassion aussi, c'est souvent triste, bien sûr... Mais, que voulez-vous, j'aime ça ! Mon ex n'a jamais pu le comprendre ! Quand je l'ai connue, j'étais dans la fabrication, vente et pose de fenêtres. Les écolos avaient dit qu'il fallait faire des économies d'énergie, tout le monde est passé au double vitrage, j'ai fait un tabac ! J'ai vendu au prix fort, je me suis offert une petite Porche ! Un bijou ! Vous voulez la voir ?

– Non, non merci, ça ira.

– J'l'ai pas volée vous savez ! J'ai travaillé dur, moi ! Pas comme tous ces profiteurs. Je ne dis pas ça pour vous hein mais j'ai lu un truc ce matin dans le Figaro : ça nous coûte une fortune ces RSA et compagnie ! Et en plus ça profite à des tas d'improductifs qui se la coulent douce sur notre dos !

Du calme, c'est un client de Ludivine, c'est un client de Ludivine... se répétait Clément. Mais il ne put s'empêcher d'intervenir :

– Vous ne semblez pas trop bête, vous savez certainement que les traders, ministres et autres patrons du CAC 40 coûtent beaucoup plus cher à la nation que les quelques nécessiteux que vous semblez vouloir éliminer. Ne nous trompons pas de cible, évitons de tirer sur les ambulances.

– Ce ne serait pas Ludivine qui vous aurait mis ces idées en tête... elle a parfois des pensées un peu, un peu comment dire... un peu bizarres.

L'irruption de Ludivine mit fin à la discussion qui menaçait de tourner au vinaigre :

– Excusez-moi, je suis désolée mais je ne vais pas pouvoir continuer de donner des cours à Lola, elle ne travaille absolument pas et n'écoute rien. Il faut se rendre à l'évidence : elle n'aime pas le violoncelle.

Bousculant Ludivine, la gamine s'engouffra dans la cuisine, attrapa son père par la manche et l'obligea à se lever de sa chaise.

– Papa ! J'en ai marre ! Viens, on se casse !

– Mais enfin ma chérie, qu'est-ce qu'on va dire à ta mère ? Tu sais bien qu'elle rêve de faire de toi une musicienne !

– J'en ai rien à foutre ! Moi, c'que j'aime c'est la batterie !

– Mais ma chérie, tu sais bien que ta mère trouve ça vulgaire.

– Fais chier !

– Écoute, je t'aime et tu sais que je ferais n'importe quoi pour toi mon bébé...

– Alors achète-moi une batterie !

– Mais tu as déjà un piano et je viens à peine de t'acheter un violoncelle !

Excédée, Ludivine intervint :

– Je crois que vous feriez mieux de rentrer chez vous et d'en parler calmement. Moi, je ne peux plus rien pour vous.

– Quel dommage Ludivine, je vous appréciais beaucoup, vous savez…

– Vous trouverez sûrement une professeure de batterie à votre goût, affirma Ludivine en l'écartant d'une main ferme. Maintenant, si vous voulez bien, ajouta-t-elle en lui montrant la porte, comme vous le voyez, j'ai de la visite. Au revoir. Bonne chance Lola.

La Porsche disparue au bout du chemin, Clément se tourna vers Ludivine :

– Si j'avais su, je lui aurais bien cassé la gueule à ce ducon !

– J'ai son adresse si tu veux…

Puis reprenant le carnet rouge sur la table, elle poursuivit :

– Que le monde serait agréable si les gens étaient moins matérialistes et un peu plus spirituels !

– Avant de refaire le monde, on devrait commencer par revoir notre relation.

– Comment ça ?

– D'un point de vue hédoniste, il me semble que nous pourrions mieux faire.

– On peut toujours mieux faire… approuva Ludivine en l'observant de biais, attendant la suite.

– Tu veux savoir ce que c'est, pour moi, le bonheur ?… C'est de te voir sourire.

Elle tourna distraitement les pages du carnet rouge, puis relevant la tête, le gratifia d'un beau sourire :

– J'espère que Jules-Marie finira par trouver le bonheur. On continue ?

– Si tu veux, finit-il par consentir avec un gros soupir.

Voilà des nuits et des nuits que j'écris mon histoire.

Remonter le temps me fait oublier le présent. Penser à Vallès me fait relever la tête. Ma cellule est devenue un havre de paix. Cet espace clos, où j'ai si souvent hurlé à la mort, me semble maintenant douillet et j'y reviens chaque soir avec empressement. J'ai trouvé refuge dans l'écriture.

Je m'accommode de mon mauvais sort, je m'attache au confort de « ma » prison, je fais le dos rond, mon esprit ne se rebelle plus, danger ! Je m'institutionnalise !

Tout le jour nous charrions des billes de bois, les chevilles ferrées, le ventre vide. Ici, le soleil frappe à la verticale. Ses coups sont durs. Il tue jusqu'aux ombres. Je ne sais où je trouve la force de trimer encore et toujours. Je suis affamé, épuisé.

J'en arrive à croire les élucubrations de mon esprit, je m'accuse !

Coupable ? Coupable d'avoir cru en la Sociale ?

En seulement cinq années ils auraient donc réussi à me briser ?

Je ne sais plus marcher que la tête basse, les épaules tombantes et le pas lourd. Je suis un traîne-misère, un vieillard de vingt-cinq ans, un galérien.

Matricule 3077.

J'ai fui la rue des Rosiers. J'ai couru comme un dératé, comme si une meute de chiens enragés me poursuivait. Rue Berthe, l'immeuble était vide, personne pour me dire où était allée Albertine. J'ai couru chez Louise, 24 rue Oudot, peut-être les trouverai-je ensemble.

La voisine qui avait entendu marteler à la porte, m'interpella :

– C'est Louise que vous cherchez ? Elle s'est rendue aux gendarmes en échange de Marianne. Faut y qu'elle l'aime sa Mère !

J'ai dévalé l'escalier, le diable à mes trousses. Louise prisonnière ! Je ne voulais pas le croire. Le monde s'effondrait. Paris en cendres n'était plus qu'un charnier où les loups et les rats venaient se repaître.

Je rasais les murs placardés d'affiches :

« La paix sociale ne prend corps que par la délation, c'est-à-dire la rature de l'autre ! »

« Habitants de Paris,

L'armée de la France est venue vous sauver ! Paris est délivré, nos soldats ont enlevé en quatre heures les dernières positions occupées par les insurgés. Aujourd'hui la lutte est terminée, l'ordre, le travail, la sécurité vont renaître. Le maréchal de France, commandant en chef, Mac-mahon, duc de Magenta. »

La chasse à l'homme était lancée. Déjà les aboiements des chiens résonnaient dans les décombres.

La délation se répandit dans les rues comme la gangrène.

Aboyant avec la meute, le Figaro réclama la mort pour « tous les participants à la Commune, les journalistes qui ont lâchement pactisé avec l'émeute triomphante et autres fripouilles à aiguillettes »

Le vœu de Blaise Désorbais se réalisait : tous au poteau, douze balles dans la peau !

Les sycophantes faisaient chou gras et les squares, transformés en charniers, s'emplissaient la nuit de râles sinistres.

Je me suis caché, dans une cave de la rue des Quatre Vents, la faim et la peur au ventre, l'odeur de la mort pour compagne. Je ne savais que faire ni qu'attendre. Je n'arrivais plus à penser.

J'ai été réveillé par des pointes de baïonnettes dans mon flanc gauche : pris comme un rat. En train de dormir quand les autres continuaient de mourir.

Les soldats m'ont battu et injurié. Je n'ai rien eu à redire.

Dehors, le vent perfide sifflait des insanités et faisait claquer les étendards. Il me frappa au visage et emplit mes yeux de larmes.

J'avais perdu ma liberté.

Des centaines de prisonniers alignés en rang d'oignons et sous bonne garde, attendaient tête basse. On lia mes mains à celles d'un homme au visage tuméfié ; il s'appelait Gaston Picard, il était instituteur.

Les soldats nous ont poussés à coups de crosse et la colonne s'est ébranlée le long du boulevard. Nous étions un interminable défilé de désespérés, exposés aux pierres et aux crachats des ennemis de la République. Les bourgeoises endiablées nous piquaient méchamment de la pointe de leur ombrelle, comme on pique les bœufs pour les faire céder. Les hommes nous traitaient de gueux, d'assassins, de vermine, de « répugnants détritus d'une écœurante époque ! »

À la Muette, Gallifet, se consacrait ardemment à débarrasser Paris de toute sa « racaille ». Maniaque de l'ordre, aussi fat que vaniteux, il avait fait deux tas de nos corps épuisés : d'un côté les ordinaires, destinés à l'emprisonnement, à la déportation, au bagne, de l'autre les classés, aussitôt fusillés. Tiré à quatre épingles et suintant la suffisance, du haut de son cheval blanc il pointait un doigt auguste sur nous et jouait avec nos vies. Il y avait queue devant le peloton d'exécution.

J'attendais mon tour, étrangement calme ; la mort m'était devenue familière et la mitraille ne me faisait plus sursauter.

Parmi les gardes à cheval qui nous surveillaient, je reconnus Anatole. Le père Désorbais avait fait de lui ce qu'il n'avait pu faire de moi : un bon petit soldat de l'armée de l'Ordre. Grâce à ses relations, je n'en doutais pas, mon frère participait activement à la grande boucherie !

Anatole parcourait d'un regard hébété la colonne de prisonniers, ne voulant sans doute voir dans cet étrange cortège de corps maigres et brisés, qu'un mirage dans l'opacité du ciel, un sombre tableau de l'histoire que la fumée des canons s'évertuait à blanchir. Quand il me vit, il devint blême : voilà que le petit frère réapparaissait pour ébranler sa conscience ! Il regarda de tous côtés et se risqua timidement à pousser son cheval jusqu'à moi.

– Dis-leur qui tu es ! Gallifet te libérera, il connaît bien Père !

– Jamais ! D'ailleurs, je n'ai plus de père et j'ai changé de nom.

– Mais tu restes mon frère ! Je ne peux pas les laisser t'assassiner !

– M'assassiner ? Je croyais qu'ils faisaient leur devoir, tout comme toi ! Souviens-toi des dernières paroles de ton père à mon égard : « un homme à abattre ! » Je suis un rouge, ne l'oublie pas ! J'aime mieux mourir que vivre selon votre loi ! Ne t'en fais pas pour moi, je ne suis pas le plus à plaindre de nous deux.

Il a rougi puis il a éperonné méchamment son bel alezan et s'en est retourné à son poste, le fusil chargé, le regard vide, prêt à obéir aux ordres.

La colonne avançait. Un pas. Le prisonnier montrait ses paumes. La foule criait « à mort ! »

– Classé ! décidait le bouffon macabre.

Fusillade. Nuage de fumée blanche. L'instituteur Picard gisait contre le mur.

Un pas. Une seconde. Une éternité.

Je plissais les yeux pour voir la tête de mon bourreau : sur son beau cheval blanc, tout auréolé d'un soleil aveuglant, Gallifet avait l'air d'un empereur romain d'opérette. Avec dédain, il détourna la tête et de sa voix nasillarde, annonça ma sentence :

– Ordinaire !

J'avais tout juste vingt ans et je venais d'apprendre l'humilité.

Pour être un homme ordinaire, j'avais la vie sauve. Pourquoi moi ? Pourquoi pas Picard ? Qu'avait-il que je n'avais pas ? De la poudre sur les mains ? Gallifet avait décidé qu'il méritait de mourir. Pour moi, il avait détourné la tête. Ma vie ne tenait qu'à cela.

On me poussa brutalement vers le groupe de prisonniers politiques.

Ce qu'il restait de nous fut enchaîné, deux par deux et en colonne de vingt, puis mené à coups de triques et de crosses jusqu'à Versailles. On nous jeta dans les caves des Grandes Écuries.

Nous étions des centaines de prisonniers, serrés comme des bêtes attendant l'abattoir, dormant sur un fumier puant en guise de paillasse et ne recevant qu'un bol de bouillon rance pour nourriture.

Nous devînmes vite sauvages. Rixes, maladies et désespoir rythmaient nos jours. Les cauchemars peuplaient nos nuits.

Au bout de deux mois, avec une centaine de camarades, je fus conduit en fourgon cellulaire jusqu'au tribunal. J'eus droit à un semblant de procès, très expéditif. Mon avenir semblait tout tracé : j'étais un communard et j'avais travaillé au Cri du Peuple (ma célébrité fugace m'avait tout de même valu d'être reconnu !) On fit lecture d'un de mes articles à la Cour : j'y proposais de saigner les porcs de Versailles !

Pendant les trente secondes que dura la délibération du conseil de guerre, l'angoisse qui me tiraillait jusque-là les tripes se transforma curieusement en un sentiment de soulagement. J'avais enfin une certitude : celle de ma mort prochaine. J'étais apaisé et c'est la tête haute que j'écoutais mon verdict.

Le coup de marteau qui scella mon destin résonne encore à mes oreilles : « La Cour déclare Jules Marie Lalvin coupable et le condamne à vingt années de travaux forcés ! Envoyez-moi cette racaille au bagne ! »

Mes jambes faillirent me lâcher, je n'avais pas envisagé une peine si cruelle. Vingt années de bagne ! La mort eut été plus douce à mes yeux ! Mais je suis resté debout. J'ai regardé tous ces pingouins emperruqués qui se tenaient raides dans leur rôle de justiciers fantoches et j'ai ri, de bon cœur, la farce était comique. Parce que j'avais cru pouvoir écarter mon pays de l'oppression, j'étais condamné à trimer comme un damné, tout le reste de ma vie et pour le compte de mes ennemis ! Rivé à jamais au système que j'avais voulu combattre ! Mon rire s'amplifia. J'en ai entendu un qui riait avec moi et ça m'a fait chaud au cœur : enfin quelque chose de rationnel dans cette mascarade !

On ne me laissa pas rire longtemps. C'est à coups de bâton que je fus envoyé au Purgatoire.

Le désir, voilà ce qui maintient en vie.

Aujourd'hui, j'ai eu une apparition. Si j'étais croyant, je dirais que j'ai vu la vierge et l'enfant !

C'était à l'heure où l'énergie, longuement pompée par la chaleur et l'effort, vous manque le plus. Le moment de la journée où chaque geste devient une torture, où la faim vous tiraille tellement qu'elle vous coupe les jambes, où les gardiens à bout de patience, frappent méchamment, l'heure la plus cruelle du jour : le zénith.

Sur le tronçon de route, dans l'air poussiéreux et brûlant, vibrant du va-et-vient incessant des moustiques, tout un tas de ramassis de pauvres gars trimaient comme des fourmis besogneuses sur leur chemin de croix. À flanc de coteau, arc-boutés sur l'effort, les épaules brûlées par le frottement de la corde, Joséphin et moi suions sang et eau à retenir un arbre abattu que les camarades élaguaient rapidement. Quand nous avons enfin reçu l'ordre de laisser courir la corde, ce fut, comme chaque fois, un immense soulagement, une sensation de liberté aussi puissante qu'éphémère. J'ai épongé mon front. C'est à ce moment-là que j'ai éprouvé une drôle de sensation sur la nuque, comme une fraîche caresse. Je me suis retourné : là-haut, à la pointe du rocher surplombant le chantier, tremblante dans la lumière crue, une femme kanak, un enfant nu à la main, me regardait. Sa robe claire claquait dans le vent, ses longs cheveux d'ébène volaient comme un étendard, on aurait dit la Liberté de Delacroix, elle était magnifique ! Malgré la distance, son regard intense plongeait en moi, je le sentais irradier tout mon être et j'en fus terriblement troublé. Il me semblait qu'il aurait suffi de tendre la main pour la toucher. Je n'ai pas bougé, je l'ai juste regardé, je crois que je souriais. Depuis des lustres, je n'avais rien vu d'aussi beau ! Cette femme magnifique m'hypnotisait, je n'ai pas entendu l'ordre du gros Dan, ni l'avertissement de Joséphin, le coup de fouet fut aussi brutal que mon retour sur terre. La femme et l'enfant se volatilisèrent. Joséphin me jura ses grands dieux qu'il n'avait vu aucune popinée* là-haut, que j'avais eu la berlue.

Je n'ai pensé qu'à elle tout le jour. Je n'ai pas ressenti la fatigue, son image m'a maintenu debout.

Je l'ai emporté au fond de ma cellule. Je la contemple à ma guise. Elle est une lueur d'espoir dans ma nuit carcérale, un éclat de vie.

Depuis des lustres, je n'avais eu de semblable érection !

– Fils de putes ! Vous ne m'aurez jamais ! Jamais ! Je suis vivant ! Je suis debout ! Et je vous conchie !!!

* femme (en kanak)

J'ai hurlé. Dans la cellule voisine, Joséphin applaudit. Son rire résonne entre les murs, les potes blindés* lui font maintenant écho, c'est un barouf du tonnerre !

Les porte-clés n'ont pas bronché. Cette nuit, nous nous endormirons le sourire aux lèvres.

* en enceinte fortifiée

Satory

À la sortie du tribunal, on nous a serrés dans un fourgon fermé. Quand il s'est arrêté peu de temps après, les gendarmes ont ouvert les portes et nous ont jetés dans la poussière.

Le soleil de midi faisait danser des spirales multicolores devant mes yeux, je n'ai aperçu d'abord qu'une masse d'ombres mouvantes d'où montait une sourde plainte et j'ai cru à un mauvais tour de mon esprit malmené. Un coup de botte au cul m'a ramené à la réalité : entourée de hauts murs crénelés, fermée sur tout un côté par des bâtiments militaires, la vaste cour transformée en camp de fortune était noire de monde. Il y avait là tout le petit peuple de Paris, des familles entières ! Des enfants regardant les nouveaux venus avec de grands yeux hagards, des femmes serrant contre elles leur nourrisson pendu à leur sein tari, des vieux voûtés, ne tenant plus sur leurs jambes, des moins vieux, loqueteux, malingres et aussi des malades, des blessés aux plaies purulentes, tremblants de fièvre. Les mieux lotis avaient une toile au-dessus de leur tête, la plupart étaient couchés à même la terre, sous le soleil brûlant.

Je restais cloué là, incapable de comprendre, incapable d'admettre. Un vieux fou cassé en deux me secoua le bras :

– Ils t'ont envoyé rôtir en enfer ! Hahahahahahaha ! Bienvenue à Satory, mon gars ! Ha ha ha ha ha !

Juillet. Aout 1871, l'été de toutes les horreurs.

Deux funestes mois interminables, à tourner en rond comme un lion en cage, avec une seule et même obsession en tête : m'évader ! Fuir cette cour de la géhenne !

La rage vrillée au ventre. La haine greffée sur le cœur.

Et, accablant, ce terrible sentiment d'impuissance, qui ne m'a plus jamais quitté.

La barbarie de nos geôliers était au-dessus de l'imaginable. Pourquoi nous tenaient-ils prisonniers ? Pour combien de temps encore ? Voulaient-ils notre mort à tous ? Voulaient-ils l'extermination totale du peuple parisien ?

Nous manquions de tout, de nourriture surtout, de soin, d'hygiène, d'abri. Nous étions terriblement désœuvrés.

Il y avait là de nombreux communeux mais aussi des hommes et des femmes qui avaient été arrêtés sans motif, par simple dénonciation d'un voisin malveillant ou d'un parent jaloux. Le nombre de prisonniers se voyait grossi chaque jour d'un nouvel arrivage. La cour devint vite trop petite pour tant de misère.

Pourtant, dans l'enfer de Satory, les gens de mon âge continuaient à croire à l'impossible. Au fil des queues interminables que nous faisions tout le jour pour recevoir un morceau de pain moisi et une soupe froide, des groupes se formaient. On y parlait évasion, liberté. La misère nous liait d'amitié.

C'est ainsi que je connus Roland, le gascon monté à Paris trois ans plus tôt, menuisier de son état et fort épris de Cécile, une musicienne anarchiste, belle comme un cœur. Osmin le maçon, bourru et serviable, Gratien, l'étudiant en médecine, prodiguant ses soins avec autant de bonne volonté que de maladresse, Hélène la repasseuse, un petit bout de femme à la tête bien faite et au sourire lumineux, trop rare. Moustique, un gars des halles, nerveux, toujours prêt à castagner mais aussi à rendre service, Jean le comptable, Pierre le fossoyeur, les sœurs jumelles :

Georgette et Marcelline, Martin l'ouvrier des quincailleries Désorbais ! et moi. Douze. « Les douze apôtres de la Liberté » comme nous nous nommions par dérision. Nous avions vingt ans et nous étions assez fous pour encore espérer.

Notre cercle se réunissait à l'angle Est de la cour, l'ombre du bâtiment y était fraîche et nous rendait plus discrets. Têtes collées les unes aux autres pour parler plus bas, nous organisions la résistance, les tours de surveillance et les réseaux de renseignements. Nous échafaudions des plans d'évasion qui n'aboutissaient jamais. Mais la haine que nous partagions pour Thiers et sa clique alimentait notre insoumission. Nous refusions de nous avouer vaincus. Et c'était là toute notre force.

Nous étions jeunes, nous n'avions pas eu le temps de mesurer l'immense cruauté des hommes, nous ignorions que la justice n'était pas de ce monde.

Le dimanche, nous avions la visite des bien-pensants. Engoncés dans leurs beaux costumes proprets, ils nous regardaient à travers les grilles comme on regarde des bêtes de foire, nous insultant, nous raillant et nous montrant du doigt aux enfants.

Parfois l'un d'entre nous reconnaissait un visiteur. Lui venait alors en tête la folle idée d'un secours possible et il se mettait à hurler son nom au-dessus de la foule, réclamait qu'on le sorte de là, qu'on lui donne des nouvelles de sa famille, qu'on l'encourage à tenir bon, que tout cela allait bientôt finir... qu'on lui donne juste un peu d'eau... un morceau de pain, un sourire... un regard... Mais l'espoir détournait les yeux et s'éloignait. Le pauvre hère lui, sombrait plus profondément encore dans sa folie.

J'ai espéré moi aussi. J'ai cru voir Albertine. C'était le dimanche avant la tempête. La chevelure était aussi rouge et abondante. J'avais tant rêvé d'elle derrière la grille, mon enfant dans les bras... Elle me montrait un petit bout de nez rose dépassant d'une dentelle et me disait : voici notre fils, voici notre fille.

La femme rousse s'est retournée et m'a ri au nez. Il manquait des dents à sa bouche de sorcière.

Je savais que Louise était passée par Satory avant d'être transférée à la prison des Chantiers mais l'idée qu'elle soit prisonnière m'était trop insupportable et je continuais à la chercher dans la foule.

J'ai même cherché mon frère Anatole !

La douleur d'être captif me rendait fou moi aussi.

Juillet avait été caniculaire. Au mois d'août sont venues les pluies d'orage.

Après la torpeur du jour, nous passions nos nuits à grelotter de froid. Le ciel en deuil déversait sur notre misère ses torrents de larmes, nous trempant jusqu'aux os, transformant le sol de la cour en bourbier infâme où grouillait la vermine. Le soir, il fallait nous soumettre et nous allonger dans la fange, le nez dans le cloaque, pire que des porcs, avec l'interdiction de nous relever sous peine d'être aussitôt abattus ! Depuis les embrasures percées dans les murs, les soldats nous tenaient en joue ; ils avaient reçu l'ordre de tirer sur toute tête qui émergerait de la masse, ils ne s'en privaient pas ! Ils allaient jusqu'à parier sur nos têtes ! Les malheureux qui n'y tenaient plus et se redressaient, le payaient aussitôt de leur vie.

Quand l'épuisement finissait par nous plonger dans le coma, nous étions brutalement ramenés à la réalité par la fulgurance d'une détonation et les cris abominables des blessés. Fous de terreur, nous nous accrochions désespérément à notre voisin pour l'empêcher de se relever, pour qu'il nous retienne. Nous nous interdisions mutuellement une mort debout.

Chaque nuit, l'orage n'en finissait pas d'éclater au-dessus de nos têtes. Les coups de tonnerre étaient autant de coups de semonce ; ils déclenchaient la panique générale, les soldats appuyaient sur la gâchette, par réflexe. On aurait dit une tragédie cacophonique et terrifiante orchestrée par un Wagner devenu irrémédiablement fou.
Sous le projecteur des éclairs, les reptiles que nous étions devenus ressemblaient aux monstres de la préhistoire.

Du fond de ce marécage putride, les fièvres malignes rampaient, s'insinuaient dans les esprits fragilisés et inventaient des délires à l'égale horreur de la réalité. Plus d'un lâchait prise, la folie était maîtresse des lieux et la nuit n'était plus qu'un interminable lamento ponctué de coups assourdissants et de cris effroyables. À l'aube, épouvantés et transis, nous trouvions un peu de réconfort en nous serrant les uns contre les autres, dos à dos, côte à côte. Nous formions alors de larges cercles et balancions à l'unisson, d'avant en arrière. On appelait ça faire « la mer ». Le va-et-vient nous berçait, nous réchauffait et avec un peu d'imagination on entendait le bruit des vagues, à moins que ce ne fût les lamentations des femmes. La brume légère qui flottait sur « la mer » nous faisait croire à quelques fantômes emportant dans leurs bras nos âmes perdues. Quand le soleil apparaissait, ils filaient haut par-dessus les murs et allaient se pendre au nuage qui nous chapeautait tristement.

Quand enfin nous pouvions nous mettre debout et reprendre un semblant de forme humaine c'était pour déblayer les morts. Nous entassions leurs cadavres sur des tombereaux qui les emportaient derrière les murs. Là, ils étaient jetés pêle-mêle dans une grande fosse commune. Il y en avait chaque jour un peu plus, la chaux manquait et les miasmes du terrible charnier semaient la maladie et la mort dans tout le camp.

Dans un recoin de la cour, près de la mare où nous puisions l'eau que nous buvions et dans laquelle les soldats se faisaient un malin plaisir de pisser, un amas de terre depuis longtemps transformé en fumier puant servait de lieu d'aisance. Cette nuit-là, une femme se détacha de notre groupe pour s'y traîner à quatre pattes. Nous la vîmes s'accroupir et rabattre pudiquement les pans de sa jupe autour d'elle. Quand elle eut fini, Hélène a hurlé mais il était déjà trop tard, elle se redressait pour relever culotte, sa tête entrait dans le champ de mire de la sentinelle et éclatait comme une pastèque.

La sentinelle a crié : « Et de dix ! J'ai gagné les gars, vous me devez six sous ! »

Hélène a éclaté en sanglots. Je l'ai prise dans mes bras. Longtemps elle y a pleuré. Je ne pouvais rien pour elle, que la serrer très fort et pleurer avec elle. Quand la pluie a cessé, elle s'est un peu calmée et a posé ses lèvres sur les miennes. Nous nous sommes embrassés à pleine bouche, avides de l'autre, avides de chaleur, de douceur, d'un peu de bonheur. Hélène a roulé sur moi, d'une main habile elle a défait un à un les boutons de ma culotte. Elle a glissé mon sexe entre ses cuisses et nous avons fait l'amour, là, allongés dans la boue, entourés de nos compagnons endormis, peut-être. Pendant un instant je n'ai pensé qu'au plaisir mais très vite la tête éclatée de la pauvre femme est revenue me hanter et je n'eus plus qu'une obsession : empêcher Hélène de se redresser. Des deux mains, je maintenais sa tête plaquée contre ma poitrine. Je sentais bien qu'elle pleurait encore mais je n'avais pas assez de caresses et de baisers pour la consoler.

L'ultime orage éclata la nuit du 27 au 28 août. Il fut le déclencheur de la curée finale : le massacre de Satory.

Vers minuit, il y eut de grands coups de tonnerre, aussi terrifiants que des coups de canon. Les éclairs déchirèrent le ciel, de grandes rafales de vent emportèrent nos derniers haillons et une pluie diluvienne s'abattit brusquement sur le camp.

Un vieillard, ivre de souffrance, se déplia lentement. Les yeux exorbités, la bouche ouverte dans un cri muet d'épouvante, il tomba sur les genoux et avança vers la soldatesque, comme un pénitent vers le salut. Personne ne chercha à le retenir. La mort lui fit bon accueil.

Alors, comme si une force maléfique soufflait sur le camp, de toute part des corps se mirent à s'agiter, des têtes à émerger, des silhouettes à se dresser à la verticale. Hommes, femmes, enfants, des familles entières relevaient la tête, se tenaient debout !

Ce fut la curée. Les coups de tonnerre ne parvenaient plus à couvrir la mitraille. Les corps oscillaient comme des spectres dans le ciel liquide avant de s'affaler lourdement. Ceux qui étaient encore vivants se donnaient le bras. D'un pas raide, ils marchaient droit devant eux. Les sentinelles submergées par le nombre tiraient à bout portant. Multipliée à l'infini par l'écho, la mitraille a retenti jusqu'à l'aube, sans discontinu.

Tacatacatacatac.

Je l'entends encore exploser dans mes oreilles.

Je n'ai pas bougé, je n'ai pas fait un geste, je n'ai pas essayé de retenir une jambe. J'étais tétanisé par l'effroyable spectacle, je n'ai pas vu Hélène se lever. La mort l'a fauché en pleine jeunesse.

Au matin du 28 août 1871, au camp de Satory, dans la boue devenue rouge, gisaient les corps de centaines de Français, abattus par d'autres Français.

La sonnerie du téléphone les arracha de leur stupeur. Ludivine bondit.

– Ah, c'est toi Catherine... Si, si, ça va... Ce soir ? Pourquoi pas, ça nous changera les idées. Oui, Clément est là... D'accord. J'amène l'entrée.

Ludivine raccrocha. Elle observa Clément du coin de l'œil : étendu de tout son long sur le divan, le sourcil froncé et le front plissé, il fumait en regardant le plafond.

– Nous sommes invités chez Claude et Catherine. Il y aura tous ceux qu'on aime : François, Nadine, Micha, Joël, Claire, Philippe, que du beau monde... t'es content ?
– Tu n'as pas eu besoin de mon avis pour accepter.
– J'ai pensé que ça nous ferait du bien de sortir un peu.
– Je sors tout le temps.
– Moi pas !

Ludivine tourna les talons. Depuis le couloir, elle annonça qu'ils devaient aller faire des courses. Clément écrasa son mégot en maugréant. Il se leva et, les mains sur les reins, grimaça. Il essaya quelques étirements, la douleur le relança. Jurant intérieurement contre la terre trop basse, contre l'absurdité de faire un potager quand à chaque coin de (sa) rue, il y avait une épicerie arabe ouverte jour et nuit, d'humeur sombre, il se prépara à une belle corvée.

– Bien la peine d'avoir fait un tel voyage, pour se retrouver dans un centre commercial, à pousser un caddie comme un con ! Un samedi après-midi, par-dessus le marché !

Clément fulminait. Son dos le fait souffrir, il avait dans la tête le massacre des communards, une terrible envie de gerber sur l'humanité lui tordait les boyaux et il était bloqué là, entre le PQ et la poudre à récurer, cerné par des murs infranchissables dégueulant de marchandises, obligé de se faire violence pour ne pas céder à la violence et défoncer le caddy d'une grosse bobonne gavée aux O.G.M, qui bouchait effrontément le passage, comme si ce boudin sur pattes était véhicule prioritaire !

– Un petit bout de saucisse monsieur ?

Clément se retourna, décontenancé par la douceur de la voix : une jeune fille au teint pâle lui tendait une rondelle de charcuterie du bout de ses doigts en latex. Oubliant son courroux, il accepta l'offre de la vendeuse. Elle est mignonne avec sa coiffe blanche et son triste sourire, on dirait une ambulancière, pensa-t-il... Une grosse vague de compassion le submergea : cette pauvre fille passait ses journées entières dans ce super-bordel ! Il eut envie de la faire rigoler. Le décor ne facilitant pas l'inspiration, il alla rechercher une vieille blague :

– Mon premier est une rondelle de saucisson boomerang, mon second est une rondelle de saucisson boomerang, mon troisième est une rondelle de saucisson boomerang, mon quatrième est une rondelle de saucisson boomerang, mon cinquième est une rondelle de saucisson boomerang, mon sixième est une rondelle de saucisson boomerang, mon tout est une saison en Alsace...

La jeune fille, bouche ouverte sur ses jolies dents blanches, le fixait d'un regard vide. Clément sourit niaisement et prenant l'accent alsacien :

– Le printemps ! s'exclama-t-il, content de lui. Parce que les six rondelles sont de retour ! Ah ! Ah !

La fille ne bougea pas d'un cil. Déconfit, Clément avala la rondelle, marmonna un « merci, elle est bonne », et s'éloigna en poussant péniblement son caddie. Ludivine le repêcha au bord de la nausée dans une allée empestant la brioche au beurre de synthèse. Elle l'entraîna vers le rayon fruits et légumes. Reconnaissant, il courut derrière elle en slalomant, opéra un remarquable dérapage contrôlé au rayon animalerie et rattrapa avec adresse les boîtes pour chats qu'elle lui lançait.

— Citrons verts, avocats, carottes, échalotes, thon... C'est bon !

Clément poussa un soupir de soulagement. Dans les haut-parleurs, la voix gélatineuse de la chanteuse fit place à celle, agressive, de la pub : « Consommez, consommez ! » disait le message. Il se remit en piste et rejoignit Ludivine près des caisses en maugréant.

_ Qu'est-ce que tu marmonnes ?

— Rien. J'ai la nausée, je viens de choper un rhume à reluquer les crèmes glacées et j'ai mal au dos. À part ça, tout va bien.

Ludivine le regarda en grimaçant et se posta derrière une file légèrement moins longue que les autres.

— Je me demande ce que j'aurais fait à la place de l'ancêtre...

— Hier tu disais que, s'il y avait du grabuge, tu te casserais !

— Je n'en suis plus si sûr... Je sens une espèce de rage monter du ventre, il suffirait de me pousser un peu...

Clément s'interrompit brusquement : de l'allée transversale, le boudin sur pattes rappliquait droit sur lui. La mégère le toisa d'un œil noir et colla son caddy à sa suite. Un gamin d'environ six ans, aussi maigre que sa mère était grosse, s'accrocha à ses basques. Il posa sur Clément un regard de chien aux abois, monta sur la pointe de ses petits pieds et tendit la main vers un paquet de bonbons qui le narguait sur la console.

– Lâche-moi ça ! hurla la matrone en lui envoyant d'un revers de main leste, une bouffe en pleine figure. La claque résonna, le môme hurla, Clément explosa :
– Ça vous fait mousser de martyriser cet enfant ?
– Vous, on vous a pas sonné.
– Vous avez pourtant dû en bouffer vous, des bonbons !
–Occupez-vous de vos oignons ! Et toi, ferme-la !

Le môme renifla et observa Clément d'un air étonné.
– Vous l'avez pas fait assez chier, non ? Ça fait une heure qu'il se coltine les courses au lieu de jouer avec ses copains ! Offrez-lui un bonbon nom de Dieu !

Enhardi, le mouflet tendit à nouveau la main vers son Graal sucré.
– T'en veux une autre ? menaça la Folcoche, main levée.
– Quand on n'arrive pas à convaincre, on a recours à la violence, c'est ça ?
– Mais je vous emmerde moi !

Ce disant, la matrone poussa violemment son caddie vers Clément qui l'arrêta d'une main, de l'autre s'empara d'un bâton de berger qui dépassait et lui en asséna un coup sur la tête. Le môme pouffa derrière sa main, la truie elle, écarquilla ses yeux globuleux avant d'éructer :
– Espèce de connard ! en brandissant un gros paquet promotionnel de croquette pour chien et, accompagnant le geste à la parole : Tiens ! Prends ça pauv' con !

Clément tendit le poing, le sac explosa, les croquettes nauséabondes se répandirent sur le carrelage avec un bruit de castagnettes et roulèrent sous les pieds des curieux qui se déhanchèrent comme des pantins déséquilibrés, tandis que le môme riait aux éclats. Heureusement pour lui, sa mère ne lui prêta aucune attention, toute excitée qu'elle était à chercher d'autres munitions.

– Aaaaaaah ! Mais je vais l'étriper cet enfoiré ! hurla la furie, une mousse blanche écœurante agglutinée aux commissures des lèvres.

Clément rattrapa au vol le paquet de nouille grand format, le retourna à l'envoyeur, fit mouche en pleine tronche.

La mégère préleva alors de sous le monticule de victuailles une boîte de cassoulet famille nombreuse, écarta ses jambes porcines et se mit en position du lancer de poids.

– Madame ! Madame ! Calmez-vous, voyons ! s'interposa Ludivine.

– S'il vous plaît ! Au suivant... appela la caissière d'une voix lasse.

– Excusez-nous mademoiselle, dit Clément en aidant Ludivine à décharger le caddy, mais madame et moi avons un léger différent sur l'éducation des enfants.

La matrone poursuivit, menaçante :

– Vous perdez rien pour attendre. Mon mari est policier et des anars dans votre genre, il en voit tous les jours ! Et il sait comment les traiter, faites-moi confiance !

– Au poteau, douze balles dans la peau ! On connaît la chanson, espèce de Versaillaise ! lâcha Ludivine en ramassant prestement ses commissions.

La femme fronça les sourcils et se tint coite, visiblement troublée par cette injure qui ne faisait pas partie de son vocabulaire. Puis, se rappelant soudain qu'elle avait un fils, elle retrouva sa verve :

– Tu vas lâcher ces bonbons tout de suite ou je t'en remets une que t'es pas prêt d'oublier saloupio ! Compris ? ! Quand j'ai dit non, c'est non !!!

Le regard que lui lança Clément fit retomber son bras, la matrone se contenta de tirer les oreilles du gamin qui baissa la tête, penaud. Clément prit le paquet de fraises Tagada tant convoité, le posa sur le tapis roulant, paya et glissa discrètement les friandises dans la poche du gamin qui le remercia d'un sourire angélique.

– Tu comprends pourquoi je veux un potager ! lui dit Ludivine en fuyant à grandes enjambées.

– Ha ! Je me sens beaucoup mieux ! Puis faussement navré : J'y suis allé un peu fort, peut-être...

– Mais non ! T'étais génial en super héros de supermarché ! J'adore, répondit-elle en lui sautant au cou.

– O.K. La prochaine fois, je choisirai mieux ma victime... C'est vrai quoi, il ne faut pas gaspiller son mépris, il y a tellement de nécessiteux...

Sorti du parking, c'était tout de suite la campagne : une ferme isolée par ci, un hameau retiré par là. Ludivine conduisait soft. Clément regardait devant lui. La route était toujours aussi étroite et casse-gueule mais la lumière du ponant qui rosissait le ciel, la crête des collines, la pointe des jeunes épis de blé et la pierre des façades, magnifiait le paysage.

– Laaa, lalalala lalaaa, lalalala lalaaa, je vois la vie en rooose ! Laaa lala lalalala... fredonna Ludivine.

– Ça me rappelle quand tu lavais mes chaussettes de tennis avec tes robes indiennes...

– J'adore ton romantisme !
– Pourquoi tu n'es pas restée à Paris ?
– J'ai besoin de ça ! répondit-elle en couvrant le paysage d'un geste large. J'ai trouvé une alliée dans la nature, elle m'aide dans mon travail d'émancipation. Parfaitement, ne rigole pas. En ville, il y a trop d'agression : le bruit, la pollution et tous ces gens qui s'agitent comme des fourmis, ça me tétanise ! Je ne vois plus que ce qu'on me montre, je me sens aliénée à une société aliénée ! Alors qu'ici, je fais ce que je veux, quand je veux ! Aaaaaaah !

Ils avaient crié en même temps. Au sortir de la côte, droit devant, occupant plus que la largeur de la route, un monstre émergeait. Toutes griffes dehors il fonça sur eux à grand fracas de tôle. Contre toute attente, Ludivine écrasa le champignon. Ne laissant à Clément que le temps de s'accrocher à la poignée du plafond, elle traversa la route. La voiture sauta le fossé, vira à quarante-cinq degrés en chassant du cul et longea un champ de melon sous plastique. La moissonneuse-batteuse leur passa à côté en tremblant de toute sa grosse carcasse. Éberlué, Clément regarda Ludivine : cramponnée au volant, la tête de côté pour y voir entre les mottes de terre qui venaient s'aplatir sur le pare-brise comme des bouses molles, elle lui sourit, contente d'elle, le renvoya contre la portière d'un coup de volant brusque sur la droite, sauta à nouveau le fossé et retrouva la platitude du bitume.
– Tu comprends, reprit-elle, il me semble qu'ici, à la campagne, je peux mieux rationaliser. Tout doucement, j'arrive à vivre selon mon bon vouloir, selon ma sensibilité, en accord avec mes valeurs. Ma conscience comme seul juge. J'aime Paris mais j'ai trop besoin de la nature. Que veux-tu, sa beauté m'exalte plus que tout ! Elle donne une dimension esthétique à ma liberté ! Oui, c'est ça : une dimension esthétique !

Clément trouva l'argument peu convaincant : Paris n'était-elle pas la plus belle ville du monde ? Mais encore mal remis de ses émotions, il se tut.

Une main sur le volant, l'autre brassant l'air à l'italienne, Ludivine continuait son bavardage.

– Je ne me suis jamais sentie aussi libre que dans cette campagne ouverte ! Regarde comme c'est beau ! Vise un peu ce panorama ! Même le relief est harmonieux ici, tu ne trouves pas ?

Devant eux, le soleil embrasait la plaine et barbouillait le ciel en rouge.

– Finalement, peut-être que je pourrais aimer cette vie-là...

Elle le regarda étonnée.

– Je ne te crois pas. Tu es un rat des villes, pas des champs.

– Merci pour le rat.

– Tu serais vraiment prêt à lâcher Paris ? À vivre à la campagne ?

– Avec toi... Peut-être bien.

Ils se regardèrent, se sourirent et détournèrent le regard vers la route.

La voiture dévala le petit chemin blanc, la maison apparut derrière les arbres.

– Il est tard, il faut faire vite. Tu m'aides à préparer le guacamole ?

– Tu sembles bien pressée de les retrouver !

Clément avait parlé avec aigreur. Il aurait tellement préféré la garder pour lui seul ce soir, qu'elle n'ait d'yeux que pour lui !

Le dos raide, un sac à chaque main, il attendit qu'elle retrouve sa clé.

– Tu en fais une tête ! lui dit Ludivine en ouvrant la porte.

Sa belle queue en panache balayant l'air avec autorité, Shan les précéda dans la cuisine. Tequila sauta de son coussin et se faufila entre les jambes de sa maîtresse, Bambou, depuis le rebord extérieur de la fenêtre, poussa de petits miaulements pointus en se frottant aux carreaux. Ludivine leur distribua caresses et nourriture puis enfila prestement un tablier :

– Occupe-toi des échalotes, tu veux, intima-t-elle à Clément tout en déshabillant les avocats.

Quand ils arrivèrent chez leurs amis, ils étaient déjà tous là, entourant Joël visiblement ébranlé par ce qu'il racontait :

– L'alcootest était négatif, ils auraient dû me laisser partir, mais faut croire que ma tête ne leur revenait pas, ils ont retourné la voiture de fond en comble ! Comme ils n'ont rien trouvé, ils m'ont fouillé, les mains à plat sur le capot ! J'ai cru qu'on tournait une série B américaine ! J'ai protesté, ils m'ont dit qu'ils étaient là pour nous protéger contre la violence terroriste. Je leur ai rétorqué que la seule violence qu'on pouvait redouter ici, c'était la leur, ils l'ont très mal pris. Je me suis retrouvé menotté et au poste ! Je vous passe les détails humiliants, on connaît leurs méthodes. Ah les salauds ! Quand je pense qu'ils m'ont privé de liberté pendant dix heures ! Dix heures de non-existence, c'est long ! Ressers-moi du punch l'ami, j'en ai bien besoin !

– Et tout ça pourquoi ? Pour grossir les quotas, con ! En 2008, un pour cent de la population française a été mis en garde à vue !

– La police oublie trop souvent qu'elle est au service des citoyens, payée par les citoyens.

– Répression, répression ! Ils n'ont que ce mot-là à la bouche !

– La démocratie est en train de virer dangereusement à la démocrature, pour ne pas dire à la dictature !

– Vous savez que la garde à vue date de Vichy ?

Le poids de l'histoire pesa soudain lourd, ils se turent. Le fils de la maison fit son entrée et ramena le sourire aux lèvres. C'était un gamin de dix ans avec des billes noires comme du charbon et un air de défi sur sa bouille ronde. Il portait un plateau de petits fours tout chauds qu'il déposa sur la table basse. Puis sans un regard pour les adultes, il sortit du salon en courant, revint aussitôt, muni d'une feuille blanche et d'un rouleau de scotch. Les regards fixés sur lui, il prit son temps, centra bien la feuille sur la porte et la colla avec un long ruban adhésif. On s'approcha, on l'entoura pour mieux voir. Il croisa les bras, releva le menton, attendit l'effet produit tandis que sa mère lisait à haute voix :

« Avis à la population. Ce soir, à 20 heures, aura lieu le concert de Badou.

Au programme 6 morceaux :
Première partie
Rondo de Beethoven   style : classique
Temptation Rag de Lodge   style : jazz
Improvisation de Fauré   style : contemporain classique
Entracte
Deuxième partie
Invention n° 8 de Bach   style : classique
Le petit Nègre de Debussy style contemporain classique
Mazurka de Chopin   style : classique
Prix : 50 centimes »

– C'est l'heure ! conclut le gamin avant de filer.

Mais Micha n'en avait pas terminé :
– À force de passer notre pensée à la moulinette de la raison d'État, on la transforme en une mélasse sans odeur ni saveur ! Une pensée O.G.M qui ne satisfait pas notre appétit et en prime nous file le cancer ! C'en est fini des désirs fous, des rêves d'absolu ! Place à la realpolitik désincarnée, place au bonheur factice ! Le confort matériel, Sacré Graal ! Pour pouvoir enfin, les

os rompus et l'âme fanée, s'asseoir dans un fauteuil acheté à crédit et s'abrutir devant les castrateurs de méninges de TF1, combien ont-ils donné, ces pauvres esclaves ? Toute leur vie, con !

Ludivine l'observait. Elle cherchait au-delà des mots ce qui animait la flamme du vieil anarchiste. Avec ses cheveux longs et sa barbe blanche, il lui faisait penser à Blanqui. Elle le trouvait beau. Avec l'âge, il a perdu de son orgueil pour gagner en charme, pensa-t-elle en son for intérieur.

– Une vie étriquée, faite de frustration et de compromission ! Un petit bonheur de supermarché entre rage de dents et infarctus. Les hommes d'aujourd'hui sont victimes d'une émasculation cérébrale généralisée et programmée, mieux : subventionnée, con !

– Tu sais bien, Micha que rien n'est plus dangereux pour un état bourgeois qu'un peuple de libres-penseurs... intervint Philippe.

– Si je comprends bien, tu veux le bonheur du peuple contre sa propre volonté, plaisanta Claude.

– On sait où ça mène : l'URSS de Staline, la Chine de Mao, le régime de Pol Pot... énuméra Nadine en dodelinant de la tête.

– On ne pourra jamais rien faire sans une prise de conscience de chaque individu, douta François.

– C'est l'anarchisme qu'il nous faut ! s'exclama Ludivine. Le respect de chacun pour chacun ! Le bien être de chacun pour le bien être de tous !

– Les détenteurs du pouvoir ont toujours fait en sorte d'associer anarchisme et terrorisme, c'est pour ça que les communistes nous ont liquidés pendant la guerre d'Espagne, con.

– Le vrai terrorisme, c'est le terrorisme d'État ! La dictature du pognon et de la pensée unique ! Fait chier, merde !

– Tu m'as l'air bien remontée Lud... s'étonna François.

– On vient de lire le journal du grand-père communard, précisa Clément. L'Histoire ne fait que des cocus ou des morts.

– Je préfère être un cocu mort dignement qu'un baiseur vérolé par le fric, con !

– Quel lyrisme Micha ! se moqua Claire

– Ne croyez vous pas camarades, que tout est une histoire d'éducation ? interrogea Claude. Pour se libérer, les gens ont besoin d'apprendre à réfléchir par eux-mêmes. Si tu ne sais pas toi-même ce que tu veux, ne t'étonnes pas qu'un autre décide à ta place. Il serait temps de désapprendre à espérer et d'enfin apprendre à vouloir.

– Oulala ! C'est de la grande philosophie ça ! constata Nadine.

– Libre arbitre, esprit critique : la hantise des gouvernants ! répondit-il sarcastique.

– Ils sont peut-être cons mais pas au point d'oublier qu'on sait faire la révolution ! s'énerva Joël.

– Vive la révolution ! clama Ludivine en levant son verre.

– Non, franchement, s'étonna Philippe avec un sourire mêlant la naïveté à la gausserie, vous y croyez encore vous, à un soulèvement général ?

– Bien sûr ! s'indigna Micha.

– Le système est pourtant bien huilé, il suffit qu'ils nous balancent une petite miette de leur gros gâteau et on rentre dans le rang !

– On ne fera pas un monde différent avec des gens indifférents,
affirma Claude.

– Les gens ne sont pas si indifférents, au contraire ! La solidarité existe. Il n'y a pas que la mondialisation du business, il y a aussi celle de l'indignation.

– Ta candeur est rafraîchissante, Claire.

– Je ne sais pas si c'est de la candeur, François, mais ce qui est sûr c'est que j'ai envie de positiver !

– Moi aussi, renchérit Catherine, ne serait-ce que pour mon fils. Il n'est pas sain quand on a dix ans, de n'entendre que des discours pessimistes, des prévisions catastrophiques ! Un enfant a besoin de rêver, d'espérer. L'avenir, il doit s'en réjouir ! À nous ses parents, les adultes, de nourrir son enthousiasme, de lui faire entrevoir des voies nouvelles. Les consciences s'éveillent, tout doucement, mais elles s'éveillent...

Alors Claude, qui avait horreur des consensus mous et qui se demandait toujours, quand tout le monde était d'accord, s'il n'avait pas un peu tort, se mit en devoir de réveiller l'esprit critique de ses amis :

– Je pense qu'il serait bon de relire « De la servitude volontaire » de La Boétie, dit-il. Sans vouloir briser l'élan ô combien lyrique de votre enthousiasme communicatif, il ne serait peut-être pas inutile d'essayer de comprendre pourquoi les hommes, hormis quelques rares et posthumes exceptions, supportent tous ces affronts faits à leur dignité et courbent l'échine comme des bœufs sous le joug...

– La morale judéo-chrétienne ? suggéra Catherine.

– Un peu court...

– N'empêche, si on mettait une bonne fois pour toutes une croix sur la religion... plaisanta-t-elle.

– C'est vrai, pour croire, il faut avoir une sacrée dose de mauvaise foi ! railla François.

En bon empêcheur de penser en rond, Claude intervint :

– Je ne comprends pas ce que vous reprochez à Dieu : dans son infinie miséricorde il a distribué équitablement les choses : aux riches il a donné la nourriture, aux pauvres il a donné la faim !

– Huit pour cent qui se gavent et des milliards de déshérités, vous trouvez ça drôle ! s'insurgea Micha qui manquait parfois d'humour. Huit millions de pauvres en France ! Et plus il y a crise, plus les riches s'engraissent, con !

– Tremblez gras du bide car le peuple gronde et la révolution est imminente ! annonça Ludivine, poing dressé.

– Tant qu'elle est isolée, la révolution ne fait que desservir le peuple, con. L'acte désespéré est voué à l'échec. Bakounine le disait déjà en 1865 : « Le soulèvement de chaque peuple doit se faire non en vue de lui-même, mais en vue de tout le monde. »

– The world révolution ! clama Philippe, sourire en coin.

– Il suffirait d'un mot d'ordre général, d'une descente massive et planétaire dans la rue, insista Jo. C'est possible avec Internet.

– Les Communeux ont eu raison trop tôt, ils ont été massacrés, la Commune reste à faire, mais cette fois, à l'échelle mondiale ! s'enflamma Ludivine. On arrête la machine ! Tous en même temps ! Grève générale illimitée, occupation des usines, paralysie des transports, des voies de communication !...

– Zéro conso ! Zéro pollution !

– Rien qu'une journée déjà, j'te dis pas comme ça leur ferait mal aux couilles !

– Et comme ça nous ferait du bien !

– Bravo les filles ! À des problèmes structurels, il ne peut y avoir que des solutions structurelles et radicales, approuva Clément, ironique.

– C'est facile de se moquer mais qu'est-ce que tu proposes toi, hein ?

– Ce que je propose ? La nationalisation des banques et de l'énergie. L'interdiction de licencier, la réduction du temps de travail en dessous des trente heures par semaine, la taxation sociale sur tous les flux financiers, la suppression des niches fiscales et des paradis fiscaux, le développement de l'autogestion dans les entreprises.

– Rien que ça ? ironisa Philippe.

– Non, ça ne suffira pas. Il faudra aussi augmenter le salaire minimum à mille cinq cents euros, sans condition, assurer un revenu minimum de mille euros pour tous ceux qui sont sans ressource, fixer un salaire maximum à dix mille euros, interdire le cumul des mandats, supprimer la fonction présidentielle et la remplacer par un conseil gouvernemental des sages dont chaque membre sera soumis au suffrage universel tous les trois ans. Il faudra enfin mettre en place un référendum populaire pour toute décision touchant au fondement démocratique de notre République.

– Ça, c'est un programme ! Je ne te savais pas si engagé, con.

– On croirait entendre la Commune, dit Ludivine estomaquée.

– Les banquiers risquent de ne pas apprécier...

– Ils n'ont qu'à aller se faire voir chez les Grecs, con, ils seront bien reçus !

– Révolution ! Rêve, évolution... quels doux mots à mes oreilles... confia Catherine, rêveuse.

Son fils passa la tête par la porte. D'un air courroucé, il tapota son poignet. Elle se leva et proposa :

– En attendant le grand soir, si on allait écouter un peu de musique ?

Ils la suivirent. Claude ferma la procession en chantonnant Brassens : « Mourir pour des idées, d'accord, mais de mort len en te, d'accord, mais de mort len en en en te... »

Clément sourit : le round-up de la technocrature n'a pas encore réussi à tuer toutes les mauvaises herbes, se dit-il, rassuré.

« Bravo ! Formidable ! Quel talent ! Comme tu es à l'aise au piano, on voit que tu aimes ça ! Ben dis donc, chapeau ! C'était super ! Très chouette ! Bravo Badou ! »

Le môme jubilait, il n'aimait rien tant que les applaudissements, mais n'en perdit pas le nord pour autant. Muni d'un chapeau, il fit le tour des invités. Puis, satisfait de sa collecte, proposa généreusement d'offrir un bis, au saxo cette fois.

La table avait été dressée dans la grande cuisine, devant la cheminée où un petit feu crépitait gentiment. Le guacamole de Ludivine, un peu trop corsé, fit couler généreusement le Côtes de Gascogne. Le rougail de poisson qui suivit, entraîna tout naturellement les conversations vers des évocations exotiques. Badou le premier, raconta son séjour à Rodrigues :

– J'avais plein de copains ! On jouait au foot sur la plage, on courait après les trouloulous pour leur faire peur, sauf qu'on pouvait jamais les attraper, ils pincent trop fort ! On ramassait des coquillages dans les rochers et on allait pêcher le waou dans le lagon. Quand c'était marée basse, on attrapait des zourites. Il faut vite les retourner comme un gant sinon elles se collent sur ton visage et elles t'étouffent ! C'est dangereux, faut faire attention, mais j'avais pas peur et c'est moi qui ramenais à manger à la maison ! Même que c'est la voisine qui a appris à Maman à préparer le rougail ! À Rodrigues, tout le monde était gentil et je faisais tout ce que je voulais !

Claude lui sourit tendrement.

– Amour et liberté sont les deux mamelles du voyage, ajouta Catherine. Sans elles nous n'aurions pas vécu autant d'aventures ni relevé autant de défis !... Comme monter au sanctuaire des Annapurna, par exemple...

Badou écarquilla de grands yeux curieux :
— Raconte Papa ! dit-il en posant son menton sur ses poings.
— Quand j'avais ton âge, commença Claude sans se faire prier, je rêvais de tutoyer les cieux, rien de moins ! Je rêvais de rencontrer l'abominable homme des neiges.
— Vous connaissez la différence entre l'homme et le Yeti ? coupa François. Il y en a un qui est couvert de poil, qui pue et râle tout le temps, et un autre qui vit dans les Himalaya !

Fou rire général. Claude reprit son sérieux :
— Donc, je voulais gravir l'Himalaya et un beau jour d'avril, il y a exactement vingt ans, ta mère et moi, nous avons quitté la vallée de Pokhara pour le grand trek. Dire qu'on était mal équipés serait un doux euphémisme...

Clément, en bout de table, fumait en écoutant d'une oreille distraite. Il repensait à cet après-midi, dans la voiture, il avait été à deux doigts de lui dire qu'il voulait vivre avec elle mais ça n'était pas sorti. Est-ce que j'aurais peur de m'engager ? se demanda-t-il honteux à l'idée de tous ces hommes qui avaient fait les révolutions. Aurais-je peur d'échouer, de ne pas être à la hauteur de ses rêves ? Et si notre relation se dégradait... Je n'aurais plus rien à espérer. Plus qu'à regretter... Regretter d'avoir osé ? D'avoir choisi ? Est-ce que je vais continuer longtemps à choisir de ne pas choisir ?
— ... le vieux monsieur m'a tendu son précieux bâton de pèlerin, il allait nous sauver la vie plus d'une fois... intervint Catherine.
— Chaque jour, les montagnes aux neiges éternelles se rapprochaient. Au bout de six jours, nous sommes arrivés dans les hauteurs. Il faisait froid. Dans un gîte, nous avons loué deux grosses doudounes bien chaudes, ta mère a mis des plastiques

dans nos baskets pour nous protéger de la neige, un rose, un bleu...

Clément lâcha à nouveau le récit : après tout, pourquoi devrais-je choisir absolument ? se dit-il indulgent. Est-ce que la vie n'est pas une énorme bouffonnerie ? Alors pourquoi vouloir la prendre tant au sérieux ? Pourquoi ne pas se laisser aller au gré des événements et improviser ?

– C'est là que les vraies difficultés ont commencé : il y a eu ce couloir d'avalanche à traverser, un amas de neige dure et accidentée qui dévalait vers le torrent en contrebas. La pente était raide, nous glissions affreusement avec nos baskets, la moindre chute pouvait être fatale...

– Heureusement nous avions le bâton !

– Puis il y a eu ce pont, au-dessus du même torrent glacé : juste trois gros bambous mouillés qui roulaient sous nos pieds...

– Le bâton a servi de perche, il nous a encore sauvés la mise !

– Après six jours de marche, nous sommes arrivés au dernier refuge. Je n'ai pas voulu poser mon sac, pas question d'attendre le lendemain pour monter avec les autres, je voulais être seul avec les montagnes. Une petite voix intérieure me disait que je devais continuer, que je devais atteindre le sanctuaire ce soir même.

– J'ai essayé de le retenir, j'ai évoqué la fatigue, la prudence, on ne marche pas après seize heures en montagne, mais il ne voulait rien savoir !

Rester seul maître de son destin, oui, c'est ça, pensait Clément, ne dépendre de personne, pas même affectivement, et surtout ne pas être responsable de la vie d'un autre. Ni femme, ni enfant. Me protéger de tout fardeau qui ralentirait ma course... Devrais-je dire ma fuite ? Serais-je à ce point égoïste ? Timoré ? La vie est une mise en danger, rabaisse un peu ton orgueil et accepte l'idée de te tromper mon vieux, qui ne tente rien n'a rien.

– Cinq mille deux cents mètres, l'oxygène manquait mais c'était grandiose, magnifique ! Et ce silence...

– Le soleil a disparu derrière un versant et le froid nous est tombé dessus. On avait les pieds gelés, on y voyait mal, sans le bâton et sans notre bonne étoile, on aurait fini au fond d'une crevasse ! L'ascension n'en finissait pas, nous ne voyions toujours pas le cirque, je commençais à douter de moi et à flipper. C'est alors que je les ai entendus crier : deux grands oiseaux noirs, qui tournaient au-dessus de nous, rien que pour nous, comme pour nous encourager à tenir bon !

À nouveau, Clément lâcha prise. La liberté n'est pas l'absence d'engagement mais la capacité de choisir, se dit-il. Est-ce que par hasard je serais traumatisé par mes parents et leur vie de couple à la con ?... Dis donc mon vieux, tu vas t'apitoyer sur ton sort jusqu'à quel âge ? S'engager c'est se donner soi-même en gage. Qu'ai-je à perdre ? Moi ?

– Les Annapurna scintillaient comme de l'argent pur ! J'ai pissé sous les étoiles, j'ai jamais pissé avec autant de plaisir ! avoua Claude en riant.

– Le lendemain matin, on est redescendu en luge, sur nos sacs à dos ! conclut Catherine.

Le môme éclata d'un bon rire franc et communicatif puis, souple comme un singe, il grimpa sur le dossier de chaise de sa mère, lui passa les bras autour du cou, posa son menton sur sa tête et écouta Ludivine qui embrayait :

– Au Népal, il y a les Himalaya mais aussi la jungle, la jungle du Téraï, territoire du rhinocéros unicorne, unique au monde ! Clément et moi, nous voulions absolument le voir, nous étions prêts à affronter un tigre s'il le fallait ! Nous avons senti la terre trembler. Poum, poum, poum... Le sol vibrait, ce devait être une grosse bête, à coup sûr...

On n'avait jamais peur de rien, se dit Clément en souriant à Ludivine. Notre amour nous donnait des ailes...
– Hein Clément ? À deux mètres, pas plus ?
– Heu... maximum trois...
– Deux zigotos à la verticale qui lui barraient la route, qu'allait-il faire ? Leur foncer dessus ? Les écrabouiller ? Une tonne de muscles lancée à quarante kilomètres heure, et nous en tongs ! Pas facile de courir avec ça aux pieds ! Il nous aurait aplatis comme des crêpes ! Splatch ! Plus qu' du sucre ! Mais il a senti que nous n'avions pas de mauvaise intention, que nous voulions juste l'admirer, et que même, nous étions très honorés de le rencontrer, alors il nous a eu à la bonne et il est resté là à nous fixer de son gros œil, avec sa grosse corne et ses p'tites oreilles. Et au bout de longues minutes à se regarder comme ça, sans bouger, le rhino unicorne et nous deux, le cœur battant, t'imagines, il nous a tourné le dos et a rebroussé chemin tranquillement, poum padapoum poum poum ! Tu te souviens Clément ? T'as même réussi à prendre une photo !
– Ah oui ! Son cul tout plissé avec ses deux grosses couilles roses ! Quand tu viendras à la maison gamin, je te la montrerai.
– Dans la jungle amazonienne, il n'y a pas de rhinocéros, mais un tas d'autres bestioles plus ou moins sympathiques, enchaîna François :
Ludivine se pencha à l'oreille de Clément :
– Tu m'as l'air tout chose, qu'est-ce que tu as ?
– Rien, rien...
– Je t'aime.

Encore ce sourire, et le petit baiser en plus. Et les yeux qui disent tellement vrai. Allez mon vieux, laisse couler, se dit Clément. Tu vois bien qu'elle t'aime, alors vas-y, fais-toi confiance, tu es capable, tu peux la rendre heureuse, vous êtes faits l'un pour l'autre, arrête de tourner autour du pot.

– ... Grande comme l'assiette ! Toute couverte de poils ! Brrrrr ! Et voilà ti pas que mon Indien l'emballe dans une feuille de bananier, ranime le feu et la fait cuire ! « Muchas protéinas, sabroso ! Quieres gringo ? » J'ai pas eu le cœur à le priver d'un tel festin, je l'ai laissé manger tout seul son araignée.

– Baaah !

Agrippé au cou de sa mère, Badou faisait la grimace. Clément lui sourit. Les questionnements avaient quitté son esprit. Une drôle de béatitude l'envahit. J'ai trop bu pensa-t-il. Mais non, ce n'est pas l'alcool, c'est la compagnie de ces gens-là qui me plaît, j'aurais bien envie d'être un peu comme eux, moins riche peut-être mais plus heureux. La nature, l'amour, le voyage, la liberté... Comme leurs yeux brillent ! Ces deux-là sont ensemble depuis trente ans ! Ils ont un fils. Leur petit trio a l'air de marcher pas mal. Je me demande quel homme va devenir ce gamin. Aura-t-il le virus du voyage ? Aura-t-il la curiosité d'esprit de ses parents ? Il a affaire à des babas cool peace and love, de doux rêveurs qui n'ont jamais pu rentrer dans le moule, qui vivent la bohème et tirent souvent le diable par la queue...

Il était près de deux heures du matin quand Ludivine et Clément rentrèrent à la maison.

Clément avait laissé sa porte ouverte. Depuis son lit il entendait la douche couler. Elle en met du temps à faire ses ablutions ! se dit-il en luttant contre le sommeil. Pourquoi est-ce que je t'aime tant Ludivine ? Parce que tu donnes de l'authenticité à ma vie ! Il n'entendit plus couler l'eau, guetta son retour. Et si elle ne venait pas ? Il se traita d'imbécile. N'avait-il pas ostensiblement laissé sa porte ouverte ? Il ferma les yeux, reprit son monologue intérieur. Mon amour pour elle est fait d'un mélange assez homogène de passion et de tendresse, constata-t-il. Je peux l'aimer avec ardeur, la désirer comme un fou, et tout autant l'aimer d'une amitié fraternelle. En fait, j'aime autant son corps que son esprit. En plus elle n'est pas con, tant s'en faut ! Les cons m'emmerdent. Avec elle jamais d'ennui ! Pour tromper son impatience, Clément l'imagina frottant vigoureusement son beau corps satiné.

Un filet de lumière s'élargit sur le mur blanc de la chambre. Ludivine se glissa sous la couette.

Ils avaient fait l'amour, plusieurs fois, Clément avait toujours été du matin.

Puis ils avaient repris la lecture du carnet rouge.

Quand mes larmes furent taries, j'en avais fini avec le jeune homme idéaliste, tendre et romantique que j'avais été. Devenu reptile à Satory, j'avais fait ma mue. J'endossais la carapace du vaincu.

Vaincu ? Nenni. Le désir me tient en vie.

Ou bien serait-ce l'amour ?

Amour ! Ce mot semble si incongru ici !

J'ai guetté sa venue tout le jour. La belle popinée n'est pas apparue là-haut, sur le rocher en surplomb.

Aujourd'hui, le Danaé a livré une cargaison de femmes. L'effervescence est à son comble. Même si nous autres blindés ne verrons pas l'ombre d'un jupon, les savoir là émoustille nos esprits et délie nos langues. Chacun y va de son petit récit grivois, de son souvenir tendre, de sa larme à l'œil.

Les blindés fondent au soleil. À la simple évocation de la femme, la vie retrouve un sens.

Des jours que je n'ai revu la belle popinée...

Et si Joséphin avait raison, si j'avais eu la berlue ?

L'exil

Sept septembre 1871. C'était un mardi je crois.

Nous étions environ deux cents à monter dans les fourgons qui nous transportèrent jusqu'à la gare ferroviaire. On nous regroupa sur le quai. Puis on nous poussa dans les wagons à bestiaux ; quarante gars tenant à peine debout, entassés, serrés les uns contre les autres, dans des compartiments hermétiquement fermés.

On nous avait jeté une poignée de biscuits secs, sitôt réduits en miettes sous nos pieds. Ceux qui réussirent à se mettre à quatre pattes n'en purent tirer qu'une infâme bouillie.

L'eau fit cruellement défaut pendant la trentaine d'heure que dura le voyage et il s'en fallut de peu que l'on meure asphyxiés par nos pestilences.

On nous déchargea en piteux état. Une haie de soldats nous encadrait tandis que les gendarmes amenaient les chaînes.

Ils prirent un malin plaisir à assembler des individus que tout séparait, anticipant avec de gros rires gras les conflits qui naîtraient à coup sûr de ces accouplements contre nature. Ma « jeune gueule d'amour » eut le malheur de déplaire à un garde au mufle aviné et à la trogne en forme de coing, un teigneux. Il alla chercher à l'avant de la colonne le compagnon qu'il me désignait. Je me suis retrouvé enchaîné à un géant taillé comme un chien de combat et velu comme un ours qui me toisa de la tête aux pieds en rigolant méchamment, découvrant des crocs jaunes mal rangés. Il cracha un chicot et le poing gros comme un pavé sous mon nez, il m'avertit :

– Toi, le chiendent, une tourlousine et j'te fais avaler ta gaffe*!

Je n'avais aucune intention belliqueuse. J'étais trop épuisé. Je me contentai donc de sourire bêtement au molosse qui grogna et, à court d'idée, cracha à mes pieds.

Les soldats distribuèrent pain sec et eau. Puis la colonne s'ébranla avec un sinistre cliquetis, sous le regard goguenard des curieux.

Commença alors la longue marche vers le sud.

Des rixes éclatèrent, comme prévu. On les sentait, avant que de les voir : la vibration des chaînes transmettait aux vingt chevilles entravées la fureur d'un seul et se répercutait dans nos têtes malades prêtes à s'enflammer. Si un détenu s'effondrait, les autres le traînaient en peinant jusqu'à ce que les gardes-chiourmes, à coups de fouet, le ramènent à sa douleur et l'obligent à se redresser. Ou bien le détachent pour le jeter dans le fossé.

Nos cadavres s'égrainaient le long des routes. La France emmitouflée dans son manteau d'hiver nous regardait passer sans état d'âme.

Pourtant, un soir, au détour d'un petit village du Limousin, il y eut cette petite fille au jupon rouge.

Elle devait avoir dix ans tout au plus. Elle dévalait la pente en bondissant comme un cabri et son jupon faisait éclore des bouquets de coquelicots sous ses pieds. Elle venait vers nous. Le garde lui a crié de déguerpir, elle n'en courut que plus vite.

L'autre a levé son fusil, elle s'est arrêtée à ma hauteur, l'a regardé en souriant, il a rabaissé son arme et laissé faire. Elle a épousé notre rythme et marché à mes côtés. Des boucles brunes s'échappaient de son bonnet de laine, elle avait les joues rouges,

* un coup de poing et t'es mort !

un minois crasseux et charmant. Je lui ai dit bonjour, elle m'a regardé, son visage levé vers moi s'est illuminé d'un sourire d'ange qui ensoleille encore ma vie. J'ai oublié la chaîne, la fatigue, j'étais jeune et devant mes yeux dansaient des papillons dorés.

Elle a fouillé dans la poche de son jupon mité, en a tiré un morceau de pain, me l'a mis dans la main et s'est enfuie aussitôt, remontant la pente en courant. Là-haut sur la crête, un homme coiffé d'un grand chapeau noir l'attendait. Il brandit le poing et nous avons tous entendu son cri : « Vive la Commune ! » Quand la petite l'eut rejoint, ils disparurent main dans la main derrière la colline.

Dans ma paume, le pain doré était chaud. J'ai serré un peu les doigts, sa croûte a craqué avec un bruit tendre qui me mit les larmes aux yeux. J'ai crié moi aussi : « Vive la Commune ! » Les copains ont repris d'une seule voix. On a reçu coups de crosses et coups de fouet mais c'était sorti, ça faisait du bien !

Ce soir-là, en partageant notre morceau de pain, on s'est remis à espérer. La Sociale vivait encore.

La neige est venue, la nature sous son grand manteau virginal était plus belle et plus cruelle que jamais. Nous traînions le pas, nous courbions le dos. Le vent glacé fouettait nos visages cuits, s'engouffrait sous nos haillons, bleuissait nos mains. Nous avions terriblement froid et faim, nous étions épuisés. Les colonnes s'amenuisaient.

Nous faisions halte dans les casernes, dans les prisons. Parfois, allongé sur la paille, je m'abandonnais au rêve. Je me voyais courir à travers champ, la petite fille au jupon rouge m'accompagnait. J'enjambais des haies, je volais par-dessus les monts, je courrais sans entrave, loin, toujours plus loin. Le grognement de mon compagnon de chaîne me rappelait à l'ordre, je finissais la nuit les yeux grands ouverts sur ma misère.

Jamais je ne me suis senti plus désespérément en colère que pendant ces longues marches, le long de ces routes qui appelaient à l'aventure et que mes pieds enchaînés marquaient d'une longue et triste empreinte. Chaque pas, péniblement, m'éloignait de moi. J'avais beau me retourner, je ne pouvais pas revenir en arrière, je ne pouvais rien réparer, rien emporter. Mon passé appartenait à une autre vie, je n'avais dans celle-là que la désolation d'un douloureux présent sans cesse recommencé.

Nous avons atteint Toulon le 25 décembre 1871.

Dans les rues balayées par le vent glacé, les gens fêtaient joyeusement Noël : ils dansaient, jouaient de la flûte et du tambour et riaient beaucoup sur notre passage. Les fumets de rôti qui planaient dans l'air faisaient chavirer nos estomacs vides. S'y mêlaient le parfum iodé de la mer et une odeur de goudron venu des docks.

Dans la rade, la douce lumière de l'hiver faisait scintiller la Méditerranée. Je voyais la mer pour la première fois.

L'Iphigénie était à quai et nous attendait. Le gouvernement qui voulait vider les bagnes de France, avait aménagé la frégate armée pour le transport des détenus. Nous étions deux cent soixante à embarquer.

Les gars du bord nous ont distribué à chacun trois chemises, une vareuse de toile, deux pantalons, un bonnet de laine et une paire de souliers. Notre précieux paquetage dans les bras, nous avons regardé la terre s'éloigner. Au fond de mon cœur, la douloureuse certitude d'un voyage sans retour.

Noël a désormais pour moi l'infinie tristesse de l'exil.

Les écrits de Schoelcher sur le commerce d'esclaves avaient frappé mon imagination d'enfant et occasionné bien des cauchemars, j'allais les vivre maintenant. Les traitements n'avaient pas changé : maigre pitance, coups de fouets, tortures. Chaleur torride ou froid glacial. Bruit infernal des machines. Promiscuité, violence. Désespoir.

On nous a enfermés dans de grandes cages, à fond de cale, près des machines. Parmi nous il y avait un Noir. C'était un homme parfaitement bâti, si grand qu'il devait en permanence se tenir courbé. Il avait des allures de grand singe magnifique, ses dents très blanches étaient taillées en pointe comme celles des fauves, il impressionnait, on lui foutait la paix. Dans ses yeux étrangement clairs, on pouvait lire toute l'histoire de la cruauté des hommes.

Joséphin N'Bawa deviendra mon compagnon de chaîne.

Son hamac était accroché près du mien et fermait la ligne. Bientôt, N'Bawa et moi avons accordé nos balancements, je l'écoutais me parler d'Afrique. Il disait venir de Guinée. Ses parents avaient été capturés par des Noirs, vendus à des Blancs comme esclaves et embarqués sur un grand bateau pour l'Amérique. Encore enfant, il était parti à leur recherche. Il avait foulé de ses pieds nus les terres rouges et poudreuses d'Afrique. Engagé comme mousse et souffre-douleur sur un bateau, il avait traversé la mer puis remonté les terres. Son voyage avait duré des années. Quand il était arrivé à Bordeaux, le grand bateau avait quitté le port depuis longtemps et M. Schoelcher avait aboli l'esclavage.

Joséphin découvrit qu'il était un homme libre.

Ses grands pieds l'emmenèrent jusqu'à Paris. Engagé pour son impressionnante carrure et son exotisme, il avait fait office de portier de nuit au grand hôtel Georges V. Il était très fier de son beau costume rouge et de ses grandes bottes de cuir qui luisaient au soleil. Mais ses pieds souffraient d'être enfermés et lorsqu'un petit matin de mars 1871, la Commune l'avait emporté dans son flot, il s'était empressé d'offrir ses belles bottes rouges à un jeune combattant. Il s'était battu toute une nuit aux côtés de Louise, dans une tranchée. Mais ses pieds nus souffraient encore sur les pavés crasseux. Alors un soir, avisant un drapeau échoué au fond d'une cour sombre, il en avait déchiré deux longues bandelettes et s'en était fait des chaussons tricolores.

On l'avait arrêté pour outrage à la mère patrie. Il avait été exhibé, raillé, torturé et finalement déporté.

Parfois, quand l'horreur de nos destins nous faisait par trop souffrir, nous pleurions en silence, nous versions des larmes amères sur nous-mêmes, sur les Noirs et sur les Blancs, sur tout le genre humain.

Les gardes-chiourmes, chaque matin, jetaient de grands baquets d'eau de mer à travers les barreaux. C'était leur méthode pour évacuer fièvre, merde et vomissure. Le sel, lui, restait pour ronger les plaies.

Par beau temps, nous avions droit à une sortie sur le pont.

Le grand vent emportait nos tourments et pendant une heure, nous embrassions tout l'univers.

Océan infiniment triste et gris.
Loin, très loin, entre ciel et mer, un bateau s'en retourne.
J'embarque avec lui. Ma vie défile à revers, enroule son fil, jusqu'au panier d'osier, dans la cuisine.
Amers souvenirs
Amour à jamais par la vague emporté
Loin, très loin, sur l'océan infiniment triste et gris.

Aujourd'hui, samedi sept juin 1877, les libérés Manuel Anglade et Joseph Pinguet ont épousé respectivement Eutropie Pain et Félicie Raisin, deux filles transportées récemment. Ils vont pouvoir exploiter une petite concession du côté de Bourail et y fonder une famille.

La nouvelle a fait tourner les têtes, les gars se voyaient entourés de marmots, un ragoût fumant sur la grande table familiale, une bonne femme bien charpentée dans un vrai lit, avec des draps blancs et frais qui sentent bon la lavande... Le genre de rêve qui fait mal.

Le chantier est terminé. Je le quitte avec regret. J'aurais tellement voulu revoir ma popinée, rien qu'une fois.
Demain, on doit tailler la portion qui surplombe le creek.

Après quarante-neuf jours de navigation, la frégate Iphigénie doublait les îles du Cap Vert. Dix jours plus tard, elle coupait l'Équateur.
Début mars, elle jetait l'ancre à Saint Denis de la Réunion et restait quinze jours à quai, le temps de refaire le plein en eau potable et de soigner les plus mal en point d'entre nous.
Une nuit, il y a eu des cris étouffés et des coups provenant de la cage voisine. Au matin, on a trouvé un jeune gars mort. Il avait été étouffé, violé. Pauvre gars. Les gardes chiourmes n'ont même pas cherché à savoir quel monstre avait fait ça, ils nous ont juste tous privés de sortie sur le pont pendant trois jours.
Au centième jour de la traversée, nous avons atteint le tropique du Capricorne. La chaleur était insupportable. Peu avant le coucher de soleil, nous n'avons plus entendu le bruit sourd des vagues cognant sur la coque. Le roulis avait cessé, le bateau se taisait avec les éléments. La nuit s'est brusquement refermée sur nous.
Dans les cages, personne ne moufetait. D'un bout à l'autre de la batterie, la peur était palpable. Pour rompre ce silence trop pesant, un homme a cogné sa gamelle contre les barreaux. Aussitôt un autre l'a imité, puis un autre, puis toute sa cage et les suivantes. Un vrai barouf du diable ! La rage trop longtemps

contenue explosait. Dans la cage voisine une bagarre éclata. Encouragés par les cris et les jurons, beaucoup s'en mêlèrent, ce fut rapidement la mêlée générale. La violence s'est répandue sur nous tous comme un raz de marée, folie et haine conjuguées secouaient toutes les cages.

Personne n'a vu venir les gardes. Une fois le silence rétabli à coups de fouets, l'adjudant a longé la coursive, lentement, bras croisés dans le dos, très calme. Il s'est arrêté devant notre cage, nous a observés un à un, un sourire tranche gosier aux lèvres. Il a fait durer le suspense, se régalant de notre terreur. Puis il a réclamé le Nègre.

Joséphin restera trois jours à terre, couché sur le ventre, pieds et poings liés dans le dos, enchaînés au collier de fer. Je recevrai vingt coups de fouet pour avoir pris sa défense.

Au cœur de la nuit, la tempête s'est levée. Elle hurlait comme une furie, frappait la coque avec une violence inouïe et nous envoyait nous écraser contre les barreaux. L'angoisse montait dans les cages avec le niveau de l'eau. La panique déclenchait un sursaut de ferveur, nombre d'entre nous se signaient et demandaient pardon, convaincus que le Nègre nous avait jeté un mauvais sort. Au lever du jour, la mer s'est enfin calmée. On a relevé les blessés, un homme était mort noyé. Joséphin, tout entravé qu'il était, avait tenu le coup.

Ce jour-là, la surveillance s'est un peu relâchée, on est resté près d'une heure sur le pont. Soixante minutes de bonheur pour un océan de larmes.

La Nouvelle

Terre ! Terre !

C'était un matin ensoleillé. Nous étions tous sur le pont, silencieux. Droit devant brillait le phare Amédée.

L'île ressemblait à un monstre endormi de la préhistoire. Sur son dos courait une crête sombre.

Le cœur lourd, nous regardions la terre approcher.

Terre d'exil. Point de non-retour.

L'Iphigénie pénétra dans le récif par la passe de Dumbéa et mouilla à Port de France.

Par petits groupes, nous avons embarqué dans les chaloupes.

Nous balancions doucement sur une eau transparente, foisonnante de poissons multicolores. Au fond, déflorant la blancheur du sable, les biches de mer ressemblaient à des verges molles.

La nostalgie labourait mon cœur de toutes ses griffes.

La terre. Le sable, moelleux et chaud sous nos pieds nus, nos pas hésitants, et le soleil, très haut dans le ciel si pur, tandis qu'on nous remettait les chaînes.

Un défilé d'ombrelles blanches trembla d'indignation à notre passage.

Au sommet d'un podium, poitrines ruisselantes de métal étincelant, les représentants de l'ordre, bien alignés, se tenaient raides comme la justice. Au centre, était le gouverneur de la Richerie :

« Transportés ! La Mère Patrie vous a banni ! Elle vous a chassé loin de vos foyers, loin de vos familles, loin aux antipodes.

Vous êtes venus sur cette île pour suer sang et eau et racheter vos crimes infâmes, je vous en offre l'occasion : consacrez tous vos efforts à l'établissement de la colonie ! La France vous a livré à moi, soyez dignes de la confiance que nous mettons en vous. Toute incartade au règlement sera sévèrement punie. Nous saurons faire de vous des hommes, de bons patriotes ! Je compte fermement sur votre docilité et votre ardeur au travail ! »

Je n'écoutais pas. Mon esprit était à Paris, le jour de la grande kermesse du quatorze juillet. J'entendais les cris de la foule euphorique, portée par l'espoir...

Un coup de vent violent sema soudain la pagaille dans le bel ordonnancement de la cérémonie. Les dames, bouche en cœur, poussèrent des cris de tourterelles effarouchées en tentant de retenir leurs jupons que le vent fripon soulevait. Les hommes, galants et grotesques, couraient derrière les ombrelles envolées en brassant l'air de gesticulations vaines, perdaient leurs chapeaux, abandonnaient l'ombrelle de leur belle pour leurs couvre-chefs et se couvraient de ridicule à ne rattraper ni l'un ni l'autre.

Le vent, ce jour-là, était du côté des prisonniers. N'ayant rien à perdre, ils virent dans ces élucubrations facétieuses l'occasion de rire un bon coup ! (ce qui ne nous était pas arrivé depuis des lustres.) Quand une rafale plaqua sur la face rougeaude du gouverneur un carré de dentelles brodé, l'euphorie atteint son comble. Mais le fou rire de deux cent cinquante-trois gars enchaînés choqua l'Autorité mal embouchée. Voyant là une insulte à sa respectabilité, le gouverneur proféra à notre encontre de terribles menaces. Mais le vent préféra les emporter loin de nos oreilles.

Le lagon merveilleux, les collines verdoyantes, les dames curieuses aux lèvres gourmandes, leurs jupons relevés sur des jambes fines, notre grand rire... C'était un matin presque doux. Mais les hommes qui nous encadraient étaient bien résolus à faire de cette île paradisiaque notre enfer.

Au pénitencier de l'île Nou, où tous les condamnés aux travaux forcés avaient été transférés, je retrouvai des compagnons Communeux, victimes comme moi de « la politique de débarras » menée par Thiers.

Auguste Verdure me reconnut le premier. L'éternel utopiste philanthrope avait toujours le sourire, (même s'il ne fendait plus qu'une moitié de sa face.) Il m'ouvrit ses bras, nous restâmes longtemps enlacés. Albert Grandier aussi était là. Il me sembla plus voûté que jamais. Je ne l'aimais pas beaucoup. Rédacteur au Rappel, il m'avait ri au nez quand je lui avais demandé du travail, un an plus tôt. J'avais encore au creux du ventre son coup de poignard verbal : « Ici, on écrit ce que pense le peuple. Y a pas de place pour un freluquet capricieux, un enfant gâté descendu de sa bourgeoise condition pour musarder en bohème ! »

Une claque monumentale dans mon dos effaça le douloureux souvenir : Da Costa, chef de la police politique, éclata de rire et m'embrassa chaleureusement en baragouinant dans sa langue. Il embrassa aussi Joséphin et pendant qu'il y était, tous ses potes à la ronde ! Toujours aussi grande gueule Da Costa ! Le bagne semblait avoir glissé sur lui, il était inchangé. J'étais heureux de le savoir vivant, de retrouver son accent chuintant, sa jovialité. Heureux de revoir les camarades Communeux : Lisbonne, le commandant des Turcos, encore droit comme un i. Henri Rochefort, toujours distingué même dans son informe tenue de bagnard. Humbert, Trinquet, Passedouet, Roques de Filhol, Amouroux, Brissac, tous là, transportés aux antipodes, comme disait la Richerie !

On faisait cercle au centre de la cour, Joséphin dépassant le groupe d'une tête. Il fallait nous voir gesticuler dans nos pyjamas gris ! On s'embrassait, on se tapait dans le dos, on riait de se voir vivants, y en a même un qui m'a souhaité la bienvenue !

Sous les ridicules chapeaux de paille, sous les crânes rasés de près, la Commune vivait toujours. Nos bourreaux n'avaient pas vaincu notre pensée. À croire que rien n'était fini...

L'ancien gouverneur Guillain, un mégalomane, moins cruel que La Richerie, avait entrepris trois ans auparavant le chantier d'un hôpital. Il l'avait voulu grandiose. Tous les jours, nous allions tracer la route qui devait le relier à la ville.

Je n'avais pas l'habitude de manier la pioche. Dans ma première et courte vie, j'avais été exempt de tous les travaux pénibles et le seul usage que je faisais de mes mains était pour tenir un violon ou une plume. Dès le début, j'accumulais les ampoules et souffrais le martyre. À la mi-journée, le dos cassé, épuisé, je devenais la risée des fagzires* et le souffre-douleur du surveillant en chef Dan dit « la Crevure ».

À coups de triques, il s'ingéniait à me forger un tout autre caractère.

Sur l'île Nou, tous les damnés de la mère patrie, Communeux, voleurs, assassins, violeurs, infanticides, ivrognes et fous, se confondaient.

Bartens avait été jadis un guape*, un voleur de haut rang. C'était un ancien ici, arrivé avec les premiers convois, dix ans plus tôt. Il lui en restait encore vingt à tirer. Grand, la gueule bien faite, l'œil vif, le sourcil abondant et très roux, c'était un fort-à-bras, un échaudé. Un philosophe aussi, à ses heures. « La vie n'a aucun sens. Tout ce qu'on vit est donc absolument sans intérêt. Le jour où vous aurez fait ce constat, vous verrez que c'est ça, être libre ! » répétait-il à qui voulait l'entendre. Quand je le rencontrai, Bartens sortait de quinze nuits aux fers pour s'être plaint des mauvais traitements de « la Crevure ».

* bagnards ; voyou

Malgré ses traits marqués et sa maigreur, il en imposait. Il a commencé par me tourner autour, les mains dans le dos. Je n'ai pas moufté. Il s'est mis à me renifler comme un chien, j'ai montré les dents et remué du cul, les autres ont rigolé. Bartens m'a serré la paluche. On est devenu poteaux, tout simplement. Il m'a offert la pipe qu'il venait de bourrer. J'ai tiré dessus, le culot est devenu rouge, l'air s'est chargé du parfum âcre du mauvais tabac, la tête m'a tourné et j'ai craché mes poumons. Bartens a éclaté de rire et m'a repris la pipe des mains.

– Faudra t'y faire, y'a pas mieux par ici !

Il tira trois longues bouffées et poursuivit :

– Un conseil, Lalvin, méfie-toi de tout le monde ici ! Surtout des porte-clés*. Tous plus vicelards les uns que les autres ! Encore plus gangrenés que ceux qu'ils surveillent ! Faut dire qu'ils sont à bonne école avec Charrière. La peste celui-là ! Un puissant jet de salive alla s'imprimer dans la poussière devant nous. Une vraie saloperie ! Un pet de travers et t'es bon pour la crapaudine ! Tu vois l'affreux jojo là-bas, dans le coin d'ombre, ouais, celui qu'a un cercueil tatoué sur le bras, c'est Garnier, une essence*, l'a pas supporté la crapaudine, l'a vendu tous ses mecs en paire !* La crapaudine ? Un divertissement. L'aime bien ça Charrière, les divertissements... C'est quasi tous les jours qu'on y a droit ! Paraît qu'ça nous éduque ! Tu sais qu't'es pas bien costaud mon gars ? Va falloir te faire des biscotos si tu veux pas avaler ta gaffe trop tôt.

– C'est pas gros mais ça sait cogner fort ! crânais-je en gonflant les biceps.

– Ça suffit pas ici, reprit Bartens. C'qui t'faut, c'est de l'endurance... Saloperie de merde, vlà le chieur ! Casse-toi Taverne, t'empestes à dix lieues à la ronde !

* surveillants ; mouchard ; compagnons d'évasion

Taverne continua d'avancer en riant comme une hyène. À deux pas de nous, il ouvrit grande sa chemise et exhiba sous notre nez son torse poilu. Tatouée sur le pectoral gauche, une femme tenait dans ses mains deux gigantesques mamelles roses. Taverne sauta de côté, évitant de justesse le puissant jet de salive de Bartens, et s'éloigna en tortillant du cul.

– Des lustres qu'on n'a pas vu de bonne femme, gémit Bartens. J'en ai oublié le goût, bon sang... J'espère que tu t'en es payé une bonne tranche avant de te faire alpaguer, parce qu'ici, ton robinet vaut mieux oublier qu'il peut servir à aut' chose qu'à pisser ! Les histoires de cul, Charrière il pardonne pas. C'est qu'ça bouffe du bon dieu tous les dimanches ces torgneculs ! Et si tu manques la messe, il te colle huit jours de retranchement !

Quoi qu' tu fasses, toute façon, t'échapperas pas à la punition. Ce salopard ça l'fait bander quand les mecs en bavent ! Il en rate pas une !

L'aut' jour, ton pote Da Costa, l'avait rien qu'un duvet de nouveau né sur le crâne. Plutôt que de l' donner au coupe chou l'a préféré boire son sou, diable ! Ca lui a coûté quatre nuits de tôle !

Bartens cracha dans la poussière avant d'ajouter :

– La tôle, tu verras, c'est pas humain...

Il m'enseigna le « tarif » minimum pour chaque cas d'insubordination :

– Saoulaison, inconvenance, paresse : vingt coups de fouet. Escroquerie, vol, vingt-cinq coups de fouet. Rixe : un mois de cachot. Tapage, refus d'obtempérer : le court-baril. Tentative d'évasion : la crapaudine... Pris à pêcher parce que tu crèves l'organe*: quinze jours de prison ! Ici, pour sûr, les peines pleuvent   plus souvent qu'les p'tits pains, haha ! Hé ! Fais pas

* tu crèves de faim

cette tête mon gars, tu t'y feras, comme nous autres ! Ici, t'es en enfer ! Le Caillou, c'est l'bout du chemin. Ta chienne de vie s'arrête là ! Ah ! Et voilà celui qu'on attendait, un « individu de la pire espèce », comme dirait le bourgeois : Frédéric Marx ! C'est bien son blase, Marx ! L'était avec moi dans le premier convoi de l'Iphigénie, en 64. Sacré dur à cuire, le Fridrich ! Deux tentatives d'évasion, deux fois la crapaudine, 15 berges supplémentaires, 28 punitions, 111 jours de retranchement, 72 jours et 120 nuits de prison, 65 jours dans l'trou ! Ho ho ! C'est qu'on tient les comptes nous autres, ça occupe. Mais lui, il bat tous les records !

Georges lui jeta une grande claque sur l'épaule :

– Salut l'aminche ! J'te présente un tout frais moulu du dernier convoi : Jules-Marie Lalvin qui s'appelle.

– Pour la chiourme, t'es qu'un matricule, un numéro, même pas un chien, ta vie vaut queue de chique ! Mais entre nous, on s'nomme, ça fait croire qu'on est des hommes. Bienvenue en enfer, Lalvin !

Marx me donna une puissante poignée de main. Ses doigts déformés ressemblaient à une enfilade d'osselets. Il m'observait, en appui sur une jambe, sa grande carcasse maigre dévissée sur la gauche. Il avait le crâne brûlé, tavelé de brun comme une peau de serpent, un visage anguleux, tout en creux, avec un long nez d'aigle, une bouche réduite à une fente sur des gencives vides et un regard métallique.

Malgré les épreuves, Marx avait gardé l'esprit rebelle.

Comme Bartens, il deviendra vite un poteau et s'appliquera à entretenir ma propre haine du pouvoir et de la soumission.
Quinze heures de turbin sous le soleil assassin, sous la pluie battante, dans les coups de vent féroces, avec rien à becqueter qu'un peu d'agua et un brichton ! Obéir, obtempérer sans discuter, encaisser les injures, les coups de fouet, les coups de

crosse, trimer, arrondir le dos et se soumettre ! La torture au quotidien. Une vie de misère.

Le soir, tout en m'enseignant la langue du bagne, Bartens m'abreuvait de conseils.

– Les coups de Dany n'arrangent rien à ton affaire. Tu n'as pas l'étoffe pour résister longtemps. Si tu veux pas crapser ici, si tu veux un jour te trotter, t'as intérêt à en avoir et à rester d'attaque !

J'ai appris à rabattre mon caquet. J'ai appris à réduire les exigences de mon estomac. J'ai appris à résister.

Mais plus mon échine s'arrondissait, plus ma volonté se redressait.

Après la soupe et avant de rejoindre notre bloc, on se réunissait dans un coin de la cour. Moriceau, un Vosgien béar * un peu frustre mais pas idiot, venait souvent nous rejoindre. Quand exceptionnellement il se mettait à parler c'était avec ses tripes et ça sonnait toujours juste. Il balançait une phrase simple, lumineuse et nous restions tous babas. Là-haut les étoiles brillaient soudain d'un éclat plus pur, l'air devenait plus doux et les parfums de l'île plus sucrés...

Moriceau avait démoli le maquereau de sa belle, une ordure sans foi ni loi. Il avait écopé de vingt ans. Restait seize à tirer.

Le problème de Moriceau c'est qu'il pétoche devant l'agua. Alors ce dimanche-là, quand il a fallu se baigner dans la grande tasse, il s'est débiné. La crevure s'est fait un malin plaisir de le signaler à Charrière et le lundi matin, le roulement de tambour nous rassemblait tous dans la cour pour le divertissement.

Il était cinq heures. Le soleil dardait déjà ses rayons cuisants sur nos épaules endolories et une puissante odeur de crasse et de peur rampait parmi les rangs. Chapeaux de paille inclinés, regard errant dans la poussière volatile, tous les fagzires faisaient profil

*tranquille

bas. Charrière, impeccable dans son costume blanc, fit une rapide inspection de la chiourme, désigna le plus costaud des arnaks* comme correcteur et alla se percher sur son estrade. D'une voix sirupeuse, il annonça la sentence :

– Vingt-cinq coups de martinet !

Un murmure d'indignation parcourut les rangs des détenus : c'était plus que ne prévoyait le règlement. Charrière, satisfait, s'installa confortablement dans son fauteuil d'osier et le sourire aux lèvres, il croisa les mains sur son ventre gras, prêt pour le spectacle.

Pendu par les poignets à la poterne et torse nu, Moriceau attendait, le nez au ciel, les yeux clos.

L'arnak correcteur sortit le martinet du seau de vinaigre. Les lanières de cuir voltigèrent, envoyant des gouttelettes roses dans la lumière crue, avant de s'abattre dans un bruit sec sur le dos du supplicié. Moriceau ne broncha pas. Le bras du correcteur s'éleva plus haut, frappa plus fort. Moriceau n'émit aucun son.

Cinq, six, sept. Le martinet cinglait son dos, déchirait la peau, faisait couler le sang, mais de Moriceau, pas un cri ! Dix, onze, douze, treize. À chaque coup, sa tête partait en arrière, l'onde de choc faisait trembler ses muscles, mais il retenait sa douleur.

Murmures d'admiration dans la cour. Le sourire de Charrière changé en rictus, son visage rouge de colère. Quinze, seize, dix-sept. Moriceau ne moufte toujours pas.

À vingt, on a entendu sortir de sa poitrine un son rauque, la plainte d'un animal à l'agonie. À vingt-deux, sa tête bascula en avant, il avait lâché prise. Le bras du correcteur retomba, mais Charrière, qui avait retrouvé le sourire, fit signe de continuer et

* surveillants

le martinet revint frapper Moriceau évanoui. Vingt-trois, vingt-quatre, vingt-cinq.

Moriceau n'a pas crié. Pas une seule fois !

Ce jour-là, il gagna le respect de ses codétenus et la haine de Charrière.

Bartens, Marx, Moriceau, Joséphin et moi formions le quintet des abonnés au 7. Bouclés dans le même bloc, nous étions respectivement les matricules 207, 267, 1507, 3067 et 3077. Le 7 porte-bonheur !

Tout le jour, nous piochions sous le soleil assassin, sous les coups de fouet et les brimades, avec le ventre creux. Tous les soirs, tarabustés par l'envie de se carapater, nous refaisions le monde, nous rêvions tout haut d'une autre vie. Tous les matins, le bruit des chaînes et des clés nous ramenaient à la triste réalité.

Ce matin-là, Brissac était porté absent. Charrière l'avait mauvaise, la garde-chiourme était en effervescence.

La Crevure nous a menés à grands de coups de fouet jusqu'au chantier.

Tout le jour, un vent à écorner les bœufs usa les nerfs des piqueurs* qui se défoulèrent sur nous. Je trimais dur, sans rechigner.

Dans ma tête, une pensée, comme une lueur au bout du tunnel, me faisait avancer : Brissac s'est évadé ! S'il l'a fait, pourquoi pas moi ? L'espoir me redonnait force et courage, je piochais comme un enragé et évitais quelques coups de pied au cul.

Au coucher du soleil, on a repris le chemin du camp. C'est alors qu'un drôle de convoi nous a doublés : deux colosses

---

* surveillants de travaux

indigènes, simplement vêtu du manou*, portaient sur l'épaule un long bâton qui ployait sous le poids d'un gibier ficelé comme un saucisson. Le nom de Brissac, comme un fluide glacial, remonta la colonne. Suspendu par les poings et les chevilles, une plaie rouge comme la bonde d'un tonneau au front, Brissac gémissait faiblement.

Pétrifié et la mort dans l'âme, je le regardais passer. Un coup de pied au cul me remit en marche. J'eus toutes les peines du monde à retrouver la cadence. Mes jambes ne me supportaient plus, la désillusion courbait mon dos et ma chaîne, ma maudite chaîne, pesait plus que jamais.

– Pauv' gars, l'a pas fait long feu !... Saloperies de sauvages ! Georges cracha loin dans le fossé. Peuvent pas s'en empêcher, dès qu'ils voient un blanc, faut qu'ils lui tapent dessus ! Un coup de massue sur la tête et t'es cuit ! Tu m'diras, avant, t'étais bon pour la marmite ! Et encore, j'sais même pas s'ils te faisaient cuire ! Tout compte fait, vaut p't'êt' mieux finir en ragoût, t'es au moins bon à bouffer ! Tandis qu'le cachot... Quand t'en ressors, t'es plus bon à rien... Aujourd'hui, c'est malheureux, les Kanaks préfèrent le tafia à not' bonne chair rose ! Savent pas c'qui perdent !

Un volumineux crachat atterrit devant les pieds de la Crevure.

– T'as qué qu'chose à r'dire 207 ? grogna-t-il en montrant les dents.

– J'dis qu'y a plus de respect !

– Ah ah ! Du respect ! Oh oh oh ! Du respect ! Avance cafard ou j'te caresse le dos avec mon fouet !!!

La Crevure mettait rarement ses menaces à exécution avec Bartens ; une tourlousine vieille de dix ans lui avait imposé une limite à ne pas franchir. Il se contentait de vomir son fiel :
– L'en a pour quelque temps à croupir au cachot vot' pote communard ! Oh oh oh oh oh !!! Respect ! Ohohoho !

* pagne

Sale coup au moral.

La douleur qui brûlait mes muscles se faisait plus vive, plus insupportable de jour en jour, mes forces diminuaient, j'étais hanté par la peur de craquer. L'amitié de Joséphin m'a aidé à relever la tête.

– Ah ! J'aime mieux ça, mon frère ! N'oublie pas que je compte sur toi...

Joséphin riait de toutes ses dents pointues mais dans ses yeux clairs, je voyais sa tristesse infinie. L'enfermement pesait plus à mon ami l'Africain qu'à n'importe lequel d'entre nous. Malgré son grand calme apparent, je savais qu'au fond de lui grondait un fauve enragé. Je craignais qu'il le laisse échapper. Au moindre faux pas le « Nègre » dégusterait comme aucun autre fagzire. Ils n'hésiteraient pas à le tuer.

François Beaux était un joueur invétéré. Ses parties de poker lui avaient déjà valu 277 jours de retranchement et il battait le record de Marx au court-baril avec trente nuits passées les pieds ferrés, reliés à la barre de justice. Pourtant, dès qu'il avait purgé sa peine, il remettait ça. Le jeu, il l'avait dans le sang et rien ne pouvait lui en faire passer le goût.

Ce matin-là, la poussette trônait au centre de la cour. Charrière juché sur l'estrade, dominait la scène. La garde-chiourme encadrait les prisonniers, j'étais au premier rang pour le spectacle.

Roulement de tambour : deux gaffes traînaient François Beaux en le soutenant par les aisselles. Il avait le visage tuméfié, l'œil hagard. Ses pieds enchaînés traçaient un sillon profond dans le sable jaune. Les deux gaffes l'empoignèrent fermement pour l'immobiliser tandis que le bourreau introduisait sa main droite dans la machine infernale. Un frisson d'horreur parcourut la cour. Charrière, sourire aux lèvres, fit un signe de tête. Le bourreau donna un tour de vis, Beaux hurla. Il se débattit comme un beau diable, les gaffes durent resserrer leur étreinte, ils suaient à grosses gouttes. Le bourreau leva les yeux sur Charrière : signe de tête, il serra davantage l'écrou, écrasant lentement le pouce du supplicié. Ses hurlements nous pétrifièrent. Quand on a entendu les os craquer, tous les visages se sont tournés vers Charrière mais ce salaud, fasciné par la scène, souriait et le bourreau a continué sa sale besogne. Les deux gaffes, écarlates, grimaçaient sous l'effort. Les cris de Beaux devinrent des râles inaudibles, il s'évanouit. Charrière, blasé, fit un léger signe de tête, descendit de son piédestal et tourna les talons.

Les hurlements du supplicié résonnèrent à nos oreilles longtemps après qu'on l'eut emporté à l'infirmerie.

La barbarie de ces gens-là n'a pas de limite.
Décamper en vitesse, avant qu'elle ne me broie.

La manigance

– Ma décision est prise Joséphin. Je ne reculerai plus.
– Je pars avec toi, l'aminche.
– Nous ne connaissons rien de l'île, encore moins de la mer, il nous faut des associés.

Je commençais par tester Lisbonne, mon ancien compagnon de barricade. Sa réponse fut des plus évasives. Je crus qu'il avait peur.
La brutalité de nos geôliers aurait-elle réussi à soumettre corps et âme le plus valeureux de nos Communeux ? Non, la flamme de la Commune brillait toujours dans ses yeux, on ne pouvait jamais éteindre cette flamme-là, Lisbonne ne manquait pas de courage... il mijotait déjà un plan !

J'en eus la conviction quelques jours plus tard, après ma discussion avec Rochefort. Bien que ce fût à voix basse, quand je prononçai le mot évasion, son visage se figea. Il me fusilla du regard et marmonna entre ses dents serrées :

– Ne prononce jamais ce mot, malheureux !

Depuis, il m'évitait.

– Très bien. Qu'ils magouillent de leur côté, on se passera d'eux !
– Faut voir avec Bartens. Il est là depuis si longtemps, il en connaît plus que n'importe qui, ici. Et pour un gouape, il m'a l'air plutôt honnête. Je lui fais confiance.

Joséphin avait raison.

– Il est toujours collé avec Marx. Il faudra compter aussi avec lui.

On a tarabusté les poteaux mais Georges se méfiait de nous, il ne nous croyait pas assez couillus ! Nous avons eu pas mal d'engueulades. C'était toujours un peu d'amitié qui se bâtissait.

Frédéric lui, serait parti sur-le-champ s'il avait écouté son cœur. Mais il savait ce que coûtait l'échec. La menace de la crapaudine rôdait dans tous les esprits, dans le sien, elle avait creusé une faille profonde.

On a pourtant fini par se mettre en paire.

– Y a pas trente-six solutions, dit Georges. Si on reste sur le caillou, ou bien on crève de faim ou bien on se fait alpaguer par les Kanaks. Non, la seule issue, c'est la mer, les îles Salomon ! Dix ans que j'en rêve ! Là-bas, les sauvages, on les appelle les hommes fleurs, c'est dire comme on sera bien reçus ! Pour ma part, j'irai pas plus loin, mais pour ceux qui voudront continuer le voyage, il suffira d'attendre un embarquement pour l'Europe ou pour l'Australie... Ce qu'il nous faut, c'est un botte*.

Notre plan d'évasion était né.

Jean-Baptiste Goël venait souvent au camp pour fourguer sa marchandise : des fruits, du perlot*, des soufrantes*, du savon, du mauvais croco* ou du pive*. C'était un ancien poteau de Marx et Bartens. Originaire de Cherbourg, la mer, il connaissait. Saouette* depuis peu, il avait travaillé comme charpentier de marine et s'était fabriqué en lousdoc* un solide botte qui poireautait, caché dans les palétuviers. Il rêvait de s'en servir.

– Saouette, c'est pire que fagzire ! nous disait-il. La vraie misère, elle commence quand ta peine expire. Thio, Pam, Néhoué c'est partout que des nids de cagous, de gerces** et de

* bateau ; tabac ; allumettes ; eau-de-vie ; vin ; libéré ; en douce ;
** prostituées.

saoulographies. Pour un oui, pour un non, on te butte un homme ! C'est pas une vie, faut qu'je me carre d'ici, j'veux risquer le coup !

Il marcha dans la manigance. Marx, Bartens, Joséphin, Goël et moi. Ça faisait cinq.

Moriceau nous tournait un peu trop autour ces derniers temps. Depuis son supplice, on le traitait en héros, il avait forcé le respect de tous, personne n'aurait osé le traiter d'espion ou de mouchard.
N'empêche, son comportement était louche.
Un soir, Bartens et moi, on lui est tombé dessus.
– C'est pas c'que vous croyez, les gars. Je sais c'que vous manigancez, j'veux en être, j'veux m'faire la levure avec vous.
– T'es barjo ! T'as bien trop la pétoche de l'agua ! lui riais-je au nez.
– Acré* morveux, le Moriceau il en a ! dit-il en se frappant la poitrine. Et avec du souffle et du carme on passe partout, compris ? Bon, j'ai d'la braise, l'est à vous si vous m'prenez dans la manigance.

On était six.
On a dressé la liste des commissions : une baille* de barbaque salée, un sac de riz, du caoua, du lucsé*, des cocos, deux barriques d'eau, des boîtes de biscuits, une scie, deux hachettes, une caisse en zinc avec du sable dedans pour la popote, du satou* et des soufrantes, des surins, un rigolo* ou un moukala*. Sans oublier des frusques correctes pour débarquer.

On a confié la liste et toutes nos économies à Goël. Il s'est fait embaucher à la Pilou et travailla quelques jours à la mine de cuivre, le temps de barboter le barda des Anglais. Il crânait, et pas qu'un peu, le soir où il nous a annoncés :

* attention ; baquet ; sucre ; bois à brûler ; révolver ; fusil

– Les gars, on va aborder not' vie de liberté tirés à quatre épingles ! Comme des lords !

Le moral était au beau. On se préparait au grand départ, on ne pensait qu'à ça, on en devenait louftingue.

Je rêvais des bras d'Albertine, de mon enfant assis sur mes genoux. Mon toquant battait la chamade et je me retournais toute la nuit sur ma paillasse sans trouver le sommeil.

D'autres soirs, j'entendais Joséphin marmonner depuis son grabat une mélopée étrange. Son chant infiniment triste me collait le bourdon, je perdais mes belles illusions et sombrais dans le spleen avec Arthur :

« ... Mon triste cœur bave à la poupe...
   Quand ils auront tari leurs chiques,
   Comment agir, ô cœur volé ? »

Paris était si loin...

M'arranger du gouvernement Mac Mahon ? Me soumettre, encore et toujours ? Ah merde alors ! La France m'a trahi, elle m'a banni ! Je n'ai plus d'avenir en mon pays.

Je suis en exil à perpétuité, mon vaisseau est fantôme, jamais je ne mouillerai au port. Jamais je ne connaîtrai mon enfant.

Les récits d'évincés hantaient mes cauchemars. Je me voyais perdu au milieu de l'océan, mourant de faim, coulé par un typhon, bouffé par les requins ou pire encore, repêchés par les Australiens ou les Anglais et ramenés manu militari au point de départ. On me rouait de coups, on me torturait, je me tordais de douleur et j'entendais mes bourreaux s'excuser : « Comprends-nous, nous ne faisons qu'obéir aux ordres ! Aussi pourquoi t'acharnes-tu l'insurgé ? Ne peux-tu te soumettre comme tous les autres ? Être un bon chien docile ? Non ? Tu te crois différent, tu te crois plus malin peut-être ? Hahaha !!! » Le spectre de la crapaudine me riait au nez, je me réveillais, baigné de sueur, les tripes nouées par la peur. Surtout ne pas renoncer. Pas question de manquer l'occasion. J'avais trop longtemps rêvé de m'évader ! Depuis ce foutu matin de mon arrestation, rue des Quatre Vents, je ne pensais qu'à cela : fuir, leur échapper, reprendre ma liberté ! Depuis un an, six mois et neuf jours. Une éternité.

Le temps passait. Lentement. Aujourd'hui pareil à hier… Bientôt, viendrait un lendemain nouveau, bientôt. L'espoir m'aidait à tenir le coup.

Depuis que nous avions décidé de notre évasion, Moriceau avait des airs bizarres et cogitait tout seul dans son coin. On avait fini par le surnommer « le taiseux ». Marx était soucieux, son grand corps maigre n'en paraissait que plus dévissé. Joséphin semblait serein, Bartens lui, pétait la forme. Il se voyait déjà dans les bras d'une femme fleur et semblait rajeuni de dix ans. Il blaguait à tout va et en devint suspect aux yeux de la Crevure qui rapprocha sa surveillance. On a dû turbiner encore plus dur et filer droit, c'était pas le moment de faire du pétard !

De son côté, Goël faisait du bon boulot.

Fin novembre, on était mûrs. On n'avait plus qu'à attendre le jour J en croisant les doigts pour que les alizés soient avec nous.

Noël. Enfin ! Toute la pénitentiaire était rassemblée pour la messe de minuit. Le réveillon qui suivrait promettait d'être bien arrosé, le Danaé venait de livrer trente caisses de champagne !

On avait creusé la pierre, Joséphin, avec sa force herculéenne, réussit presque aisément à sortir les barreaux de fenêtre. Les copains du bloc, jacassant autour de nous comme des pies, nous ont confié des messages pour leur frangine et des lettres pour leur darone*. Ils nous ont même demandé de leur envoyer des nouvelles une fois arrivés à bon port ! Ils nous ont offert une bouteille de fée verte* qu'ils avaient subtilisée à la Crevure, nous

* mère ; absinthe

ont souhaité bonne chance et on a enfin sauté par l'ouverture. Frédéric, Joséphin et moi on se carapatait déjà quand on a entendu derrière nous Georges appeler à voix basse :

– Moriceau !... Moriceau, qu'est-ce tu fous ? Grouille-toi bon sang !

– J'viens pas.

– C'est pas le moment de lambiner mec, avance !

– Allez-y sans moi.

– Qu'est-ce que vous foutez, bordel ?

– Moriceau nous lâche !

Je revins sur mes pas :

– Bon Dieu, Moriceau, t'as bien dit qu'avec du courage, on passait partout ! Alors grouille !

– J'peux pas...

– Mais t'as raqué ? insistais-je.

– T'en fais pas pour ça, Lalvin, j'ai jamais cru que j'viendrais... Gagnez votre liberté, je serai bien remboursé.

On lui a tous serré la main. Le poing sur le cœur, j'ai ajouté :

– Tu seras un peu là, avec nous camarade.

– Assez perdu de temps comme ça, la lune va se lever, faut y aller !

– Vos gueules ! souffla Joséphin.

Les tripes en vrac, on a retenu notre souffle.

– C'est rien... Mais fermez-la, on va se faire poisser sur le tas !

On a fini par se carapater. Moriceau disparut dans les ténèbres.

Joséphin ouvrait la marche. La nuit était d'encre, pourtant il progressait à travers la végétation avec l'assurance d'un fauve. Nous glissions nos pas dans les siens. Cela faisait tout drôle d'avancer sans entendre le cliquetis des chaînes. J'eus soudain des fourmis dans les jambes :

– Nom de Dieu les gars ! On est libres ! On marche sans entrave ! Vous vous rendez compte ? On est libres ! Nom de Dieu de nom de Dieu de merde !

Goël nous attendait comme prévu à l'embouchure du creek. Ses yeux se sont allumés quand il a vu la bouteille d'absinthe. Il me l'a arraché des mains, s'en est enfilé une lampée et s'est bien gardé de me la rendre. Une façon de nous faire comprendre que c'était lui, le maître à bord.

On a sorti le botte des palétuviers. Le vent soufflait juste comme il fallait, le ciel était avec nous ! Joséphin a remercié ses dieux, on a hissé la voile et on s'est taillé !

Là-bas, au camp, la fête avait commencé, on entendait de la musique : un air de valse qui nous a accompagnés un temps avant de s'évanouir dans la nuit. Nous avions pris le large. Vulnérable coquille brinquebalante au milieu de la grande tasse, notre frêle rafiot était peut-être à la merci des éléments et des caprices du destin mais il traçait, loin du bagne !

Assis deux par deux sur les planches de traverse, Goël debout à la barre, nous nous taisions. Le grand vent qui s'engouffrait dans nos poumons, l'espace ouvert tout autour de nous, la vitesse, la liberté, tout cela était à la fois enivrant et effrayant. Je crois bien que nous souffrions tous d'agoraphobie à ce moment-là. Pour me détendre, je laissais traîner ma main dans l'eau sombre et tiède. Le nez au ciel je me demandais comment nous ferions pour rejoindre la France ? Il était peu probable qu'un navire passe par les îles fleurs... Et quand bien même, quel capitaine accepterait d'embarquer des évincés ? Qui plus est, sans le sou ! Ça n'allait pas être facile... La vie sur une de ces îles devait être assez délicieuse... Était-il judicieux de vouloir rentrer au pays ? Prendre le risque de se faire pincer à l'arrivée ? Pour qui ? Personne ne m'attendait, Albertine me croyait sans doute mort...

Mon enfant ?... Etaient-ils seulement en vie tous les deux ?... Impossible de reprendre mon métier... Changer d'identité ? Avec ma tache ! Non, je n'avais plus rien à faire là-bas. J'avais été banni. Bagnard. J'étais maintenant un évadé et j'errais sur la grande tasse, poussière insignifiante au milieu du grand cosmos... Oui mais, libre, je l'étais ! Mon destin était entre mes mains !

– Nom d'un chien !... Cré nom d'un chien ! C'coup-ci c'est bon les gars ! On s'l'est faite la belle ! Yaou !!! On est libre !!!

Les poteaux ont eu l'air de revenir à la vie.
– Vive la liberté ! hurlèrent-ils.
– Ca fait drôle tout de même... dit Marx.
– Depuis le temps qu'on me braille dessus et qu'on me dit ce que je dois faire, j'ai plus l'habitude... reconnut Joséphin.
– À moi aussi, ça me fait bizarre, avouais-je.
– Ma parole, ils vous ont complètement bouffé le cerveau ! gueula Bartens. Si vous regrettez leur giron, z'avez qu'à plonger ! Haha ! Sûr qu'on vous fera un bon accueil, les gars, y'a pas à en douter ! Bande de pétochards ! Y'a qu'un plan qui vaut la peine : c'est de se tirer le plus loin possible ! En avant matelot, et qu'ça trisse !
– Ohé-ohé !
Goël s'est jeté une nouvelle rasade dans le gosier et a fait tourner la bouteille. Ça nous a fait du bien, on s'est secoué les puces et Joséphin s'est mis à tambouriner de ses mains sur ses larges cuisses en donnant de la voix. Nous autres, on s'est mis debout dans le botte encombré de tout le bardas et on s'est déhanché comme des vahinés. On braillait :
– Ohé, on s'est fait la belle ! Vive la liberté ! Ohé-ohé matelot !

Ça tanguait dangereusement. En cas de plongeon, aucun de nous ne savait nager.

Pendant ce temps-là, Goël avait récupéré la bouteille et biberonnait studieusement.

– Oh la ho ! Ca va comme ça ! cria Bartens en lui arrachant la bouteille des mains.

Goël a poussé un cri d'écorché vif. Il s'est jeté sur Bartens, l'a saisi à la gorge, ils sont tombés à la renverse et la bouteille s'est brisée. Goël, fou de rage, a serré plus fort, mon poing est parti tout seul, il l'a pris de plein fouet et s'est affalé comme une masse.

La voix éraillée, Bartens m'a ordonné :

– Bon Dieu, prends la barre, Lalvin !

– Moi ? Mais j'sais pas naviguer !

– C'est l'moment d'apprendre ! parvint-il à articuler avant d'être secoué par une quinte de toux.

J'ai pris la barre. Les autres se sont cramponnés au bastingage. J'ai froncé le sourcil et regardé droit devant moi, j'avais les commandes en main !

– Trisse le bote ! Claque la voile !

J'étais pris d'un enthousiasme juvénile. J'ai vite déchanté. La houle était de plus en plus forte. La barre chassait et me revenait brutalement dans le flanc. J'avais beau la cramponner des deux mains, j'étais incapable de maintenir le cap, elle échappait toujours à mon contrôle et nous trimballait à sa guise. S'amarrant tant bien que mal, les poteaux fixaient la nappe noire devant eux et serraient les dents. Le tonnerre du ressac emplissait de plus en plus nos oreilles, la barrière de corail se rapprochait. Mon cœur soudain à l'étroit dans ma poitrine, se mit à battre la chamade :

– Merde, où elle est cette passe ? J'y vois rien dans c'satané bouillon ! Ça remue trop ! Nom de Dieu, faut réveiller Goël ! Eh ! Goël !!!

Je lui ai envoyé un coup de pied, il n'a pas bronché. Marx l'a alors empoigné par le col et secoué comme un prunier. Les yeux exorbités, il hurlait :

– Goël ! Ho ! Goël ! T'as dit qu'tu connaissais la passe, alors mène nous y, t'entends ! Faut qu'on foute le camp de ce putain d' lagon ! Faut que tu nous mènes à la passe ! Réveille-toi salopard !

Goël continuait de pioncer.
– Envoyez-lui un seau d'eau !

Ils l'ont arrosé et Goël s'est réveillé. Quand il a vu la ligne blanche des brisants, il ne s'est pas fait prier : il m'a repris la barre et a beuglé de rabattre la voile.
– Les récifs ! Les récifs là-dessous ! hurla Joséphin.

Trop tard. Le botte était lancé, on ne pouvait plus le retenir. On a serré les fesses en entendant le craquement sous la coque.
– Qu'est-ce que c'est ? a demandé Marx, livide.
– La main du diable qui nous gratte le vernis, a répondu Joséphin d'une voix lugubre.

Marx s'est mis à gesticuler sur sa planche :
– Faut qu'on sorte de là, les gars, hein, faut qu'on sorte de là ! Parce que moi, je ne retourne pas là-bas ! Cré nom de Dieu, j'y retourne pas vous m'entendez ? La... la... la crapaudine, pas question ! Sssaloperie de merde ! J'y repasserai pas ! Jamais ! Jamais !!! Plutôt crever !

La houle qui nous projetait les uns sur les autres, les brisants qui faisaient un barouf du tonnerre et Marx qui hurlait comme un possédé : on avait sacrément les foies. D'une main ferme, Joséphin lui saisit la tête et la plaqua contre lui. Je l'ai vu murmurer à son oreille. Je ne sais pas ce qu'il lui a dit mais Marx s'est calmé. Il s'est cramponné à sa planche et on ne l'a plus entendu.

Je me suis dit que mon pote l'Africain était un sorcier. Du coup je me suis remis à y croire : à coup sûr, il allait nous sortir de là !

Mais Goël, complètement ivre, le nez en sang et les yeux vitreux, ne contrôlait plus rien du tout. Il se bornait à injurier la barre pendant que le botte piquait du nez et emportait des paquets d'eau de mer. Marx était blême. Bartens lui répétait mécaniquement :

– On va s'trotter l'aminche, on va s'trotter...

L'alcool cognait à mes tempes. L'idée qu'on puisse échouer me nouait les tripes et le mal de mer achevait de me rendre malade. Plié en deux, je me suis soulagé par-dessus bord.

Marx est sorti de son mutisme pour dire d'une voix blanche.

– On a une infiltration dans la coque.

On a regardé nos pieds : l'eau clapotait à nos chevilles.

Goël bataillait des deux mains contre la barre :

– Là-bas ! La ligne blanche est coupée, c'est la passe ! C'est tout bon les gars !

Le botte se stabilisa enfin, grimpa gentiment sur la vague et fila droit, à bonne distance des remous. On embarquait encore des paquets d'eau salée mais on y allait ! Ohé-ohé ! Le cœur y était à nouveau, on écopait comme on pouvait, le niveau de l'eau ne descendait pas vraiment mais il se maintenait. Joséphin a éclaté de son gros rire, ça m'a rassuré alors j'ai rigolé moi aussi. On allait s'en sortir.

– On va passer les gars ! On va passer cette fichue barre et à nous la grande bleue ! hurlais-je.

Les gars cherchaient la passe promise par Goël. Avec eux, je me suis usé les yeux à scruter l'horizon. Loin devant, en ligne de

mire, un trou noir sur une ligne blanche, peut-être... Rien de moins sûr. On écopait, Goël barrait, le botte filait.
– Et si on ne passait pas ?
– Impossible. Écope, Lalvin.
Brusquement, le botte a piqué du nez et a embarqué la vague.
– Plus vite les gars ! Ecopez !!! Plus vite ! Et virez-moi tout ce barda ! a crié Bartens en balançant la barrique d'eau à la baille.
– Arrête !!! T'es complètement fou !

Goël a bien essayé de le retenir mais il était trop tard.
– Lâche-moi connard et occupe-toi de ta barre ! Vous autres, virez tout par-dessus bord ! Bougez-vous putain de merde, voyez pas qu'on s'enfonce ? !!!

Il avait raison, l'eau nous montait à mi-mollets. La mort dans l'âme, on s'est exécuté : on a jeté la barbaque, le riz, le caoua, la popote en zinc, le sac de frusques. Le botte a relevé le nez, crâneur. On avait gagné un sursis mais on allait crever la dalle.
Marx n'avait pas desserré les dents.
– Une fois en pleine mer, on fera comment avec un botte qui prend l'eau ? s'inquiéta Joséphin.
– On accostera sur une île et on réparera, a déclaré Bartens.
Il avait l'air sûr de lui, ça a mis fin à la discussion. On avait d'autres chats à fouetter : à l'est, les ténèbres blêmissaient.
– La moucharde* va pointer son nez... remarquais-je.
– Écope donc, Lalvin !

Le moral des troupes était bien assez bas comme ça, inutile d'en rajouter. Je m'y suis remis dare-dare. On avait de l'eau jusqu'aux genoux.

* la lune

Bientôt une bande laiteuse a séparé ciel et mer. Sortie du néant, la lune semblait ironiser sur nos piètres manœuvres.

On longeait toujours la barrière, le botte était méchamment chahuté.

– On aurait dû sortir du lagon depuis longtemps... La patrouille va nous repérer...

– Ferme la l' négro !

– Hé ! Parle pas comme ça à mon pote, t'entends ?

– Y nous colle la poisse ton sale négro !

– Cré Goël , tu vas encore goûter de mon poing !

– Fermez-la ! a hurlé Marx, les yeux exorbités.

– Accroche toi mon poteau, lui a dit Bartens, on va s'trotter, t'en fais pas.

– M'auront pas. J'retournerai pas là-bas. Je supporterai pas. Plutôt crever ! a répété Marx avec une voix d'outre tombe qui nous a glacé le sang.

Le rouleau se rapprochait à toute vitesse.

– Faut, faut faire quelque chose, j'ai bredouillé.

Goël a hurlé :

– Veut plus rien savoir, la salope, veut plus rien savoir !!!

Le barouf a couvert sa voix. La vague qui nous est tombée dessus nous a cloué le bec pour de bon. Goël s'est ramassé sur le cul, les quatre fers en l'air, et on a tous rigolé bêtement. L'air abruti, il s'est redressé. Dans sa main droite il tenait un morceau de la barre.

Bateau ivre, attiré par le courant, filant vers son trépas... Et Joséphin qui n'y pouvait rien !

Notre baignoire était livrée aux vagues, j'ai baissé les bras, les autres aussi. On était foutus.

Alors Marx s'est redressé. Sa grande carcasse dévissée a oscillé dans le rayon de lune, il a grand ouvert sa bouche aux gencives vides et on a tous vu la moucharde calquer sur sa face livide le masque de la Camarde. Le poing levé, il a crié : « la liberté ou la mort ! » et il s'est jeté à la baille. Les flots l'avalèrent aussitôt.

Le poil hérissé, on est restés cloués à notre planche comme des cons, sans rien dire, sans comprendre.

Le diable jugea sans doute qu'il avait assez ri, d'un coup de griffe, il a ouvert la coque sous nos pieds, l'océan tout entier s'est précipité sur nos têtes.

Quand j'ai refait surface, Joséphin m'a alpagué et monté sur sa planche. Georges pataugeait un peu plus loin, accroché au mat. Manquait Goël. Noyé ? Bouffé par les requins ? On a passé le reste de la nuit la peur vissée au ventre.

Au petit matin, les garde-côtes ont repêché trois pauvres types transis, accrochés à la même planche. Devant cette scène pitoyable, ils se sont bien marrés. La passe était à des lieues, on s'était complètement fourvoyés !

On allait le payer cher.

– Merde alors ! jura Ludivine en refermant brutalement le carnet.
– Je crains le pire.
– Pauvres gars, comment ont-ils pu laisser passer leur chance ?
– Peut-être ont-ils eu peur de la liberté ?
– Peur de la liberté, peur de s'engager... Finalement on a toujours peur...

Clément lui caressa les cheveux, l'air pensif. Puis il s'étira longuement :
– Décidément ce lit fait des miracles, je n'ai plus mal au dos ! Je file chercher des croissants au village, dit-il en enfilant un pantalon. Tu as besoin de quelque chose ?
– Non, merci. Prends-moi plutôt un petit pain aux raisins.

Ludivine s'attarda au lit. Une phrase de Claude Roy tournait en rond dans sa tête : « Ce dont il faut guérir les hommes, c'est de leur peur de la liberté. » Inquiète pour Jules-Marie, elle brûlait d'envie de continuer la lecture, hésita et finit par se lever d'un bond. Le carnet rouge tomba par terre, elle ne le ramassa pas. Cette histoire occupe tout notre temps, on est déjà dimanche, Clément repart demain, il faut absolument que je trouve le moyen de lui parler, se dit-elle, nerveuse.
Clément revint avec les petits pains encore chauds et un bouquet de lilas dans les mains.
– Ho merci ! Il est magnifique ! Et ce parfum ! J'adore le lilas !
– Oui je sais.
– Dommage qu'il ne dure pas plus longtemps.
– Rien ne dure toujours. Sauf mon amour pour toi.
Tête penchée sur le côté, elle lui sourit et demanda :
– Tu m'aimes vraiment ?
– Tu le sais bien.

– Assez pour vivre ici avec moi ?

Il plongea son regard dans le sien et laissa passer quelques secondes de silence avant de répondre :
– J'y ai bien réfléchi. Je pourrais laisser tomber la mise en scène et ne m'occuper que de l'écriture, de toute façon c'est ce que je préfère, le reste n'est que paillettes. J'écris ici et je monte à Paris de temps en temps. Qu'en penses-tu ? Le potager est bien assez grand pour nous deux maintenant. Il pourrait même nourrir toute une ribambelle d'enfants ! ajouta-t-il en riant.

Ludivine le regarda avec de grands yeux brillants. Elle n'osait y croire :
– Tu finiras par t'ennuyer, dit-elle à contrecœur. Tu seras comme l'albatros sur le pont d'un navire, empêtré dans ses ailes de géant qui l'empêchent de marcher... Je ne veux pas que tu te sacrifies pour réaliser mon rêve.
– Et si c'était le mien aussi ? Et si mon karma c'était de te rendre heureuse ? insista-t-il en plaquant un baiser sur sa joue.
– Tu m'aimes tant que ça ? Je ne suis pourtant pas une nana si géniale...
– Tu n'as qu'un seul défaut...
– Ah bon, lequel ?
– Tu n'es pas immortelle.

Ludivine sourit, vint s'asseoir sur ses genoux et l'embrassa à pleine bouche. Clément glissa une main dans l'échancrure de son peignoir.
– Je ne peux plus attendre chéri.

Encouragé, il lui caressa un sein.

– Non, arrête, je ne peux plus attendre, j'ai peur pour Jules-Marie, je veux savoir ce qui va lui arriver, pas toi ?

– Si bien sûr, répondit-il avec un soupir. Passe-moi le carnet, je vais te lire la suite...

La vie de forçat

Chaque jour de ma chienne de vie, je me réveille avec les tripes nouées et le cœur oppressé par un effroyable manque d'amour.

Je suis un condamné. Matricule 3077

Ils ont volé ma vie, ma jeunesse. Ils ont volé ma liberté et je n'y peux rien. « Comment agir ô cœur volé ? »

Parfois je pense à Vallès, à mes frères Communeux, à tous ces hommes et femmes qui ont combattu pour un monde meilleur.

Mais les rouges ont été « éradiqués », l'ordre moral de Mac-Mahon règne sur la France !

« Jusques à quand la sainte clique nous croira-t-elle un vil bétail ? »

Le soleil assassin, la cour éblouissante de lumière.

Fusil à terre, le peloton au repos encadre les prisonniers sommés d'assister au spectacle.

Au centre de la cour, enchaînés, pantelants, les matricules 267, 3067 et 3077 attendent.

Dans un rayon de lumière crue, mes yeux tuméfiés distinguent une silhouette incertaine qui s'agite, aboie, postillonne son dégoût des rebelles du haut de son piédestal... Galliffet à la Muette ? Où suis-je ? Qui sont tous ces pantins autour de moi ? Pourquoi cette oreille me fait si mal ?

« Le règlement prévoit que tout transporté évadé recevra dès sa réintégration au camp, vingt coups de martinet et fera quinze jours de prison, ou de cachot, de jour comme de nuit, à la ration du prisonnier ne travaillant pas. En cas de récidive, la peine sera doublée et le martinet remplacé par la corde. Pour une troisième évasion, la peine sera la crapaudine ! Sale vermine... Nous saurons bien vous ôter le goût de l'insoumission... Exécution !!! »

Le tambour gronde. Le correcteur est désigné : c'est une montagne qui marche sur nous. Je me recroqueville, la tête sous le bras. J'ai la tremblote, je sue abondamment, j'ai peur.

C'est pour Bartens.

Le tambour se tait. Bartens attend, raide et blême. Son regard porte au-delà de la cour. Le correcteur lui passe la corde aux poignets, mains dans le dos, relie la corde aux chevilles, serre fort. Puis il balance la corde par-dessus la potence, s'en saisit et se tourne vers Charrière. Signe de tête approbateur : le bourreau tire sur la corde, Georges décolle en hurlant, je pisse dans mon froc.

Les membres retournés, Georges pend comme un misérable crapaud disloqué.

Dans le rang des prisonniers, le silence qui s'ensuit pue la trouille. Je claque des dents, j'ai soudain terriblement froid.

De nouveau le tambour roule son tonnerre de haine.

Le bourreau revient, nous voyons son ombre s'étendre sur nous.

C'est pour Joséphin.

Cassé en deux, à plat ventre sur le banc, pantalon baissé, chemise relevée par-dessus tête, mon ami tremble. Derrière lui, Bartens balance mollement dans la lumière crue. Les yeux révulsés par la douleur, il redresse encore la tête. Bouche ouverte, il tente d'aspirer un peu d'air que ses poumons, écrasés par la tension, ne reçoivent plus. Son râle est celui d'un homme à l'agonie.

Là-haut sur son siège, Charrière se trémousse. Il fait signe au bourreau d'approcher, lui parle à voix basse. Le géant opine de la tête et revient près du banc. Par terre sont enroulés un fouet et une corde, il ramasse la corde. Murmure de désapprobation dans la cour. Il n'en est qu'à sa première évasion !

La corde dans la main du géant est plus grosse que son pouce. Elle s'envole en sifflant, zèbre le bleu du ciel, vient cisailler le dos d'ébène de longues balafres rouges.

Hurlements de Joséphin. La corde remonte dans le ciel. À chaque cri, je répète en sanglotant : tiens bon l'aminche, tiens bon !

Joséphin, à genoux dans la poussière, hurle de douleur. Le géant correcteur compte lentement : dix, onze, douze...

Tiens bon, l'aminche, tiens bon.

La corde claque. Assoiffée de sang, elle poursuit son massacre.

Vingt et un, vingt-deux, vingt-trois, vingt-quatre, vingt-cinq...

Jusqu'où la machine humaine peut-elle résister ?

Tiens bon, l'aminche.

Trente, trente et un, trente-deux, trente-trois...

Tiens bon. Tiens bon.

Trente-cinq, trente-six...

Tiens bon l'aminche.

Trente-neuf, quarante !

Joséphin ne bronche plus. Georges balance mollement.

Tenez bon, les aminches, tenez bon. C'est moi qui vous ai mené là. J'ai voulu cette évasion, je vous ai persuadés de me suivre. C'est moi qui ai laissé la bouteille à Goël. Tout est de ma faute.

Le bourreau détache Joséphin. D'un coup de pied, il le fait rouler à terre. Joséphin gémit, s'immobilise sur le ventre, les bras en croix.

Le sable de la cour est tatoué de rouge.

Georges est enfin dépendu, il gît inerte dans la poussière.

Roulement de tambour. Cette fois c'est mon tour. Le bourreau me traîne jusqu'au banc rougi du sang de Joséphin.

Silence. La peur qui suinte de tous mes pores. Le martinet dans le seau de vinaigre. Souviens-toi, Moriceau n'a pas crié. Pas une seule fois.

Je n'ai pas la trempe d'un échaudé. Au quinzième coup, mon cri est celui d'une bête vaincue.

Je ne me souviens pas avoir compté jusqu'à vingt.

J'ai ouvert un œil sur les grands arpions poilus du bourreau, il faisait sombre.

Avant de m'évanouir à nouveau, j'ai pensé qu'il allait pleuvoir.

Au bout d'un goulet creusé dans la terre, trop bas pour y tenir debout, un trou aveugle, parfaitement isolé du monde.

Je suis enterré vivant.

Le temps s'est arrêté. Je ne sais si c'est le jour ou la nuit dehors.

Enfermé pour quinze jours dit le règlement. Une éternité.

Mon dos lacéré est si douloureux, je ne peux tenir que sur le côté ou sur le ventre. Recroquevillé sur la terre battue, le nez au ras du sol collé à la trappe qui dessine un rectangle dans la porte blindée, je guette la petite musique claire des clés qui s'entrechoquent. Une fois par jour la trappe s'ouvre. Un faisceau de lumière viole ma nuit carcérale. Aveuglé, je lape avidement une rasade d'eau à même la louche qu'une main me tend. La main, secouée par un rire gras, est maladroite, elle renverse l'eau, je n'étanche pas ma soif. Un quignon de pain roule à mes pieds. La main disparaît, la trappe claque comme une guillotine et le silence enténébré qui s'ensuit me glace les sangs. Vite, ne pas oublier ! Avec ce qui me reste d'ongles, je creuse dans le mur. Une entaille égal un jour.

Replié sur moi-même, je rogne mon morceau de pain sec avec force bruit de mandibules. Je me tiens compagnie. Pour m'occuper, je compte tout ce que je fais : mes mastications, les secondes qui me séparent de la prochaine bouchée, les miettes dans ma main crasseuse, mes pas, deux dans un sens, trois dans l'autre, dix bien serrés pour faire le tour, toujours dos courbé, tête baissée. Je compte mes inspirations et mes expirations, je compte les battements de mes cils, ceux de mon cœur. Je compte et recompte les marques sur le mur. Sans cesse j'y reviens. J'ai besoin de sentir sous mes doigts le temps qui passe en creux. Dix marques.

Dix marques égalent dix jours, dix nuits, deux cent quarante heures, quatorze mille quatre cents minutes, huit cent soixante-quatre mille secondes. Tes jours sont comptés Lalvin !

Des chiffres plein la tête, des litanies idiotes de comptes inutiles. Jusqu'où la machine humaine peut-elle tenir ?

Encore cinq jours. J'ai passé le plus dur, je vais m'en sortir.

De l'autre côté de la terre, dans un autre trou, il y a Joséphin, il y a Georges. Pour eux aussi, je tiens le coup, comme s'ils pouvaient le sentir, comme si ça pouvait les aider à supporter l'insupportable.

La faim me garde éveillé. Le chien que je suis devenu gratte le sol, la moindre vermine me fait banquet. Le seau déborde de mes excréments, la puanteur est insoutenable. Mes plaies suppurent.

Encore trois jours.

Deux jours.

Plus qu'un jour.

J'arrive, j'arrive les aminches ! Vous avez tenu le coup hein ? On va retrouver la lumière les gars, le soleil ! Le ciel ! On va pouvoir respirer l'air pur à pleins poumons ! On va bientôt pouvoir se redresser !

C'est pour aujourd'hui. J'ai tenu le coup. Haha ! Lalvin est un coriace, ils n'ont pas eu ma peau ! Mes doigts ensanglantés, tâtent et retâtent le mur : quinze. J'ai bien compté, c'est quinze ! Quinze jours dans le trou ! Ouste ! Dehors ! C'est pour aujourd'hui. Qu'est-ce qu'ils attendent pour me faire sortir ?

J'ai hurlé comme un porc. Ils ont fini par ouvrir. Ils m'ont mis le visage en bouillie. Puis ils ont refermé la porte. Sans un mot, pas même une injure.

Le chien galeux n'aboie plus.

Dix-huit marques dans le mur.

Mon corps n'est que démangeaison, ma peau une croûte infâme, bouffée par la vermine. Les poux ont élu domicile dans ma barbe et dans mes cheveux, j'ai le cuir déchiré à force de me gratter.

Dans la nuit épaisse du cachot, mes démons sont à leur aise. Ma raison, ivre de malheur, joue les funambules, perd l'équilibre, plonge dans le puits sans fond de la folie.

Vingt marques dans le mur.

J'ai repris mon violon. Je l'ai sorti de sa boîte, je le caresse, mon beau violon... il est coincé là sous mon menton je ne retrouve plus l'archet pizzicati bon pour la technique trois quatre Carnaval de Venise Paganini c'est du soleil c'est la fête note après note tout dans la tête trois quatre musique maestro ! Piu forte ! Piu forte ! Salle de concert dorures costume d'apparat beau comme un dieu femmes sublimes applaudissements salut laquelle sera l'objet de mes faveurs ? Madame... tout l'honneur est pour moi... maestro s'il vous plaît ! Trois, quatre... Où en étais-je ? La musique tourne, tourne dans ma tête, je n'arriverai jamais au bout !!! Rigole bien la Crevure toi aussi tu me dégoûtes je te crache à la gueule ! Laisse-moi tranquille ma tête !!! Articles de presse lettres aux amis beaucoup d'amis beaucoup à écrire nouvelles contes poésie des mots mon cachot est peuplé de mots ils me tournent autour ils m'encerclent sans cesse ils me harcèlent résonnent à mes oreilles rebondissent sur mes lèvres ils vont me rendre fou ! Ne pas perdre l'usage des mots. Écrire. Énumérer le dictionnaire : A abaca abaissement abandon Albertine absence abysses B baba babil babines baiser barricade C Commune D déporté E exil F folie j'en oublie j'en oublie recommencer ne pas perdre les mots retrouver leur sens le goût salé des larmes les larmes d'Hélène recommencer reprendre depuis le début jusqu'où la machine humaine peut-elle tenir trois quatre A abandon.

Vingt-cinq marques sur le mur.

Rappelle-toi Jules-Marie Lalvin rappelle-toi tu es un homme si tu arrives à ne pas l'oublier ils finiront par se souvenir de toi là-haut dehors ils finiront bien par se souvenir de toi ils finiront bien par t'ouvrir tu verras attends patience ils vont ouvrir la porte en grand la porte ouverte en grand tout à l'heure tu as mal compté c'est pour aujourd'hui je suis un homme je m'appelle Jules-Marie Lalvin j'ai vingt cinq ans et toute ma tête ! Rester occupé. Problème mathématique : un tonneau contient trente litres de vin un bon vin rouge un Bordeaux de préférence il coule de sa bonde comme le sang à la poitrine des Fédérés vingt-cinq centilitres un verre plein de bon sang de Bordeaux de préférence en cinq secondes vingt centièmes combien de temps aura-t-il fallu pour qu'il soit vide sec creux je ne sais pas combien de temps je n'ai pas la réponse à votre question mon triste cœur bave à la poupe poum-poum poum-poum sec vidé aspiré siphon excrément lombric. Et cette tête qui ne veut pas me laisser tranquille ! T'es un homme redresse toi tiens bon accroche toi courage voyons allons mon garçon du cran du souffle un peu de fierté que diable bats toi bats toi lâche foutez moi la paix si je veux en finir moi elle me fait si mal elle est trop lourde encombrante taisez-vous !

Les mains sur les oreilles, j'ai précipité ma tête sur le mur. Cogne caboche cogne !

Court répit. J'ai réussi à m'étourdir un peu. Du sang coule sur mes lèvres sèches. C'est bon.

J'ai soif plus de sang je vous crèverai tous enculés de versaillais cogne cogne maudite caboche cogne poussez mes mains le plafond le mur poussez mes pieds cogne sale caboche repousse les murs tache de vin ! Enfermé entre deux eaux sur un nuage doux épais cotonneux bon comme de l'opium première pipe d'opium Campan il s'appelait Campan il était le fils du prévôt oui oui je me souviens il avait un bec-de-lièvre il disait que c'était l'empreinte de sa pipe je me souviens j'ai toute ma tête la fumerie était rue Victor ou Victoire c'est pareil c'est mon enfant je suis leur père je suis journaliste je vais tout vous raconter il était une fois l'histoire ne me revient pas les mots ont-ils un sens combien de coups la machine humaine peut-elle supporter quel est le compte de mes jours qu'est-ce que le temps y a-t-il un au-delà un paradis une réincarnation oiseau oui oui l'oiseau mange le ver le ver humide dans ma paume entre mes doigts qui se dérobe rampe sous la terre disparaît derrière sur l'autre face du monde de l'autre côté dehors ver je veux être ver je suis de l'autre côté dehors par l'oiseau cacayé.

Trente marques dans le mur.

Le temps la fièvre lentement broyé monde opaque silencieux reposant comme la mort. Ma tête pfft explosée compte plus pas même un matricule n'existe plus.

Je n'ai pas vu la porte s'ouvrir.

Ils m'ont transporté à l'infirmerie. Je suis étendu dans un lit avec des draps. La mort n'a pas voulu de moi. Elle a rendez-vous avec mon voisin. Le pauvre bougre s'est introduit sous la peau des fils de sac tressés avec des cheveux. Il crève lentement de la gangrène.

Dehors est un jardin avec des fleurs au doux parfum, un fier potager, deux rangées d'arbres fruitiers, de gros pamplemousses qui font ployer les branches. Un notou s'y balance en roucoulant gravement. Au-dessus de ma tête est le grand ciel limpide, le soleil aveuglant. Sur mon crâne rasé, passe la caresse du vent. Je suis vivant. Je suis une plante qui se tord, perce la pierre pour voir le jour et se tend vers la vie.

Ils ont dit que j'étais rétabli. Ordre est donné que je poursuive ma peine d'un mois, en cellule et à la boucle simple.

Pendant une heure, chaque jour, nous sommes douze prisonniers qui marchent sous le préau, à la file indienne et en silence, contents malgré tout d'être dehors et ensemble. Je risque une tête dans la cour, le soleil m'éclabousse, j'emporterai sa lumière en cellule, elle couvera là au fond de moi, elle me réchauffera, je m'en nourrirai, un coup de fouet, ce n'est pas cher payé.

Quand ils sont bien lunés, les gaffes nous accordent un quart d'heure de repos. Assis par terre avec les autres, bouches cousues, j'écoute leur bavardage, je recueille les nouvelles du camp. Bartens est sorti avant moi, pour être soumis pendant une semaine à la barre de justice. Il est maintenant en quartier disciplinaire : marche forcée au pas et en silence, non pas une heure mais du lever au coucher du soleil ! Le règlement des camps disciplinaires prévoit ce genre de tortures : « afin de briser définitivement les fortes têtes ». Ça fonctionne plutôt bien. On est tous devenu des chiens rampants.

Aucune nouvelle de Joséphin. Son amitié continue de me tenir chaud, je sens qu'il est vivant. Pour lui, je relève la tête.

Ma peine purgée, on m'a transféré au camp de Ducos, enceinte fortifiée sur la baie de Numba.

Les bras ouverts, Joséphin m'attendait. Le gaillard n'était pas trop mal en point : un œil fermé à jamais et quelques scarifications de plus mais toujours son énorme rire à assommer la misère.

Le gaffe Fernand a été assez bate, il nous a accouplés à la même chaîne, elle paraît moins pesante entre aminches. On marche de pair. J'ai adopté le tempo de Joséphin, un andante africain chaloupé, souple, confiant.

Pendant les longues marches qui nous mènent au chantier, Joséphin et moi maraudons à la nature des fragments de bonheur : le cardinal flamboyant qui, d'un battement d'ailes, nous éclabousse de liberté, le papillon battant pavillon rouge sous notre nez, la fleur écarlate adossée à la pierre moussue du chemin. Autant de clins d'œil révolutionnaires, de défis à la barbarie qui nous aident à résister.

Et puis un jour, dans le fossé, un carnet rouge.

Nous sommes le quatorze juillet 1877. Il doit y avoir fête à la Bastille... Il y a tout juste sept ans, à Paris, un déjeuner fatidique brisait mes liens familiaux et faisait basculer le cours de ma vie...

Le désœuvrement accentue ma mélancolie. Je suis à jour avec mon histoire, je n'ai plus rien à écrire. Plus aucune raison d'être. J'ai vingt-cinq ans et la vie derrière moi. Aujourd'hui et demain ne me réservent que misère et souffrance.

À quoi bon ? Que reste-t-il de nos idéaux ? Peut-on espérer encore ? Se dire que des graines ont été semées ? Qu'un jour, dans cent ans peut-être, un enfant de pauvre entrera à l'école, qu'une femme avortera librement et se souviendra de Louise, de Mathilde, de toutes ces femmes qui ont osé lutter pour leur liberté, de tous ces braves qui se sont dressés contre la barbarie ? Qu'un jour le peuple pourra encore crier haut et fort : Liberté ! Égalité ! Fraternité !

Ce jour-là n'est pas encore né.

Enfant, douillettement lové au fond de mon petit lit clos sentant bon le bois ciré, dans le silence à peine troublé par la respiration de mon frère Anatole, je rêvais les yeux grands ouverts. J'imaginais des voyages dans des contrées inconnues et vierges où tout serait à inventer. Je rêvais d'un pays où il faisait bon vivre, où la nature était assez généreuse pour offrir le gîte et le couvert. J'inventais dans ma tête innocente une société mue par le seul et même désir d'aimer. Je rêvais...

Journées de bagnards, interminables et harassantes sous le soleil assassin. Les moustiques s'en donnent à cœur joie. Les fourmis électriques sont encore plus mauvaises.
Les jours se suivent et se ressemblent, aujourd'hui identique à hier, identique à demain. Privations, humiliations, souffrances.
Jour après jour je m'enlise dans la fange vulgaire et cruelle de la bêtise. Le bagne n'est que laideur. Je vis en vain.

J'étais beau à vingt ans. Albertine me le disait souvent, ça me flattait, je passais un peu plus de temps devant le miroir. Je prenais soin de mes cheveux, longs à l'époque et fort noirs. Albertine venait derrière moi, je sentais son ventre plein de l'enfant pointer dans mes reins, elle nouait mon catogan et des frissons délicieux me parcouraient l'échine. Je portais de beaux pantalons, larges et souples, taillés dans du tissu de qualité. Ma redingote était de la meilleure étoffe, mes chaussures du meilleur cuir, mes chemises, parfaitement empesées, délicatement parfumées...
Depuis quand ne me suis-je regardé dans un miroir ? J'aurais pu oublier la tache qui me défigure mais les gaffes se chargent de me la rappeler, jour après jour : « 3077 ! ! Trime, c'est ton lot tache de vin ! Trime et ferme-la tache de vin ! »
La mélancolie ne me quitte plus. Comme dirait Joséphin, je file un mauvais coton. Ma maigreur fait peur à voir. Mon crâne rasé est couvert de squames. J'ai mal quand je pisse. Sans cesse rouvertes par le rivet de fer, rappel constant de ma servitude, les plaies à mes chevilles sont purulentes.

« Tes jours sont comptés. » À quand le dernier ?

J'ai souvent la tentation d'abdiquer. Je me dis qu'il vaudrait mieux pour moi ne plus avoir envie de rien plutôt que de manquer de tout...

La route est un tracé tronqué, comme nos vies. Forçats, nous suons sang et eau à piocher dans le roc.

– Mets la puissance l'aminche ! scande Joséphin.

Nous creusons, nous arrachons et saccageons la nature pour ouvrir un chemin que nous n'emprunterons jamais. Les Kanaks nous regardent d'un mauvais œil. Nous volons leur terre pour la massacrer. Pour qui ? Pour ceux que nous haïssons. Pourquoi ? La vie n'a pas de sens.

Je suis fatigué.

Septembre. Je reprends la plume.

La nouvelle s'est répandue dans le camp comme une traînée de poudre, elle a semé la joie dans le cœur des fagzires : ils ont réussi ! Ils ont réussi ! Leur bateau est arrivé en Angleterre ! Ils sont tous libres ! Lisbonne, Rochefort, Ballière, Jourde, Grousset, Grandthille ! Les insurgés de la Commune se sont fait la levure ! Ils sont chez les Anglishs !

On s'est tous sentis renaître. Les poteaux nous rendaient notre dignité, leur victoire était la nôtre.

L'euphorie a vite fait place au regret. Que n'ai-je attendu ? Que ne suis-je parti avec eux ! Je serais à Londres en ce moment, bien vêtu, nourri, lavé, libre. Libre... Retrouverais-je un jour le sens de ce mot ?

Joséphin a appliqué un onguent de son invention sur mes chevilles, les plaies cicatrisent.

Hier, la Crevure a fait fouiller les cellules de fond en comble : une histoire de tafia volé. J'ai tremblé pour mon carnet.

Heureusement, la planque dans le mur n'a pas été découverte. J'ai eu chaud.

Il faut que je trouve mieux...

François Beaux a largué les amarres. Dans sa tête tout est pêle-mêle, il ne sait plus qui il est, où il est ni pourquoi il est là. Trop de souffrances l'ont brisé en mille morceaux, il est devenu louftingue, a cessé d'être un homme. Il est chien galeux, couvert de croûtes et de vermines, hirsute, édenté, les yeux vitreux, le nez cassé, les deux mains amputées des pouces. Tout le monde le repousse, il est la risée des uns, la honte des autres et ne récolte que coups de pied au cul, injures et crachats. Pauvre garçon. Il fait pitié. Et il gêne, beaucoup.

À qui le tour ?

19 octobre.
Elle est revenue ! La belle popinée s'est montrée aujourd'hui ! Comme chaque jour, nous tracions la route à coups de pioche, sous le soleil assassin, Joséphin relié à moi par un mètre de chaîne, quand un tricot rayé nous est passé sous le nez. Nous avons retenu notre respiration, le serpent n'en finissait pas de traverser notre chaîne, on ne bougeait pas d'un poil. La Crevure n'a pas raté l'occasion, il a hurlé en nous envoyant son fouet :
– A vos pioches bande de cossards !

Ce con aurait pu nous faire tuer. La bestiole a disparu dans les hautes herbes, on a éclaté de rire. C'est fou ce qu'un forçat peut tenir à la vie !

C'est alors qu'elle est apparue au sommet de la colline, l'enfant à la main. Sa robe claire flottait autour de ses longues jambes, ses cheveux relevés laissaient voir la grâce de son cou, son allure était celle d'une princesse. Elle était plus belle encore que la première fois. Je lui ai adressé un léger signe de la main, elle a disparu, la Crevure approchait.

Je n'ai pas senti le coup de fouet, non plus le poids de la pioche, la brûlure du soleil, la soif, la faim. De tout le jour, je n'ai plus ressenti qu'une douce chaleur dans la poitrine, et le vent comme une caresse sur ma peau.

Le soleil a entamé sa folle descente vers le ponant, on a enfin posé les pioches et on est allé se laver dans l'anse du creek. Toute une bande de fagzires cacochymes, décharnés, bancals et galeux, nus comme des vers et se frottant la couenne mutuellement en pataugeant dans l'eau boueuse avec force cris et borborygmes. Des bêtes sauvages.

Joséphin et moi remontions la berge quand je l'ai encore vue, loin en amont sur l'autre rive, juste à l'orée du bois. Elle était seule. Elle m'observait à l'ombre des arbres. Son regard sombre m'est allé droit au cœur. J'ai rougi et renfilé mon pantalon en vitesse. Elle me regardait sans bouger, droite et fière pendant que je me consumais de l'intérieur. J'ai averti Joséphin, je voulais qu'il la voie. Il n'a eu que le temps d'apercevoir l'envol de sa robe, elle disparaissait déjà.

J'étais maintenant persuadé qu'elle ne voulait être vue que de moi. J'en ai ressenti une immense fierté.

J'ai cueilli des fleurs et les ai déposées sur une belle pierre plate de la plage.

Je suis allé au chantier le cœur en fête ce matin. J'ai pioché avec entrain, je me suis mis à siffler puis à pousser la chansonnette, les poteaux ont repris en chœur, on n'avait jamais vu ça ! Les gaffes nous regardaient éberlués, c'était bien la première fois que des bagnards trimaient avec autant de bonne volonté. Le fouet pendant mollement au bout de son bras désœuvré, seul la Crevure arborait un air triste.

J'étais sûr qu'elle viendrait. Je guettais les fourrés, je scrutais les sommets, je me tordais le cou pour regarder derrière les arbres, je l'espérais de tout mon cœur amoureux.

Mon enthousiasme s'est élimé au fur et à mesure que ma fatigue augmentait. À midi, je commençais à désespérer de la revoir.

L'heure du bain arriva, elle n'était toujours pas apparue, j'avais le cœur en berne. Nous sommes descendus à la petite plage de l'anse. Là, posé sur la pierre à la place des fleurs, s'étalait une longue peau de tricot rayé !

Joséphin s'est écrié :

– Hohoho ! Drôle de cadeau ! Ta belle popinée a des manières de sorcières... N'y touche pas ou tu seras à jamais ensorcelé mon aminche ! En tout cas, le bestiau ne nous menacera plus ! Hohoho !

J'ai enroulé la peau de serpent autour de ma taille, je m'en suis fait une magnifique ceinture que j'ai dissimulée sous ma chemise.

Son contact est doux sur ma peau.

Ce soir, je dessine son portrait. Ma pensée s'évade de ces murs et s'en va côtoyer la beauté !

Je l'appelle Namoura.

Namoura n'est pas revenue. Ni hier, ni aujourd'hui. Joséphin dit que j'ai l'air d'un amoureux transi et se paie ma poire. Ce soir, je l'ai mal pris. Pour la première fois je l'ai injurié et lui ai envoyé mon poing dans la figure. Il est tombé à la renverse, m'entraînant par la chaîne. On s'est retrouvé le cul par terre, moi rongeant mon frein, lui les yeux écarquillés et un large sourire sur sa face noire.

– Hohoho ! Pigne tant que tu veux mon frère, ce sera toujours mieux que de baisser les bras !

Puis il a entonné : « Oui mais... ça branle dans le manche ! Ces mauvais jours-là finiront ! » et j'ai repris avec lui la chanson de la Commune. On l'a braillée ensemble, le cul par terre, liés par une chaîne d'un mètre et une tonne d'amitié.

Namoura est entrée dans mon désert mental, elle a habillé de rêves mes espoirs en lambeaux et ses yeux de braise ont ranimé en moi la flamme du désir. La nuit, elle occupe tout l'espace de ma cellule. Comme le serpent, elle s'enroule autour de moi et m'ensorcelle. Je glisse ma main dans ses cheveux, je caresse sa peau sombre, j'embrasse ses lèvres, je jouis d'elle. Nos corps à corps oniriques me donnent de la force. Je tiens le coup. J'ai payé pour mes crimes. J'ai enduré toutes les épreuves. Je suis devenu fort et je n'ai pas perdu mon âme.

Aujourd'hui, je relève la tête. J'ai envie de vivre.

Tenter encore. Juste Joséphin et moi. S'évader, se faire la paire. Réussir, ou mourir. Je m'appelle Jules-Marie Lalvin. J'ai vingt-cinq ans et soif de vivre. La lutte continue.

Ce soir, je me suis mis à poil. J'ai inventé un miroir, là, sur le mur de ma cellule et je me regarde. Mon corps est maigre mais mes muscles sont solides. Je fais glisser la peau de serpent sur mes épaules, le long de mon dos, sur mes fesses, entre mes cuisses. Sa caresse est douce. Je ferme les yeux. Namoura est là. Je bande dur.

Le bagne n'a pas tué l'homme. Ni ses fantasmes.

Le cliquetis des clés me ramène à la réalité. J'entends des pas lourds dans le couloir. Une nouvelle fouille ? J'enroule prestement la peau de serpent autour de ma taille, y glisse le carnet, ils ne fouillent jamais au corps. J'ai juste le temps de remettre ma chemise, ils entrent.

Ce matin, j'ai déposé sur notre pierre le portrait de Namoura. Ce soir, il n'y était plus.

La belle

On n'aurait pas dû sortir ce jour-là, le ciel avait une drôle de couleur poisseuse. Le gaffe Fernand a dit :
– Vaudrait peut-être mieux rester à l'abri, on sait jamais avec ce fichu climat, le ciel pourrait bien nous tomber sur la tête !
Mais la Crevure a montré les dents. Il nous a traités de poule mouillée, a fait claquer son fouet et aboyé :
– J'm'en vais vous secouer les poux moi, bandes de cossards* ! En route ! Et au trot !

On est donc partis, clopin-clopant, avec les chaînes qui entravent et pèsent, les fers qui blessent les chevilles et mon carnet sous ma ceinture d'écailles.
– En cadence l'aminche, faudrait pas lui donner le plaisir d'une gamelle à ce salopard ! me dit Joséphin.
– T'en fais pas, il craquera avant nous ce gros tas de merde ! Regarde comme il souffle déjà !

À peine le camp dépassé, la Crevure épongeait sa face de vieux pain trempé dans le vin avec un grand mouchoir crasseux et ralentissait la cadence.
La marche avait pris un rythme de promenade bucolique. Pourtant quelque chose clochait, Joséphin le reniflait, c'était dans l'air, dans toute la nature anormalement silencieuse. Là-haut, le soleil avait déserté le ciel et les nuages amoncelés en gros paquets menaçants, occultaient le jour.

* fainéants

A mi-chemin, au creux de la vallée, le vent s'est levé pour persifler méchamment à nos oreilles le gros-grain à venir.

Pas très fiers, nous marchions en courbant l'échine.

Les premières gouttes, grosses comme des œufs de pigeon, arrivèrent en même temps que nous au chantier. Fernand fit remarquer qu'on ne ferait pas du bon boulot par ce temps-là et tous les gaffes acquiescèrent mais la Crevure, buté comme un âne, refusa de rebrousser chemin.

– Tous à vos pioches ! Et vous avez intérêt à m'ouvrir dix mètres de cette putain d'route d'ici ce soir sinon j' vous chauffe le dos ! Compris bande d'abrutis ?

Compris. On a fait comme il a dit, on s'est mis à piocher.

La pluie tombait dru maintenant. Elle faisait un tel boucan qu'on ne s'entendait même plus ahaner ! La colline, dépouillée de la moitié de ses arbres, se gorgeait d'eau, gonflait, se liquéfiait et vomissait de grands torrents boueux. Au moindre coup de pioche, des pans entiers se décrochaient en grondant, dévalaient la pente et allaient souiller le torrent en contrebas.

Trois bonnes heures qu'on s'enlisait ! Couverts de boue de la tête aux pieds, on ne se reconnaissait plus si ce n'est par la chaîne qui nous reliait. On n'avait pas avancé d'un mètre, pourtant on continuait de piocher, ça évitait le fouet.

Midi. Le ciel était noir, la pluie battante, le vent furieux. Ça sentait le roussi. La Crevure ne voulait toujours rien savoir. Il beuglait comme un veau mais le rugissement du vent couvrait sa voix, personne ne l'écoutait, on était trop occupé à se tenir debout. Hors de lui, il a pointé son moukala sur nous, le vent violent l'a déséquilibré, il a glissé, s'est retrouvé le cul par terre, son fusil dans la boue et les yeux qui lui sortaient des orbites.

– Tous à terre ! On attend qu'ça passe ! hurla-t-il, la trouille au ventre.

On ne se l'est pas fait dire deux fois, on s'est bâché dans la fange et on s'est cramponné comme on a pu.

En bout de ligne, les abatis écartés du corps, Joséphin tirait sur notre chaîne. Ses grands yeux révulsés sur la furie du ciel ne laissaient voir que le blanc de l'iris.

– C'est l'apocalypse ! hurla-t-il.

Sa voix était rauque, elle me fit froid dans le dos quand il ajouta :

– Je veux bien de la mort si elle te rend ta liberté !

– J'en veux pas sans toi, l'aminche. Garde-toi !

Un terrible barouf nous a fait lever la tête. Un peu plus haut, un arbre basculait. Ses racines expulsèrent de terre un énorme rocher qui vint boucher le ciel, juste au-dessus de nous. J'ai fermé les yeux, la terre trembla, j'ai glissé, la coulée de boue m'emportait, je n'avais aucun moyen de lui résister. De la terre plein les yeux, plein la bouche, je n'en finissais pas de dégringoler. C'était terrifiant et fantastique à la fois ! Des années d'entrave et soudain, le grand saut, la cavale ! Mon cœur bondissait dans ma poitrine, j'exultais, de joie, de peur. En bas m'attendait le torrent.

J'ai plongé tête la première et bu le bouillon. Les eaux en colère m'entraînèrent vers les cataractes, inexorablement. J'allais me noyer, me fracasser contre un rocher, m'exploser dans les chutes ! Le courant m'emportait, j'étais foutu.

Violente tension à la jambe droite. L'anneau de fer mordit mes chairs. Je me suis cabré. La tête hors de l'eau j'ai aspiré à plein poumons, ma chaîne tant maudite empêchait le courant de m'emporter ! À l'autre bout, Joséphin, mon ami fidèle, me retenait ! J'ai hurlé son nom par-dessus le tumulte : Joséphin ! Oh Joséphin ! On va s'en sortir mon poteau ! Tiens bon ! On se fait la belle ! Hohoho ! Attends un peu, tu vas voir ça ! On va être libre ! Tiens bon l'aminche ! Tiens bon !

Le torrent était enragé, je me débattais comme un beau diable pour garder la tête hors de l'eau sans trop boire la tasse. De son côté, Joséphin tenait le coup, il me retenait toujours. Rassemblant mon souffle, je plongeai et me saisis de la chaîne. Forçant le courant je la remontai, anneau par anneau. Elle disparaissait sous un arbre mort que retenait un rocher immergé. Nom de Dieu Joséphin !!! En appui des deux pieds contre le rocher, je tirai de toutes mes forces sur la chaîne. L'eau du torrent qui percutait la roche, rebondissait en gerbes cinglantes et s'abattait sur ma tête comme une masse. Aveuglé, les oreilles bourdonnantes, le souffle court, je tirais à m'en faire éclater les poumons mais Joséphin restait coincé là-dessous.

« Je veux bien de la mort si elle te rend ta liberté ! »

Ses derniers mots explosèrent dans ma tête. Cramponné au tronc d'arbre, je revis l'incroyable cavalcade dans la boue, le terrible barouf et la terre qui tremblait, le rocher masquant le ciel, juste au-dessus de nous... Il se serait écrasé à une encablure de chaîne... sur Joséphin ? Mon ami serait mort... Mais alors... qu'est-ce qui me retenait ?

Les bras autour du tronc lisse et brillant comme l'ébène, je pleurai mon vieux compagnon de misère.

J'avais perdu mon aminche. Je n'étais pas libre pour autant.

Tout près de mon piège, grondaient les chutes.

Les eaux furieuses frappaient comme aucun correcteur, j'étais fourbu, j'avais froid, l'engourdissement me gagnait.

Je devais tenir. Attendre que l'ouragan passe.

Je n'ai plus entendu son rugissement par-dessus le bruit du torrent. Il s'en était allé, emportant les nuages et la pluie. Un rayon de soleil a cuivré la surface du torrent et la nuit est tombée brusquement. Les eaux se calmèrent. Peu à peu leur niveau baissa. Entre mes bras raides, j'ai soudain senti le tronc balancer.

J'ai tiré sur la chaîne, un grand coup sec : il s'est mis à tourner sur lui-même, s'est écarté du rocher, a obliqué vers le courant, plus rien ne me retenait ! Cramponné à mon rocher, j'ai regardé le tronc d'ébène se hisser à la verticale, plonger et disparaître. J'ai nagé jusqu'à la berge et me suis endormi aussitôt.

Quand je me suis réveillé, le soleil brillait déjà haut dans un ciel lavé de toute trace d'orage. Hier semblait ne jamais avoir existé.

Ce matin avait un goût nouveau : ni clé, ni porte ! Pas de garde-chiourme, aucun ordre aboyé dans les oreilles ! Seulement la symphonie des oiseaux et le ciel bleu, immense. La liberté, enfin ?

J'ai bondi sur mes pieds. Tout autour de moi, ni barreaux, ni murs, rien que le torrent et la forêt ! J'ai sauté de joie et mes bonds étaient si puissants que j'avais l'impression de tutoyer le ciel ! J'ai crié à tue-tête : Libre ! Je suis libre ! Je suis libre !!! Mon cri s'est brisé dans ma gorge, j'ai reculé, horrifié : au bout de la chaîne, une masse informe, grouillante de mouches, noire et déchiquetée, broyée à hauteur du genou, la jambe de Joséphin ! Sa jambe et son pied gauche, à jamais prisonniers du rivet de fer.

Je suis tombé à genoux, les tripes nouées et j'ai pleuré sur ce grand pied-noir à la semelle de vent, enchaîné au mien depuis tant d'années, qui m'avait servi d'ancrage et sauvé la vie. J'ai baigné de larmes ce grand pied qui avait foulé les terres d'Afrique, le pavé parisien et qui nous avait tant fait rire, emmailloté dans son drapeau bleu blanc rouge.

Des larmes encore plein les yeux, j'ai secoué la chaîne comme un enragé. À son extrémité, la jambe déchirée de Joséphin s'agitait, soulevait des nuages de poussière, retombait dans le sable avec un bruit mat, écœurant. Mes gestes désordonnés effrayaient à peine les mouches. Indifférentes, impitoyables, elles revenaient en masse pour se gaver de la chair de mon ami.

Fuir avec cette jambe pendue à la mienne ? L'horreur.

Je devais m'en débarrasser.

Comme un damné j'ai dévissé la jambe de Joséphin dans tous les sens. Ahanant, suffoquant, au bord de la nausée, je me suis acharné, mais l'anneau était trop étroit, le pied trop grand, le mollet trop épais. Même coupée, aucune jambe de fagzire ne pouvait se défaire de la maudite ! La fierté de la pénitentiaire ! Saloperie de fers !!!

Le mauvais sort s'acharnait, resquillait encore, refusait de lâcher prise.

Longtemps, l'écho répercuta mes cris de rage.

Le silence de la nature me fit soudain frissonner. Bon Dieu, j'allais me faire repérer ! Les Kanaks n'étaient jamais loin, ils m'avaient sans doute entendu, ils étaient peut-être déjà en route ! Vite, me cacher, dans une grotte, le coin en était truffé. Oui, c'est ça, me cacher dans une grotte jusqu'à ce qu'ils m'oublient, puis voler un bateau et gagner les îles Salomon... Vite, filer d'ici avant qu'ils ne se pointent. Maudits Kanaks ! Je suis un homme libre ! Personne ne me reprendra ! Jamais ! La liberté ou la mort !

Avec la force du désespoir, j'ai envoyé le membre arraché percuter un rocher. J'ai entendu l'os craquer. Alors j'ai frappé, encore et encore. Joséphin me criait : « Mets la puissance l'aminche, toute la puissance ! »

La peau se déchiquetait, le sang m'éclaboussait, des morceaux de chair se détachaient, un timbre noir est venu se coller sur ma poitrine, la jambe de Joséphin n'était plus que charpie. Secoué par des haut-le-cœur, j'ai extirpé lentement, avec des précautions infinies, ce qu'il restait du membre de mon ami. Puis j'ai vomi toutes mes tripes.

Je me suis lavé à l'eau claire du torrent, j'ai rejeté le fiel et la honte accumulés pendant cinq longues années. J'ai enfoui sous le sable ce qu'il restait de Joséphin et j'ai filé comme un dératé. La chaîne et son anneau vide à la main, j'ai couru sous le couvert des arbres puis entamé l'ascension de la colline. Les broussailles ralentissaient ma progression, la chaleur était étouffante, je suais à grosses gouttes, ça grimpait dur, j'avais horriblement soif, j'étais à bout de souffle mais je devais continuer, vite grimper, vite me cacher, échapper aux Kanaks, échapper aux soldats, échapper aux gardes-chiourmes, échapper aux hommes.

J'ai grimpé comme un animal aux abois, à quatre pattes et la peur au ventre. Le soleil commençait à décliner quand enfin j'atteins la falaise. Je ne tardai pas à trouver une grotte et m'y affalai, à bout de souffle.

Je crois que je me suis endormi car je ne l'ai pas entendu venir.

C'est le changement de lumière qui m'a réveillé : une silhouette de géant bouchait l'entrée. J'ai bondi pour m'enfuir. Une patte énorme m'a renvoyé au fond de la grotte, un rire tonitruant a rebondi sur les parois.

Le colosse était nu à l'exception du bagayou* noué autour de sa taille. Son épaisse tignasse crépue était roussie par le soleil. À son cou pendait un collier étrange, fait de poils de roussette. Il me regardait de ses petits yeux brillants comme des charbons ardents, un large sourire fendant sa face presque bleue.

Je n'ai plus bougé. À quoi bon ? Il n'y avait plus rien à faire, plus rien à espérer, j'étais cuit.

Échec et mat.

* étui pelvien

Quand enfin les rêves se réalisent...

Depuis cet instant précis de mon existence, je crois aux miracles.

Je crois en l'Amour.

Sa haute et fine silhouette s'est détachée à l'entrée de la grotte. Droite et fière dans le soleil, plus belle encore que dans mes rêves. L'enfant à ses côtés. Elle a parlé avec le Kanak et sa voix était comme une caresse. L'enfant m'a tendu une galette, je l'ai dévoré goulûment, il s'est moqué joyeusement de moi, le vieil homme a éclaté de rire. D'un sac qu'elle tenait en bandoulière, Namoura a sorti deux outils de la pénitentiaire. Mon cœur s'est mis à tambouriner dans ma poitrine. Le vieil homme lui a pris les outils des mains, s'est accroupi devant moi, a saisi ma cheville ferrée, positionné la gouge et d'un coup de marteau, il m'a rendu la liberté. Lentement, le cœur battant, j'ai écarté les mâchoires qui m'entravaient. Je me suis redressé. J'ai craché sur la chaîne inutile et vaincue qui gisait sur le sol. Le vieil homme a encore ri, j'ai ri avec lui. J'étais libre ! Enfin libre !

Namoura a nettoyé la plaie autour de ma cheville, j'ai caressé ses cheveux, elle m'a laissé faire. Elle a souri en voyant mon sexe proéminent, a fait signe à l'homme et à l'enfant, ils se sont retirés, je suis resté seul avec elle.

À l'entrée de la grotte, dans un dernier rayon de soleil, deux papillons écarlates dansaient une ronde amoureuse.

Éblouissante de beauté, Namoura me regardait en souriant.

Elle a effleuré ma joue, s'est attardée sur ma tache, j'ai baissé les yeux.

– Tu es celui que le destin m'envoie, mon île est dessinée sur ton visage, dit-elle en français.

J'avais terriblement envie de ses lèvres.

– Quel est ton nom ? ai-je demandé.

– Quel nom m'as-tu donné dans tes rêves ?

– Namoura.

– Alors je serai ta Namoura. L'homme qui t'a délivré est un grand takata *. C'est aussi mon père. Il t'a reconnu sur le chantier. Il a tué le serpent et t'a offert sa peau, celle que tu caches là...

Sa main glissa sous ma chemise, caressa ma ceinture d'écailles, remonta le long de mon dos, parcourut délicatement mes cicatrices.

– Viens, il y a si longtemps que tu peines ! me dit-elle.

Plaisir... Mot rayé du vocabulaire des forçats, relégué aux confins secrets de la mémoire. À la longue, oublié.

Plaisir qui montait en moi comme un tremblement de terre.

Dans les grands yeux noirs de Namoura brillait le reflet de mon bonheur. Mes mains calleuses dessinèrent l'ovale parfait de son beau visage, enserrèrent l'arrondi de ses hanches, caressèrent ses cuisses nues. Délicatement, ma bouche se posa sur la frange de velours noir qui ourlait ses grands yeux en amandes, sur son nez court aux narines palpitantes, sur ses lèvres pleines, chaudes et si douces. Je croquai à la tendresse de ses oreilles, à son long cou gracile, à ses épaules qui m'entraînèrent vers sa gorge délicieuse. Je libérai ses seins magnifiques que je gobai à pleine bouche.

Dehors, un orchestre invisible chantait un hymne à l'amour.

Les doigts fins de Namoura s'emmêlèrent aux miens, défirent les liens de la robe claire. La soie crissa en glissant sur la peau nue.

* sorcier

Elle parla à mon oreille : « piala pépambou lélé poupouale. »

Sur la terre tiède, nos corps amoureux ont dessiné la carte du tendre.

Sur la poitrine ronde et ferme de Namoura, j'ai retrouvé ma jeunesse.

Au creux de son nombril, une perle de sueur a étanché ma soif.

L'infinie douceur de ses cuisses a ressuscité l'émoi des premières caresses.

J'ai abandonné dans la mousse parfumée de son sexe les tourments de mon âme.

Et dans le mystère de son ventre, j'ai renoué avec la vie.

Je m'appelle Jules-Marie Lalvin. Je suis un homme libre.

Namoura mon amour

    Au creux de tes cuisses brunes et fuselées, il est une mousse épaisse et frisée comme celle des sous-bois. Une fleur carnivore au parfum musquée s'y cache. Ses pétales sombres et humides s'ouvrent sur un calice de corail rose qui palpite sous mes doigts, capture ma langue gourmande. Ma bouche est avide de tes sucs iodés. Ma verge tendue, réclame ton chaud fourreau. Elle s'enfonce en toi. Nos âmes se rejoignent. Tu gémis, tu te cabres et t'enroules. Nos corps emmêlés, bateaux ivres chahutés par la tempête de notre désir, balancent à l'unisson.
    Que tu es belle mon amour ! Je ne me lasserai jamais de caresser la soie sauvage de ta peau. Tes seins dans mes mains sont comme deux tendres pamplemousses. Tes sombres mamelons pointent et durcissent sous ma langue. Et tes fesses, ah tes fesses ! Si rondes, si généreuses ! Ah ! Fourrer mon visage entre tes fesses ! Palper à pleines mains ce cul magnifique qui m'a révélé les délices de la chair ! Ma belle ensorceleuse cannibale, j'aime tes dents pointues qui mordillent mon ventre, tes mains qui se referment sur moi, ta bouche ronde et chaude qui avale goulûment ma samou.
    Et je n'aime rien tant que la musique de ta langue au creux de mon oreille : « Tamé... Chouna... Kâ kop ! »
    J'aime ton innocente impudeur quand tu joues avec ton bouton de rose. J'aime nos cris de sauvages, nos grognements d'ogres affamés quand nous faisons l'amour. J'aime nos souffles chauds et haletants, nos odeurs mêlées. J'aime tes longs soupirs rauques quand ma semence inonde ton ventre palpitant. J'aime le drôle de bruit qu'émettent nos ventres ruisselants de sueur quand ils se séparent.
    J'aime ton corps, merveilleuse enveloppe d'une âme noble.
    Je t'aime pour ta sagesse et ta fantaisie.
    Je t'aime pour ta pureté, ta détermination, ta fierté et ton humilité,

ta justesse et ta bonté.
Je t'aime pour ta beauté et ta douceur.
J'aime en toi l'épouse et la mère, l'amie, la sœur, l'amante.
Ton amour m'a rendu la liberté. De toute mon âme, je t'aime.

La main de Clément s'attarda sur le livre ouvert. Cet homme-là a aimé sa Namoura comme j'aime ma Divine, se dit-il un sourire ému aux lèvres.

Le regard tourné vers la fenêtre, Ludivine souriait.

– On fait une pause ? demanda Clément.

– Cher Jules-Marie... Libre et amoureux ! C'est super ! Et Namoura... la belle popinée, ma grand-mère ?... Quels beaux aïeux nous avons là ! Viens, on va faire un tour, regarde comme il fait beau !

Avril avait l'arrogance de la jeunesse, sa vitalité et son exubérance. Les insectes s'enivraient bruyamment de pollen, les oiseaux s'étourdissaient de chants d'amour, les mésanges zinzinulaient, il y avait de la jubilation dans l'air !

Ludivine et Clément, le visage exposé aux doux rayons du soleil printanier, souriaient à la vie. Sous leurs pieds, le tapis de verdure était brodé de pâquerettes roses et blanches. Ils entendirent au loin le coucou réitérer inlassablement son appel. Là-haut, dans les frondaisons un rossignol faisait ses vocalises.

– Il revient chaque année, toujours dans le même chêne, fit remarquer Ludivine. Il chante jour et nuit, jusqu'à ce qu'il ait trouvé sa belle. quelques fois, il fatigue, alors pour le stimuler, je lui joue Mozart ! Tu l'entendrais rivaliser de trilles avec Wolfy ! On dirait vraiment qu'il cherche à l'imiter !

Ils remontèrent le chemin blanc, traversèrent l'étroit ruban de macadam, coupèrent à travers champs en longeant la haie. S'échappant du fouillis d'un micocoulier, une colonie de perdrix effarouchées courut devant eux. Elles avaient des allures de pingouins. Quand elles s'envolèrent lourdement, à grands battements d'ailes rougeoyantes, ce fut pour aller raser de près les jeunes épis de blé.

Au sommet du coteau, accueillis par l'avertissement rauque des geais, ils contournèrent le petit bois, grimpèrent la pente raide et rejoignirent le chemin de crête. De là, le paysage était grandiose.

– Il pleuvra mardi, dit Ludivine en montrant la chaîne blanche des Pyrénées qui se découpait sur la ligne bleue de l'horizon.

– Je serai déjà parti...

Elle lui prit le bras, demanda avec douceur :
– Tu ne pourrais pas rester un peu plus ?

Il passa un bras autour de son cou, l'attira contre sa poitrine, posa un baiser tendre sur sa tête
– Hélas non.

Elle soupira, calqua son pas au sien.
– Quand j'étais petite, Papa et Maman m'ont offert un pagne, se souvint-elle. Je ne l'ai pas quitté de toutes les vacances ! C'était magique : dès que je l'enfilais, j'avais l'impression d'être une petite sauvage, une vraie kanak ! Je me trémoussais pour le voir danser autour de moi, j'adorais sentir la paille chatouiller ma peau brune. Je sais d'où me vient cette couleur maintenant...

Un cri perçant retentit, haut dans le ciel. La nostalgie du Mexique pinça le cœur de Ludivine, elle leva la tête, regarda la buse planer, ailes déployées sur le bleu du ciel, et se revit devant les cages de la pension Agua Azul, son coupe-ongles à la main. Elle sourit.

– Mon petit pagne jaune avait le pouvoir de me faire voyager, reprit-elle. Dès que je le portais mon cœur se mettait à battre plus vite, mon imagination m'entraînait vers des pays inconnus, dans des aventures fantastiques. Je crois bien que c'est de là que m'est venue l'envie de découvrir le monde... Tu trouves que ma tache a la forme de la Calédonie ?

– Un jour, je t'emmènerai là-bas.

– J'aimerais bien. On retrouverait Marie ! Elle me manque tant...

– À moi aussi.

– Tu te souviens quand tu lui apprenais à marcher avec des livres sur la tête pour qu'elle se tienne droite ?

– Elle a toujours été un peu ma fille... l'enfant qu'on aurait pu avoir à vingt-cinq ans... Si on avait fait comme tout le monde.

Ils marchèrent en pensant à leur filleule exilée volontaire à la Nouvelle. Le chant liquide des alouettes faisait vibrer l'air comme la corde d'une harpe. Les champs ourlés de haies frémissantes ondulaient mollement sous le vent. Sur ce grand patchwork vert et brun éclaboussé çà et là par le jaune éclatant des colzas, se profilèrent trois silhouettes graciles. Retenant Clément par la manche, Ludivine tendit le doigt dans leur direction. Les chevreuils dressèrent l'oreille, tournèrent leur jolie tête vers eux. Ludivine siffla, ils montrèrent leurs jolis culs-blancs et s'éloignèrent en trois petits bonds légers.

Ils reprirent leur marche sur le chemin de crête, face au grand vent qui sifflait à leurs oreilles.

– Quand j'étais môme, se souvint Clément, je rêvais souvent en vieux français. Je me voyais sur la scène d'un théâtre, ou bien à la Cour d'un roi, entouré de belles femmes qui m'admiraient pour l'élégante tournure de mes phrases. La langue de Molière n'avait pas de secret pour moi, je la maniais avec aisance, à tel point qu'en me réveillant je poursuivais mes monologues sur papier et composais un poème.

– Que tu m'offrais le dimanche suivant. Je les ai tous gardés, serrés dans un coffret, noués par un ruban de satin. Je les relis souvent. Certains sont chauds, au moins aussi érotiques que celui de Jules-Marie !

Au sommet de la colline, un vieux noyer tendait ses bras décharnés vers le ciel. Il semblait mort pourtant une jeune pousse feuillue se dressait vers le levant : le vieil arbre n'avait pas dit son dernier mot. Ils le saluèrent avec respect, se reposèrent un moment contre son tronc.

– Ce coin me rappelle une prairie où je cueillais des coucous pour ma mère, quand j'étais en culotte courte, confia Clément. Mon premier amour impossible... C'était une femme trop frustrée pour pouvoir me donner son affection... Plus je lui témoignais ma tendresse, plus elle me prenait en grippe... Elle inventait des histoires épouvantables sur mon compte pour monter mon père contre moi. Je dois reconnaître qu'elle avait une imagination débordante et un jeu d'actrice renversant : un croisement entre Lucrèce Borgia et Machiavel. Une Italienne pur jus !

Pour avoir la paix, mon balourd de paternel sortait la ceinture et il cognait dur l'enfoiré ! À ces moments-là, je discernais dans le regard gris-bleu de ma mère un mélange de remords et de satisfaction malsaine. Peu à peu, grâce à elle, j'ai appris à dissimuler mes sentiments. Je me suis fait une carapace et j'ai pris goût à la solitude... Tu sais, on n'est jamais aussi seul que dans la multitude d'une grande ville.

– ... Tu leur en veux encore ?

– Non, plus maintenant, il y a prescription. Comme les tiens, mes parents ont fait ce qu'ils ont pu. Mais je ne leur dois rien non plus : ils ont pris leur pied en me faisant, ils m'ont donné la vie, je ne leur ai jamais causé d'ennuis, on est quittes ! Ah non ! Pour être honnête, je leur dois quand même quelque chose de

fondamental : ils m'ont appris sans le vouloir tout ce que je ne voulais pas devenir...
— J'ai toujours pensé qu'il y avait eu maldonne, que la cigogne s'était plantée. Tu es tellement différent !
— À part le sang, nous n'avons rien en commun.

Ludivine avait repris sa main, elle aurait voulu effacer le voile de tristesse qui s'était posé sur les yeux de Clément, colla un baiser mouillé dans son cou et déclara, enjouée :
— Si on fonde une famille toi et moi, on la fera vraiment belle !

Clément s'arrêta, l'observa de côté avec un petit sourire canaille :
— Si on fonde une famille ?...
— Ce n'est pas ce que tu disais ?

Il reprit sa marche en fixant l'horizon. Ludivine lui emboîta le pas. Le cœur battant, elle quêtait dans la beauté de la nature la force de poursuivre. Dans le verger du Petit Coutas les cerisiers étaient en fleurs.
— J'aimerai toujours le temps des cerises, c'est de ce temps-là que je garde au cœur une plaie ouverte... fredonna-t-elle. Puis, retenant son bras, elle plongea ses yeux dans les siens :
— Clément ?
— Oui ?
— Je...

Elle reprit sa respiration, lança d'un trait :
— Je voudrais adopter un enfant avec toi.

Sans lui laisser le temps de réagir, elle poursuivit :

– Tous ces enfants sur le bord de la route... Souviens-toi, ils étaient pauvres, livrés à eux-mêmes mais leurs sourires étaient si lumineux qu'ils nous donnaient le courage de continuer notre chemin. Je m'étais promis qu'un jour je tendrai la main à un de ces enfants. Le temps est venu. Je veux adopter, un enfant « grand » comme ils disent, un de ces laissés pour compte qu'on trimballe de familles d'accueil en foyer jusqu'à leur majorité et que personne ne prend le temps d'aimer. Je voudrais lui donner sa chance. Je crois que je saurais l'aimer...

– Aimer, c'est ce que tu fais le mieux.

Ludivine eut l'impression qu'un ange étendait ses ailes au-dessus d'elle.

Ils atteignirent la route goudronnée. À grandes enjambées, ils s'élancèrent sur la pente raide qui les entraîna vers la ravine.

– Je t'ai dit hier que je voulais une relation inter pares, reprit-elle. Égaux en tout ! L'enfantement est la grande frustration de l'homme et la grande supériorité de la femme sur lui. Je ne veux pas avoir cet avantage sur toi. Et moi non plus, je ne tiens pas spécialement à reproduire mes gênes ! Mon ventre ne me démange pas. J'approche des quarante ans, si je deviens mère, ce sera d'un seul enfant : je choisis d'adopter. Ce n'est pas un cas de force majeur, c'est un choix, délibéré. Mon choix... Je voudrais que cela devienne aussi le tien.

Clément ne réagit pas, elle poursuivit :

– Ce matin même tu disais que notre potager était bien assez grand pour une ribambelle d'enfants !

Elle rit. Pas lui. Elle insista, un peu trop, lui serra le bras, un peu trop fort.

– Je voudrais être maman. Je serai une bonne maman, tu sais... du moins je ferai de mon mieux. Je me dis que ce serait bien, je n'ai jamais rien fait pour les autres. Je ne me suis pas engagée, je n'ai jamais eu le courage de Jules-Marie... alors ce serait ma contribution, notre contribution... Tu sais, j'ai confiance en l'intelligence du cœur, cet enfant, nous saurons l'élever ! Si nous le voulons tous les deux, nous pouvons lui offrir une vie meilleure. Notre amour n'en sera que plus grand. Et je saurai me débrouiller tu sais ! Au fait je ne t'ai pas dit ? J'ai l'intention de redonner des concerts ! J'ai rencontré un très chouette trio de musiciens, ils m'ont demandé de me joindre à eux... ça me plairait... et ça mettrait des sous dans notre escarcelle pour élever le petit ! Ou la petite ! On verra... Mais ne t'inquiète pas, tu garderas ta liberté, ta vie à Paris. Nous serons comme les deux arbres de Gibran : «... Tenez-vous ensemble, mais pas trop proches non plus car les piliers du temple s'érigent à distance, et le chêne et le cyprès ne croissent pas dans l'ombre l'un de l'autre. » Il nous faudra être forts, solidaires, cohérents et...

Clément l'interrompit, mi-amusé, mi-excédé :
– Dis-moi Ludivine, dans ton scénario bien ficelé, t'as prévu des dialogues pour mon personnage ?

Elle rougit. Il lui sourit :
– Tu veux bien me laisser un peu de temps pour souffler ?

Ludivine comprit qu'il valait mieux en rester là, pour l'instant. Elle accorda son allure à celle de Clément : énergique et régulière. Marcher ensemble leur avait toujours procuré une joie intense, le sentiment d'une grande connivence silencieuse. Tant de chemins parcourus à travers le monde... Elle se revit sur une longue route poussiéreuse et blanche du Venezuela. Le soleil déclinant allongeait leurs ombres démesurément, ils accéléraient le pas, essayant en vain de les rattraper. En riant, ils faisaient un bras d'honneur aux vautours qui planaient au-dessus de leurs têtes.

Ils quittèrent la ravine ombragée pour couper à travers la friche. Ludivine s'amusait à écarter les herbes hautes devant elle et à faire s'envoler une pluie d'akènes. Clément l'attendait sur le sentier caillouteux. Il lui glissa une marguerite à l'oreille.

— Tu es mon âme sœur, je t'aimerai toujours ma Divine, lui murmura-t-il en déposant un baiser léger sur ses lèvres.

— Écoute ton cœur... suggéra-t-elle malicieuse.

Le sol accidenté les obligea à regarder où ils mettaient les pieds. De longues ramures épineuses échappées des ronciers s'accrochèrent à leurs vêtements. Un son étrange monta de la vallée. En contrebas, là où un moulin désaffecté enjambait le ruisseau, un âne brayait longuement. Quand il se tut, l'espace résonna encore longtemps de son triste appel.

Assis dans un fauteuil du salon, Clément alluma une cigarette. Dehors, le ciel se teintait d'ombres crépusculaires. Ludivine vint s'asseoir en face de lui.

— Tu veux qu'on en parle ?...

— Finissons-en plutôt avec le carnet rouge. Je vais le chercher.

Ludivine ne sut que penser : son envie de connaître la suite du récit serait-elle une échappatoire ? Et s'il disait non ?... Il me faudrait renoncer à être mère...

Elle frissonna. Elle chercha à se rassurer, se rappela les propos de Clément, ce matin : « Et si mon karma c'était de te rendre heureuse... »

Clément revint, le carnet en main. Tête renversée par-dessus le dossier du fauteuil, elle lui offrit ses lèvres. Il y déposa un baiser appuyé, but une gorgée de vin pour s'éclaircir la voix et ouvrit le carnet.

La grande traversée

Février 1894.

Je m'appelle Joseph Lalvin. J'ai dix-sept ans. Je viens d'embarquer comme mousse sur l'Iphigénie. Si tout va bien, dans cent vingt-deux jours, je serai en France.

Je n'ai encore jamais quitté mon île. J'ai grandi dans la poâ* ronde de mes parents, là-haut sur la colline, un peu à l'écart du chichi*. En bas vivaient les blancs. Parfois le son de leur toutout* montait jusqu'à nous et faisait pâlir mon père.

Apâ* s'est toujours gardé des blancs. Seule Louise avait sa confiance. Il m'envoyait lui porter des messages, je suivais les cours de classe qu'elle donnait aux Kanaks et rapportais souvent des livres à la maison.

J'ai son adresse à Paris.

J'ai commencé à apprendre à lire et à écrire sur les mots de mon père. Perché dans mon niaouli, à califourchon sur une branche, je suivais avec précaution les arabesques de sa belle écriture, je redessinais les lettres de sang à demi effacées. J'aimais prononcer à voix haute les mots français. Leur musique m'étourdissait, m'emportait loin au-delà de l'oué*, vers une contrée magnifique et inquiétante. Je rêvais que je voguais sur le grand bateau blanc, que je retournais au pays de mon père et que je continuais sa révolution.

Aujourd'hui, commence mon aventure.

* case ; village ; clairon ; père ; grande eau

Yâ* ne m'a pas accompagné au port. Elle m'a embrassé sur le pas de sa porte et s'en est retournée à son iep*. Elle ne pleurait pas. Je crois qu'elle était heureuse pour moi, même si elle avait peur, même si elle savait qu'elle ne me reverrait jamais.

J'ai embrassé mon grand daoumi* Tibaou et ma petite chénéré* Louise. Apâ a ouvert ses bras, il m'a serré très fort et m'a dit une dernière fois : « Retrouve-le ». Puis il m'a donné le carnet rouge enveloppé dans sa vieille peau de serpent.

Il reste assez de pages blanches pour qu'à mon tour, j'y relate mon histoire.

Jules-Marie n'a plus écrit du jour où il a été libre. Libre et heureux. Ma mère est fille de takata. Elle n'était encore qu'une jeune fille quand le poupouale* l'a violée. Mon oncle, le grand chef Ataï, s'est chargé d'occire l'euneu* mais n'a pas pu effacer le lien du sang : quelques mois plus tard naissait Tibaou, mon aîné de quatre ans.

Nous avons la même couleur de peau Tibaou et moi, ni aussi noire que Yâ, ni aussi blanche qu'Apâ. On nous appelle les kouene kchaa*.

Dans un livre prêté par Louise, Montaigne avait écrit : « Tout honnête homme est un homme mêlé ». En lisant cela, mon frère et moi, plus fiers que jamais de notre métissage, avons décidé de créer « la société des hommes honnêtes ». Nous n'étions que des enfants mais notre ambition ne connaissait pas de limite : nous voulions refaire le monde ! Et pour commencer nous avons rédigé notre propre constitution.

En voici les principaux articles :
- La liberté individuelle est sans condition aucune.
- Chacun d'entre nous, quel que soit son âge, a droit à la parole.

*mère ; feu ; frère ; sœur ; l'étranger ; le blanc ; les métis

- Toute décision sera prise après délibéré et votée à l'unanimité.

- Nous sommes libres de participer ou pas.

- Aucune pression ne doit être exercée sur quiconque.

- Toute acquisition faite en commun doit être partagée équitablement.

- Les besoins élémentaires tels que le boire, le manger et le feu, sont le bien commun.

- Chasse, pêche et cueillette ne feront l'objet d'aucune exploitation.

- L'échange est notre système monétaire.

Les enfants qui voulaient appartenir à notre société des hommes honnêtes devaient prêter serment et jurer fidélité à Tibaou, le chef incontestable et à moi, son grand conseiller. Apâ disait en souriant que nous étions les tyrans de la bonne cause mais au fond de lui, je sais qu'il était fier de nous. Les parents Kanaks trouvaient que nous ne respections aucune des lois ancestrales et prédisaient que nous finirions mangés tout crus par le monstre de la kouéta*.

L'île et son lagon étaient nos terrains de jeux. Sur les plages, les filles ramassaient des algues blondes ou brunes, toutes boursouflées de petites bulles qui capturaient les rayons du soleil. Elles les nouaient autour de leur cou, de leur taille et ainsi parées de lumière, elles dansaient la pilou en soulevant des petits nuages de poussière blanche autour d'elles. On aurait dit qu'elles dansaient avec le soleil.

La mer nous apportait des coquillages, des étoiles de mer, des bois pétrifiés aux formes étranges et toutes sortes d'épaves qui étaient de véritables trésors à nos yeux.

Le mouïek kouendé* était notre allié.

* mer ; grand vent

Il nous insufflait sa vitalité et son audace. Nous le défions du haut d'une falaise, il riait de nous voir penchés au-dessus du vide et d'une main ferme, nous empêchait de tomber. Parfois il nous apportait des musiques étranges. Nous l'écoutions, le regard fixé sur l'horizon pour voir d'où elles venaient. Le bleu du ciel finissait par se confondre avec le bleu de la mer. La ligne qui délimite le monde s'effaçait. Ne subsistait que la lumière blanche qui brûle la rétine.

Alors, nous partions en rêve sur le dos du grand kouendé, loin, de l'autre côté de la kouéta, vers l'autre monde.

Aujourd'hui, c'est en chair et en os que je fais le voyage. Dans cent vingt jours, je serai de l'autre côté... Il se peut que je regrette les rêves de mon enfance, la société des hommes honnêtes qui osaient réinventer le monde...

C'est aussi Ataï qui a mené la première insurrection kanaki. C'était en 1878, une igname* après ma naissance. Par une nuit sans lune, les hommes d'Ataï pénétrèrent dans le fort et volèrent une douzaine de fusils avec une grosse quantité de poudre. Dans les chichis on sortit les nafe, djo et djia* et au matin suivant, l'insurrection éclatait.

Mon père a lutté aux côtés d'Ataï. Il s'est battu pour la liberté du peuple kanak, contre ses anciens camarades de bagne.

Il m'a souvent raconté ses faits d'armes, la bravoure de mon oncle défunt et de tout notre peuple. Il disait qu'il avait vécu une deuxième Commune, que ses nouveaux compagnons d'armes étaient prêts eux aussi à donner leur vie plutôt que de perdre leur liberté.

« La liberté ou la mort ! » Encore et toujours.

Au cours d'une escarmouche, il est tombé sur Georges Bartens. Son ancien poteau avait retourné sa veste.

* année ; couteaux, sagaies et casse-tête

En échange d'une promesse de libération anticipée, il s'était porté volontaire et combattait ceux-là mêmes qui luttaient pour ses idées. Apâ avait eu si mal de le voir là qu'il avait abaissé son fusil et tourné le dos. Bartens avait tiré.

Apâ a gardé une légère claudication de cette blessure. C'était un moindre mal, son cœur lui, avait été plus profondément touché.

Yâ disait que cette rencontre l'avait définitivement brisé, qu'elle lui avait fait perdre ses dernières illusions. Quand il devenait trop amer, elle ouvrait ses bras, le serrait contre elle, le couvrait de ses longs cheveux et lui murmurait à l'oreille des mots qui avaient le pouvoir d'adoucir toutes les peines.

Dans ces moments-là, Tibaou, Louise et moi n'existions plus. Seuls au monde, ils s'en allaient main dans la main trouver refuge dans leur grotte ou bien sur la petite plage de sable blanc, au bord du fleuve, là où j'ai appris à nager, là où, le jour de mes sept ans, Apâ m'a confié son histoire.

Je m'appelle Joseph en souvenir de son aminche enterré sur la plage.

Mon voyage n'est pas un exil. Dans chacune de ses vagues, l'océan m'apporte la promesse d'un retour aux origines. Sur la ligne d'horizon frise l'espoir d'une lignée. Je pars chercher des réponses aux questions de mon père, je pars à la recherche de l'enfant de Jules-Marie et d'Albertine, mon frère.

Le capitaine du bateau m'a à la bonne. Je trime sur le pont mais on me fait grâce des brimades habituelles réservées aux jeunes mousses. Ma ration est copieuse.

18 mars 1894.

Il y a vingt-trois ans, les Communeux tenaient Paris entre leurs mains.

Nous avons dépassé la grande île de Madagascar en fin de matinée.

Un peu avant le coucher de soleil, le ciel s'est mis à cracher sur nous une pluie traversière et glacée.

La nuit est tombée maintenant. La mer est mauvaise.

Je suis de repos. Depuis mon abri au fond de la coursive, j'entends la tourmente monter en puissance. La forte houle chahute méchamment mon hamac et me donne mal au cœur. Les craquements plaintifs de l'Iphigénie me font craindre le pire : une tempête comme celle qu'a vécue Apâ. Je l'imagine prisonnier dans sa cage avec tous ces pauvres gars, impuissant et la peur au ventre, redoutant la montée des eaux ou le coup fatal qui l'assommera contre les barreaux. L'angoisse d'être coincé là, entre les planches de ce même bateau, me donne des suées froides. J'ai beau me dire que je ferais mieux de remonter sur le pont, que je respirerais mieux à l'air libre, les mugissements du vent pareils à ceux d'un géant féroce et les coups de mer contre la coque, aussi brutaux que les coups de queue d'un crocodile monstrueux, me paralysent de trouille. Je me cramponne désespérément à la corde de mon hamac en me demandant si les anciens n'ont pas dit vrai : et si un monstre à écailles surgissait des abysses pour m'avaler tout cru ?

Avec grand fracas le bateau a versé sur le flanc, moi par-dessus mon hamac. Le cul par terre, épouvanté à l'idée que le prochain assaut du monstre pourrait éventrer la coque, j'attrape mes bottes et mon ciré, les enfile avec des gestes désordonnés et court comme un dératé. Dans un effort déchirant, l'Iphigénie s'est relevée et a basculé à tribord. Des cataractes torrentielles, coupantes comme des lames de couteau, la frappent de plein fouet. L'océan tout entier semble vouloir verser par-dessus la passerelle. À peine suis-je sur le pont qu'une déferlante m'envoie valdinguer cul par-dessus tête. Battant l'eau des pieds et des mains, je réussis à crocheter une corde dépassant de sa bite et à l'enrouler précipitamment autour de ma taille avant que l'eau, qui reflue au galop sous l'effet du terrible roulis, ne me cueille au passage. Je résiste de tout mon poids au courant qui cherche à m'emporter. La corde me retient. Là-haut dans la timonerie, je vois le capitaine debout à la barre. Seul mais vaillant, admirable de courage, il tient tête au démon furieux qui se cabre, rue, force l'Iphigénie à d'effroyables embardées. C'est la panique à bord. Les matelots tombent pêle-mêle sur le pont, s'accrochent les uns aux autres, agrippent un balustre, un pied de mât, une tête de treuil, s'y encordent tant bien que mal. Écrasé par une lame, Lepelec, le bosco, dégringole vers moi les yeux exorbités. Je tends la main. Avant que je puisse le saisir, une nouvelle lame l'emporte et l'assomme contre le bastingage. Je ne peux rien pour lui. Si je me détache je risque d'encourir le même sort. J'ai peur. Les marins aguerris hurlent de terreur, plus personne n'est en mesure d'assumer sa tâche, c'est sauf qui peut, chacun pour sa pomme. L'Iphigénie pique du nez, surgit du néant, proue pointée vers le ciel que déchirent de grands éclairs blancs, replonge dans le trou noir, craque et gémit, vacille comme le bœuf sous le coup de masse et se couche sur le flanc, vaincu. Là-haut dans la timonerie, il n'y a plus personne pour lutter contre le monstre de la mer. Les déferlantes envahissent le pont, décrochent les canots de sauvetage, arrachent les voiles, tordent le bastingage, défoncent les écoutilles, dévastent tout sur leur passage. Soudain, à travers le déluge je vois le monstre démoniaque se dresser, droit comme un mur, plus haut qu'une montagne ! Je suis perdu, mon heure a sonné, la malédiction des anciens va s'abattre sur moi, je vais me faire bouffer tout cru...

Dans un fracas d'apocalypse, une montagne d'eau s'est abattue sur le bateau.

Je ne sais comment on s'en est sortis. Sans doute le capitaine avait-il repris la barre et héroïquement résisté aux éléments déchaînés. Au petit matin, le monstre s'était retiré, nous laissant la vie sauve. Seul Lepelec, happé par ses mâchoires d'écume, manquait à l'appel.

Maintenant un doux manigat* brillait sur l'océan pacifié. L'Iphigénie s'était redressée, meurtrie, affaiblie, mais victorieuse !

Avril 1894.
Aujourd'hui, le vent léger frise à peine la surface de l'eau.

Je passe mes heures libres sur le pont supérieur, à l'avant du bateau. J'écris en contemplant la mer et le ciel immense. Comme lorsque j'étais enfant, sur mon île, je m'enivre de grand espace. Parfois un exocet crève le miroir de l'eau et saute par-dessus les rais de lumière. Je guette au loin l'aileron, requin, espadon, dauphin ou baleine, qui fera tambouriner mon cœur. Je suis debout à la proue du navire. Le kouendé emmêle mes longs cheveux, tanne ma peau, façonne mon nouveau personnage.

Le voilà qui siffle à mes oreilles des récits venus de contrées africaines. Je flaire dans l'air des parfums poivrés. Vacillant comme des funambules sur un fil tendu entre ciel et mer, je crois voir au loin les tours de palais fantastiques.

Dès mon très jeune âge, les mots de mon père ont résonné à mes oreilles comme des musiques porteuses d'espoir. Inlassablement, je les répétais en rêvant : liberté, voyage, aventure, Paris, Montmartre...

Apâ connaissait mon désir : franchir la barrière de corail qui nous encerclait, dépasser les limites de notre île. Il m'a proposé d'aller à la recherche de son enfant, mon demi-frère, comme il m'aurait donné un coup de pied au cul.

* soleil

« L'heure n'est plus aux jeux mais à la réalisation de tes rêves » m'a-t-il dit le jour de mes dix-sept ans.

Il y a un mois maintenant que je suis parti. Ma peau a le goût du sel. Debout à la proue de mon vaisseau, seul face à l'immensité de l'univers, étoile parmi les étoiles, je me sens maître à bord, maître du monde ! Et je hurle au kouendé pour qu'il l'emporte jusqu'aux oreilles de mon père, toute ma joie d'homme libre !

J'ai rangé le carnet rouge pour un temps. J'évite de penser à Apâ et à tous ces prisonniers qui ont fait le voyage à l'envers, je n'ai plus que moi en tête. Moi dans l'aventure de ma nouvelle vie, ailleurs.

Plus j'approche de l'Europe plus le passé me semble lointain, comme irréel. Je ne tiens plus en place. Nous longeons les côtes de France.

7 juin 1894.

Je débarque au Havre. J'ai en poche assez d'argent pour atteindre Paris. Le Havre, port maritime. Rien à voir avec Nouméa. Ici le ciel et la mer se confondent dans une même nuance de gris. Mais où sont passées les couleurs ? La ville me paraît triste et sale. Les hommes forment des bandes menaçantes. Je passe mon chemin.

Je marche pieds nus, comme sur mon île, comme Joséphin. Je dors dans les fossés. Mon « auberge est à la grande ourse », les poésies que Louise m'a apprises, sont mes compagnes de route.

Je traverse Rouen, émerveillé mais inquiet. Les villes de France m'apparaissent comme des échiquiers, les parties qu'on y joue sont impitoyables.

En sillonnant les campagnes fleuries, je fredonne des airs de mon île. Bien que décontenancés par ma couleur de peau, les paysans m'accueillent plutôt bien. Au début, quand ils m'interrogeaient, je disais venir de Nouvelle Calédonie. Je les voyais alors cracher par terre ou se détourner. L'évocation du sort réservé à tous ces frères, ces pères Communeux qui avaient lutté jusqu'au bout pour la liberté de tous et qu'on avait si cruellement traités puis oubliés, les mettait mal à l'aise. En un crachat, ils transformaient leur honte en mépris. Maintenant quand on me croit Antillais, je ne démens plus.

Une nouvelle saison qui ressemble au climat de mon île s'annonce par des jours sans fin et des nuits douces et parfumées. Le nez dans les étoiles, je rêve de toutes les belles filles que je croise sur mon chemin. Leurs sourires effrontés perturbent mon sommeil.

Août 1894.

Paris est une époustouflante révélation. Apâ m'en avait tant parlé que je croyais la connaître. Mais la ville est plus magique que dans mes rêves, plus gigantesque encore ! Plus bruyante de vie, plus étincelante de lumières, plus resplendissante de beauté !

Plus crasseuse et plus misérable aussi.

Dès mon arrivée, je cours à Montmartre, rue Oudot : j'avais espéré qu'on m'attendait mais l'école est fermée et Louise à Londres, selon les dires d'une voisine.

Le froid et la solitude m'étreignent. J'erre comme une âme en peine. Sur le parvis des belles églises, sous les escaliers de Montmartre, dans les ruelles sordides, sous les porches, sous les ponts, dans tous les trous d'ombre de la ville lumière, couchés à même les pavés souillés où se mêlent les effluves nauséabonds d'urine et de crottin, des femmes, des enfants, des vieillards, des pauvres gueux loqueteux tendent la main. Leurs visages sont sales, leurs joues sont creuses et leurs peaux ont la couleur de la poussière. Ils ont ce regard fiévreux des chiens que la faim rend mauvais. Un peu plus loin, le long des riches boulevards, des bourgeois se pavanent avec arrogance dans un ballet indécent de cannes et d'ombrelles. Ces iniquités criantes me rapprochent de mon père et des combats de sa jeunesse. La Commune a trépassé mais les injustices ont la peau dure.

Rue Berthe, personne ne connaît Albertine Zyler. La boutique du tailleur juif au coin de la rue est devenue une épicerie.

Dans les ateliers de couture du quartier, on me rabroue, on me regarde comme si j'étais fou. Une petite main m'avertit :

– Une femme rousse qui aurait travaillé là pendant la Commune ? Non, je vois pas et pourtant j'en étais moi aussi... on y a cru, eh ben on a eu tort. Elle est morte la Commune mon p'tit monsieur, morte et enterrée ! À ta place j'éviterais d'en parler, si tu ne veux pas avoir d'ennui... En tout cas moi j'en veux pas, alors adieu et bon vent !

J'ai payé trois nuits d'hôtel, je n'ai presque plus d'argent. Je suis à la rue. J'ai bien pensé chercher refuge à Montmartre, comme jadis mon père, mais la butte est éventrée et grouille d'ouvriers qui construisent une basilique. Un grand avertissement placardé explique qu'il faut « expier l'effondrement moral et spirituel responsable de la défaite de 1870 » ! Quand je requiers du travail, on me répond qu'on le garde pour les blancs.

Je me demande ce que ferait mon insurgé de père s'il était à ma place. Mais je suis Joseph, mulâtre, seul et sans le sou, et je traîne mon désarroi dans les rues de Paris. Parfois je reconnais un nom de rue ou de place évoqué jadis par mon père lorsque, sur le rocher qui surplombe la nouvelle route, il me racontait sa Commune. Je m'imagine alors à ses côtés, me mêlant à la fureur du peuple trahi et affamé.

Rue des Quatre Vents, un fiacre roulant à vive allure m'oblige à me réfugier précipitamment sous le porche d'une porte cochère. J'ai bien failli passer sous les sabots des chevaux ! Le cœur battant, je m'adosse au portail pour reprendre mon souffle. Je lève le nez. Au-dessus du porche se dessine le n° 7. « Il ne porte pas toujours bonheur... » La voix de mon père résonne dans ma tête : « C'est au n° 7 de la rue des Quatre Vents que j'ai perdu ma liberté. Derrière la lourde porte de bois sombre, un étroit escalier de pierre descend raide vers un premier passage. À droite comme à gauche, des caves voûtées, des restes de charbon, un amoncellement de bric et de broc. Au fond du second passage, dans l'angle le plus sombre une toute petite cave avec de la paille. C'est là que je dormais. Leurs rires terribles m'ont réveillé. Le temps que je réalise, trois baïonnettes étaient pointées sur moi. »

Envahi moi-même par la peur que mon père dut ressentir lors de cet instant fatal, je fuis la ruelle et me retrouve bientôt sur le Pont Neuf, désespéré parmi les désespérés.

Mon aventure parisienne sent le roussi. Je n'ai pas retrouvé Albertine et son enfant. Vais-je pouvoir un jour apporter une réponse aux questions de mon père ?

Trois nuits durant, je dormis dans un bosquet du jardin du Luxembourg. La faim tiraillait mon estomac. Je me sentais inutile, impuissant, et restais tout le jour assis sur un banc. Peu à peu, la vie de la cité me devint indifférente. J'entendais les cris des enfants qui jouaient dans le square mais le regard fixé au ras du sol, je ne regardais que mes pieds nus dans la poussière jaune. Je broyais du noir. Au matin du quatrième jour, un grand gaillard blond à l'air cador s'arrêta devant moi et me toisa d'un air bonnard :

– Si la flicaille te voit comme ça mon gars, t'es bon pour le panier !

Il portait une élégante redingote, des pantalons à plis du plus bel effet et des souliers fins. Il souriait. Depuis que j'étais arrivé à Paris, c'était bien la première fois que quelqu'un me regardait amicalement.

– Tu permets que je m'asseye ? demanda-t-il en joignant le geste à la parole. T'es pas d'ici, j'me trompe ?

– Je viens de Nouvelle Calédonie.

– Ben mon vieux, c'est pas la porte à côté !... Faut de la tune pour un voyage pareil... T'as pourtant pas l'allure d'un nabab !

– J'ai travaillé à bord. Il ne me reste plus grand-chose... Pour tout dire, je suis fauché.

Après un soupir, il me saisit le bras et me propose :

– Tu m'as pas l'air d'un mauvais bougre, viens je te paie un pot au casingue d'en face. Je me présente : Marcel Blondin, mais tout le monde m'appelle Le Furet.

Le bistroquet grouillait d'une faune vociférante.

– Garçon ! Deux blanc-cass ! Qu'est-ce que t'es venu faire ici, mon gars ? T'es sur un coup ?

– Je suis à la recherche d'une femme.

– Ah ben toi, tu peux dire que t'as du bol d'être tombé sur mézigue parce que les poulettes ça me connaît ! Et c'est pas ça qui manque à Paname ! T'as même les plus belles femmes du monde à portée de main ! À condition de te refaire une petite beauté, parce que je ne voudrais pas te vexer, mais t'es crasseux et qu'est ce que tu pues !!! Ceci dit, tu as plutôt belle gueule et vu que le Negro est à la mode en ce moment, on devrait pouvoir faire quelque chose de toi...

– Je crois qu'il faut que je t'affranchisse le Furet...

Et je lui contai l'histoire de mon père.

– Alors comme ça t'es fils de bagnard !... Un conseil : ferme là sur ce point l'ami. Mais fais-moi confiance, si elle est ici, on la retrouvera ton Albertine ! Et ton frangin avec. Cette ville n'a aucun secret pour moi ! J'en suis, et un vrai de vrai ! Je t'aiderai, t'en fais pas. Allez tope la ! Et trinquons à notre association !

Je loge maintenant rue Leprince, une petite chambre au troisième étage avec deux lits.

– Mon compère est momentanément retenu pour affaire, me dit Marcel évasif, tu vas prendre sa place.

J'ai beaucoup de mal à dormir dans cette maison verticale pleine de portes et de bruit. Au second, juste sous notre piaule, habite un vieux couple qui ne sort pratiquement jamais et qui s'engueule à longueur de temps. Au premier, vivent deux frères polonais. Ils partent au chantier quand nous rentrons et rentrent quand nous sortons. Ils ne parlent pas, répondent d'un bref signe de la main aux salutations et ont toujours la tête baissée. Au troisième, dans un réduit minuscule et borgne, loge un bachelier sans cesse en quête de gagner son pain et cependant bon vivant, prêt à offrir le coup dès qu'il a un sou d'avance. Le rez-de-chaussée est le domaine privé de notre logeuse, une femme entre deux âges, accorte mais près de ses sous.

– Faut pas lui en compter à la mère Pérusin, le loyer c'est comptant et tous les lundis sans sursis sinon tu vires ! Pour ce qui est de la bagatelle, elle a pas son pareil, elle connaît tous les trucs qui vous font monter au septième ciel la bougresse ! Elle sait aussi avoir la classe et tu trouveras pas meilleur professeur qu'elle pour séduire la gent féminine... Je vais te recommander, mais ne crois pas pouvoir tremper ton biscuit, elle n'aime que les femmes ! Hahaha !

Charlotte Pérusin m'a reçu dans son petit salon. J'ai eu droit à quelques démonstrations : c'est fou tout ce que les Françaises portent sous leurs robes ! Jamais je n'aurai su me débrouiller dans tout ce fatras de jupons et de dentelles ! Il faut une patience infinie et beaucoup de doigté pour délivrer enfin la chair blanche, douce et parfumée... J'écoute avec une attention dont je n'ai jamais fait montre à l'école, les conseils croustillants de la belle Madame Pérusin :

– N'oublie jamais les quatre D Joseph : délicat, drôle, discret et surtout... déterminé !

J'ai hâte de mettre ses leçons en pratique !

– Te voilà affranchi ! me dit le Furet au sortir de mon troisième rendez-vous avec l'experte logeuse. Un mulâtre de ton acabit, ça fait fureur dans les salons à condition de bien présenter. Viens, je t'emmène chez le meilleur tailleur de Paris !

Me voilà rhabillé de neuf et avec les plus belles étoffes qui soient. Si Tibaou me voyait ! J'ai même réussi à me chausser et supporte courageusement mes souliers fins, en cuir rouge comme ceux de Joséphin.

Nous allons baguenauder dans les beaux quartiers. Les demoiselles se retournent sur notre passage. Elles vont souvent deux par deux et je comprends pourquoi le Furet a besoin de moi. Il leur conte fleurette, elles pouffent de rire derrière leur mouchoir et finissent toujours par demander en louchant vers moi : « Qui est ce beau métis ? »

En peu de temps je suis devenu la coqueluche exotique de ces dames. Mes scrupules se sont envolés avec ma première conquête.

Toutes les nuits, le Furet et moi faisons la java. De bons restaurants en salons particuliers, sapés comme des princes, nous faisons danser les demoiselles de la haute et les raccompagnons jusque dans leur boudoir. Au petit matin, nous quittons nos amantes alanguies et rentrons dans nos pénates pour compter nos trésors.

La vie est belle, facile et Paris est magnifique ! J'aime la Seine à l'aube, quand la brume la couvre d'un voile pudique et qu'alentour, la ville sommeille encore.

Je n'ai toujours pas écrit à mon père. Rien de ce que je pourrais lui dire n'aurait l'heur de lui plaire...

27 octobre 1894.

Un froid matin d'automne, rue Lepic. Au sortir d'une nuit chez des demoiselles fortes avenantes, la flicaille nous a alpagués devant la porte. Je n'avais rien à me reprocher, ma blonde était trop craquette, je n'avais pas eu le cran de la dévaliser. Marcel, lui, avait dans ses poches un collier de perle et un bracelet en or.

Le Furet a écopé de deux ans. Complice, j'en ai pris pour six mois.

À mon tour, je vais tâter de la geôle et des mauvais traitements. À mon tour, je vais goûter le fiel de la vie. Ma « cause » hélas n'a rien d'héroïque ! Je n'ose imaginer la honte de mon père s'il connaissait ma misérable situation...

2 novembre.

À potron-minet et en fourgon cellulaire, le Furet, quatre autres détenus et moi, sommes transférés à la prison de Mazas. Il tombe une petite pluie fine et froide, il y a peu de monde dans les rues. À travers les grilles du fourgon, je vois courir une femme. Elle est emmitouflée dans un grand châle vert. Le trottoir détrempé est couvert d'un tapis de feuilles mortes, la femme glisse, lâche son châle et découvre sa tête : un flamboiement sur le ciel gris ! Albertine !!! La fille se retourne sur mon cri et regarde dans ma direction. Pendant un bref instant, je croise son regard clair. Accroché à la grille je tente de suivre la trajectoire de la chevelure rousse. Elle est très jeune. Trop jeune pour être Albertine... Et pourtant elle s'est retournée à son nom ?... Se pourrait-il qu'elle soit la fille d'Albertine ? La fille de Jules-Marie... ma sœur ?

Je n'avais jamais envisagé qu'elle puisse être femme. C'est idiot.

J'en suis bouleversé.

Pendant tout mon séjour en prison, je n'ai cessé de penser à cette belle rousse au châle vert courant sous la pluie.

À ma sortie, j'ai refait le chemin inverse sans plus rien reconnaître. La lumière était joyeuse, l'air frivole. Les feuilles d'un vert tendre frisaient à la cime des arbres, les trottoirs étaient propres, les passants prenaient leur temps aux terrasses des cafés.

Comment allais-je la retrouver ? Habitait-elle dans le quartier ou ne faisait-elle que passer ?

J'ai fini par retrouver l'endroit où je l'avais vue. J'ai la certitude de ne pas avoir fait ce long voyage pour la manquer de si peu. Elle va réapparaître, il suffira d'être patient.

La cloche recommence. Je dors dans un coin sombre, de préférence un coin de verdure. À l'aube, je me lave dans l'eau du canal St Martin puis j'enfile mes beaux habits et vais déambuler sur le boulevard en lorgnant toutes les têtes rousses. Ou bien j'attends, adossé à un platane, juste à l'endroit où son châle vert est tombé découvrant cette splendide crinière qui hante mes rêves depuis six mois. Je suis troublé par le désir qui m'envahit à la pensée de cette femme qui pourrait être ma demi-sœur. Tout était tellement plus simple sur mon île.

Un gendarme m'a dit de déguerpir, je suis revenu dès qu'il a tourné les talons. Je ne fais rien d'autre qu'attendre, le ventre creux. Parfois je réussis à chiper un fruit. Parfois je cache ma belle veste et tends la main.

Je n'ai toujours pas écrit à Père.

12 mai 1895

Il y a tout près de ma position, un joli petit théâtre. Ce matin, comme il pleuvait fort, je m'y suis réfugié. La troupe m'a accueilli, on m'a offert du vin, du pain et même du saucisson ! J'ai raconté mon histoire, omettant quelques détails dont je ne suis pas fier. Certains d'entre eux avaient fait la Commune et à l'évocation du sort d'Apâ, ils avaient la larme à l'œil. Quand j'ai évoqué la belle rousse, ils se sont regardés avec un drôle d'air et Colette, la doyenne, m'a dit :

– Nous avons besoin d'un homme à tout faire et d'un gardien. Tu vas dormir ici. Je te préviens, ton salaire sera maigre, mais tu auras le gîte et le couvert et tu pourras bien sûr assister aux représentations !

La jolie petite Nicole m'a prêté un vieux matelas, la grande Colette une couverture, le vieil Oscar m'a donné du tabac et Dédé m'a offert la pipe qu'il venait d'acheter au mont-de-piété.

Je suis installé dans un recoin sombre au-dessus de la scène d'où j'ai une vue d'ensemble sur le théâtre.

Cette nuit, j'ai enfin dormi sur mes deux oreilles.

Vivre en compagnie des saltimbanques me plaît bien, ils sont drôles et émouvants. J'ai l'impression d'être un peu parmi les miens. Mon grand-père n'avait-il pas été lui-même comédien ?

Une fois mes menus travaux achevés, je me poste à l'entrée du théâtre et guette les passantes dans l'espoir de revoir la belle rousse au châle vert.

16 mai 1895.

Je rêvais que j'étais à la Nouvelle : Apâ, debout devant la porte de la case, en appui sur sa jambe valide, me souriait et m'ouvrait ses bras... C'est alors que le claquement d'une porte m'a réveillé. Ça venait du rez-de-chaussée. Je me suis levé, j'ai descendu le petit escalier raide et me suis dirigé vers l'arrière-cour. La lumière du jour naissant faisait une tache joyeuse sur le pavé et teintait de rose le petit atelier où évoluait une silhouette féminine. Le rythme de mon cœur s'accéléra.

La jeune femme vint s'asseoir dans le rayon de soleil, le visage dissimulé derrière le rideau flamboyant de ses cheveux.

Je restais là, le nez collé à la fenêtre, incapable d'un geste ou d'une parole. Je regardais sa main diaphane aller et venir contre le tissu rouge posé sur ses genoux.

Elle sentit ma présence, leva sur moi de grands yeux couleur noisette et me sourit. Le sang afflua à mes joues, cogna à mes tempes.

– Vous êtes le nouveau gardien ? Il me semble vous avoir déjà vu…

J'ouvris la bouche mais aucun son n'en sortit. Je devais avoir l'air idiot car elle se mit à rire gentiment et reprit sa couture. Quand elle se tourna à nouveau vers moi, je réussis à contrôler les battements de mon cœur, le temps de bredouiller :

– Je… j'ai crié votre nom, un matin pluvieux de novembre…

– Dans le panier à salade ! Ah ! Mais je me souviens maintenant ! Le joli métis derrière ses barreaux…

Je rougis de plus belle. Je compris que le souvenir de notre première « entrevue » était loin d'être à mon avantage. Elle m'observa de biais, puis, mordant sa lèvre inférieure, se remit avec application à son ouvrage. Son joli bras montait et descendait dans la lumière. Le rayon de soleil dansait dans ses cheveux, caressait sa joue, son cou. Là, juste sous l'oreille délicate, en miniature, mon île était dessinée.

À nouveau son regard brûlant se posa sur moi :

– Pourquoi m'avez-vous appelé Albertine ? Qui êtes-vous ?

Copie de la lettre postée à Paris le 3 juin 1895, à destination de la Nouvelle Calédonie.

Mon très cher père.

Si je ne vous ai pas écrit plus tôt, c'est que la vie m'avait embarqué dans un tourbillon ne menant nulle part. Il a fallu attendre Victorine pour que la chance me sourie. Maintenant que tout va bien, que vos enfants de France sont heureux et en bonne santé, je peux enfin vous demander pardon et vous assurer de ma plus grande affection.

Pendant qu'on vous arrêtait, Albertine se sauvait et gagnait les faubourgs. Vous croyant mort, elle se réfugia chez des taverniers d'Aubervilliers, des gens généreux qui l'ont bien accueillie.

Votre fille Victorine est née le quatorze juillet 1871. Voilà qui devrait vous plaire cher Apâ !

Albertine a épousé le fils de ses employeurs et a eu trois enfants de lui. Elle est morte de la phtisie l'an dernier. Victorine a grandi dans l'auberge avec ses frères et sœurs. À dix-huit ans, elle est partie pour Paris. Elle y rencontra des comédiens et se fit engager comme costumière.

C'est dans le petit théâtre où je suis gardien que je l'ai retrouvée. Victorine travaillait de temps en temps pour la troupe qui m'a accueilli. Ce matin-là, comme six mois plus tôt, elle est venue aux aurores retoucher des costumes pour la représentation du soir. Nous nous sommes reconnus.

Votre fille, cher Apâ, a les doigts de fée de sa mère, ses cheveux, sa peau blanche et son châle vert... Elle est d'une grande beauté mais elle ne le sait pas. Son humilité la rend encore plus belle. Sur bien des points, elle vous ressemble : elle a un caractère bien trempé et des idées révolutionnaires plein la tête. Elle a aussi votre générosité, votre bonté et sur le cou, la marque rouge.

Je crois qu'elle a de l'affection pour vous maintenant qu'elle connaît votre histoire. Elle a déclaré à toute la troupe qu'elle était fière de son insurgé de père !

Il y a deux ans, elle a épousé Ferdinand, un batelier qui lui a fait un enfant avant de disparaître mystérieusement.

Depuis un an, Victorine et son amie Séraphine, une jolie brunette facétieuse dont le charme, je l'avoue, ne m'est pas indifférent, tiennent une boutique de confection pour dames déjà bien achalandée. Je vis maintenant avec elles dans un joli petit appartement rue Faubourg du Temple. Je m'occupe du petit Joachim et les aide de mon mieux. Dès que j'aurai un bon emploi, je demanderai sa main à Séraphine. Elle est d'accord à condition que nous ne quittions jamais Victorine et son fils. Je n'en ai nullement l'intention et cet arrangement me convient parfaitement.

J'espère que cette lettre vous trouvera tous en bonne santé. Puisse votre joie d'avoir enfin des nouvelles de votre fille égaler celle que j'ai de la côtoyer chaque jour.

Cher Apâ, acceptez les baisers de vos enfants de France, embrassez ma chère Yâ, ma petite Louise, mon frère Tibaou et saluez pour moi tous les amis du clan.

Portez-vous bien.

Votre fils, Joseph Lalvin.

PS : Je n'ai pas revu Louise. Elle voyage beaucoup, donne des conférences, écrit des livres. Sa renommée dépasse nos frontières. On l'appelle la Vierge Rouge. J'enseigne moi-même la lecture et l'écriture à ma sœur bien aimée qui sera honorée de répondre à votre prochain courrier. Elle vous salue bien.

Épilogue

Je suis Praxède, fille de Mathilde et Jean Désorbais Lalvin, petite fille de Joseph et Séraphine Lalvin, arrière-petite-fille de Namoura et Jules-Marie Lalvin.

Mon père en mourant m'a légué sa maison d'Aubervilliers et une boîte en fer-blanc. Dans cette boîte, j'ai trouvé un paquet de lettres vieillies et un carnet rouge.

Étant marquée à la joue du sceau de la lignée Lalvin, j'estime être en devoir de noircir les dernières pages blanches du carnet. Je vais donc prendre la plume à mon tour afin que le lien ne soit rompu et que la graine d'insurgé ne soit perdue.

Notre histoire continue.

Les lettres jaunies, froissées, sont de mon grand-père Joseph. Il les a écrites dans une tranchée de la Somme, en 1916.

Sauf une. L'enveloppe est plus grande, le papier de qualité, l'écriture élégante, un peu tremblante. C'est une lettre de Blaise Désorbais. Elle n'est jamais parvenue à son destinataire.

À mon fils cadet, Jules-Marie.

Au seuil de la mort j'éprouve le besoin de soulager mon âme.
Il est temps de te dire la vérité.
À quinze ans, Marie Lalvin devint orpheline. Elle fut recueillie par la sœur de notre gouvernante et un an plus tard, en 1848, elle entra à notre service.
Marie était un beau brin de fille. Une joie malicieuse illuminait son profil droit alors que son profil gauche, entaché d'une larme de

sang, restait mélancolique. J'en tombais amoureux. Elle m'aimait bien aussi je crois.

Durant l'été 1850, mon frère Jules habita chez nous. Il était assez coureur de jupons, tout le monde pensa que l'enfant que Marie portait, était de lui. Nous n'avons pas démenti. Par convenance.

La mort prématurée de mon frère t'a rendu à moi. Je t'ai donné mon nom, c'était ma façon de te reconnaître, je ne pouvais en dire plus. Ma femme avait sans doute deviné, elle aura pardonné car elle t'a aimé comme son propre fils.

Marie est partie en te laissant à mes bons soins mais je n'ai pas su te retenir, pas plus que je n'avais su avec elle. Vous êtes l'un et l'autre des rebelles et au fond de moi, je sais bien que c'est pour cela que je vous ai tant aimé. Vous étiez tout mon contraire. Vous étiez ma part libérée.

J'ai fait maintes recherches, jamais je n'ai retrouvé Marie. Je ne sais pas ce qu'elle est devenue. Elle n'a laissé d'elle que cette marque rouge, cette tache de vin que tu portes sur la joue, mon fils préféré.

Puisses-tu un jour me pardonner.

Ton père, Blaise Désorbais.

Quand la guerre éclata, Victorine, Joseph et Séraphine vivaient toujours ensemble. Le couple avait eu deux enfants. Abélard le dernier né de Joseph et Séraphine était mort à l'âge de cinq ans. Jules-Aimé, l'aîné, travaillait avec son père. Le maître de forge étant mort sans laisser d'héritier, Joseph avait pris la succession. Artisan habile et honnête homme, il fit prospérer l'atelier. Il employait cinq ouvriers.

Joachim, le fils de Victorine, était sous lieutenant dans la cavalerie. Il fut appelé au front dès les premiers mois de la guerre. Il avait alors vingt ans. Jules-Aimé avait à peine dix-huit ans quand il fut mobilisé, au grand dam de ses parents.

Fin 1916, Joseph dut à son tour prendre les armes.

Victorine et Séraphine se retrouvèrent seules. Trois mois après son enrôlement, Joseph apprit que sa femme était enceinte.

Le 19 juin 1917 Séraphine accoucha d'un garçon de quatre kilos qu'elle prénomma Jean.

Joseph apprit la nouvelle au fond d'une tranchée. Voici ce qu'il écrivit à sa femme le 5 juillet 1917 :

Ma tendre et bien aimée Séraphine

Quelle joie me donne ta lettre ! Je n'aurais pas cru possible de rire et de danser dans une tranchée sans cesse bombardée, pourtant c'est ce que j'ai fait en apprenant que j'avais un fils ! Un beau garçon rose et joufflu de quatre kilos ! Les étoiles nous sont favorables ma mie, je vais bientôt sortir de cet enfer et te rejoindre pour élever avec toi notre petit Jean ! Merci ma douce femme, merci pour ce cadeau merveilleux. Prends bien soin de toi et de notre enfant, gardez-vous loin de la guerre, Victorine, le bébé et toi. Je vous aime et vous embrasse de tout mon cœur de père, de mari et de frère heureux.
Joseph

P.-S. J'ai demandé une permission. J'espère bientôt vous serrer dans mes bras.

Une autre de ses lettres. La date en est effacée, ainsi que certains passages. Voilà ce que j'ai pu retranscrire :

Ma bien aimée
....
....

Je croyais avoir connu la plus grande peur de ma vie sur le bateau qui me menait vers toi, jadis........................ Aujourd'hui, la grande peur ne me quitte plus. Elle est lovée bien au creux de mon ventre vide, et de jour comme de nuit, sans trêve aucune, elle me ronge de l'intérieur. Comme elle ronge tous mes camarades. Ceux qui ont les nerfs plus fragiles craquent les premiers. Certains n'arrêtent pas de trembler. De la tête aux pieds, toute leur maigre carcasse est secouée de tremblements et ils marchent au hasard, les yeux hagards, incertains d'être encore de ce monde, déjà un peu dans l'autre.

La guerre rend fou.

...........................On sait qu'on va tous crever.

À moins d'être suffisamment blessé pour être envoyé à l'hôpital. Ici, avoir de la chance c'est être touché grièvement mais pas mortellement et que bien sûr, les ambulanciers vous récupèrent au milieu du charnier !

C'est triste, je n'arrive plus à rêver de mon île... Ma pauvre femme, je t'avais promis de t'y emmener. Pourrai-je tenir un jour ma promesse ?...
Je pense bien fort à toi, à notre tout petit Jean, à ma sœur chérie. Gardez-vous bien.. Je pense à Jules-Aimé et à Joachim qui se battent eux aussi. Je les plains de tout mon cœur. J'espère que la mort les épargnera et que l'horreur de la guerre ne ternira pas la pureté de leur cœur.

Je t'aime mon adorable popinée.

Embrasse le petit et Victorine. Je baise tes lèvres.

Joseph.

Lettre de Joseph, datée du 17 août 1917.

Ma tendre amie, ma chère sœur

Quelle triste nouvelle. Notre cher et tendre Aimé...
Il était si fragile ! Dix-huit ans ! Quel gâchis ! Quelle injustice !
Mon chagrin est immense.
Que sa belle âme d'enfant repose en paix.
Ma pauvre Séraphine, comme tu dois pleurer ! Comme déjà hélas tu as tant   pleuré ! Pourquoi ne vous ai-je pas emmenés sur mon île quand il était encore temps ?
Je voudrais être près de vous et vous serrer dans mes bras, je voudrais pouvoir soulager un peu votre peine. Oh, mes amours, comme je souffre avec vous.
Je t'en prie Victorine, fais confiance à Joachim, tu sais comme il est brave et intelligent, il saura se préserver des balles, j'en suis sûr.
Ne vous inquiétez pas pour moi non plus. Vous êtes ma force, ma raison de vivre. Tant que vous serez là, la grande faucheuse ne pourra m'atteindre.
Je pense à vous tout le temps. J'espère que vous trouvez assez de nourriture pour vous et le petit. Gardez-vous loin de la guerre surtout.
Je m'inquiète pour ta toux, Victorine. Tu devrais voir le docteur Elisé, il saura te prescrire les bons remèdes. Prends soin de toi. Soyez fortes mes belles amies, Jean a besoin de vous. Et moi aussi. Et Joachim aussi.
Je vous aime. Et je sais que vous m'aimez. Puisse notre amour nous aider à surmonter cette terrible épreuve.
Je vous embrasse, avec tout mon amour, toute ma tendresse. Je te serre dans mes bras Séraphine, si fort que j'entends ton cœur battre en moi.

Joseph

Lettre de Joseph, datée du 7 septembre 1917.

Mes très chères Séraphine et Victorine

La bataille fait rage. Tous les camarades sont morts. Il ne reste que le grand Gaston et moi. Des nouveaux ont pris la relève, ils ne cessent d'en envoyer. Quand finira cette boucherie inutile ?
L'autre nuit, il régnait sur la plaine un silence inhabituel, inquiétant. De l'autre côté des barbelés j'ai entendu quelqu'un pleurer.
Ma pauvre femme, pardonne à ton grand fadet de mari, il n'en peut plus ! Ils m'ont encore refusé une permission ! Je voudrais tant connaître mon fils avant de mourir. Je voudrais tant te serrer dans mes bras ma mie ! Ne t'inquiète pas, je ne mourrai pas ! Sois forte Victorine. Prends bien les remèdes du docteur Elisé et remercie pour moi cette brave madame Planchon qui vous donne du pain et du lait et qui vous aide pour le petit.
Hier, un jeune soldat est revenu de la bataille avec une balle dans le pied. Ils disent qu'il l'a fait exprès, que c'est un déserteur, un traître à la patrie. Ils parlent du peloton d'exécution. La guerre est horrible.   Les hommes sont fous.
Je voudrais pouvoir rêver de mon île.
Je pense bien à vous et vous chéris de tout mon cœur. Tendres baisers de votre
        Joseph.

C'est la dernière en date.
Joseph Lalvin est mort le 22 septembre 1917.
Comme sa mère, Victorine fut emportée par la phtisie, le 6 décembre de la même année.
Six mois plus tard, Séraphine décédera après une mauvaise chute dans l'escalier qui menait à la cave.

Collé par la rouille au fond de la boîte en fer-blanc, il y avait encore ce papier jauni, griffonné à la hâte :

Monsieur,

Pardonnez mon audace. Vous ne me connaissez pas mais moi j'ai entendu parler de vous. Vous êtes mon dernier recours.
Toute ma famille est morte, sauf mon petit-cousin Jean, né le 25 juin 1917 à Paris, fils de Joseph et Séraphine Lalvin, petit fils de Namoura et Jules-Marie, votre frère. Je vous le confie, prenez en bien soin. Moi je dois retourner à la guerre et je ne sais pas si j'en reviendrai.

Joachim Lalvin.

C'est ainsi que, à l'âge de treize mois, Jean, mon futur père, est entré dans la maison Désorbais.

Anatole était un vieux monsieur de soixante-sept ans. Il n'avait jamais eu d'enfant et Pauline, sa troisième et jeune épouse, accueillit le bébé comme un cadeau de la providence. Quant à lui, il reçut ce petit-neveu comme un signe que Dieu lui pardonnait enfin d'avoir abandonné son frère à son triste sort pendant la Commune.

Jean Désorbais Lalvin grandit entre un papa gâteux et une mère possessive. Tout lui fut offert : de belles études à la Sorbonne, des voyages, des chevaux. À la mort d'Anatole, il prit la direction d'une des plus grandes entreprises métallurgiques de France. C'était alors un jeune dandy élégant, intelligent, terriblement séduisant et grand amateur d'arts. Ses amis s'appelaient Francis Poulenc, Germaine Tailleferre, Coco Chanel, Robert Desnos, Salvador Dali, Albert Camus, Joséphine Baker.

En 1936, lors des grandes manifestations ouvrières, Jean se retrouva face à un délégué communiste du nom de Joachim Lalvin. C'est de la bouche de ce cousin retrouvé qu'il apprit son histoire. Il renoua avec ses origines, appuya la révolte ouvrière et fut un des premiers patrons à accorder les congés payés à ses employés.

En 1941, il épousa Mathilde Salvé et entra avec elle dans la résistance.

En 1945, je naissais, une tache de vin sur la pommette gauche. On m'affubla du prénom de Praxède. Ma sœur Cécile est née deux ans plus tard, mon frère Pierre en 1950.

En 1967, j'étais à Berlin et participais aux premières émeutes étudiantes. Mon ami, Alexander Friedmann tomba sous les balles des policiers. Il fut mon seul amour.

De retour à Paris, je faisais mai 1968 aux côtés de Dany le rouge, de Sartre et du Castor.

Je n'ai jamais cessé de militer pour les droits de la femme. Je suis une graine d'insurgée et fière de l'être.

Mon frère Pierre est anarchiste et écologiste. Il habite dans les Cévennes avec sa femme et ses trois enfants et mène sa vie associative avec bonheur. Je les aime beaucoup et passe tous mes étés auprès d'eux. Ma sœur Cécile est une comédienne snob et égoïste. Je la vois très peu. Elle est mariée à Antoine Chesneau, un homme affable qu'elle mène en bateau. Ils ont une fille, Ludivine, marquée au visage du sceau des Lalvin. En juin 1976, par un beau dimanche ensoleillé, ils sont venus tous les trois à Aubervilliers. Mon cousin Vincent Salvé, sa femme Micheline et leur jeune fils Clément, étaient chez moi. Les deux enfants se sont aimés dès qu'ils se sont vus. C'est à eux que je veux transmettre le carnet rouge. Puissent-ils voir un jour s'épanouir la graine d'insurgé que nous a transmis notre valeureux aïeul et vivre dans un monde libre, égalitaire et fraternel.

Noyé dans la pénombre, le salon s'était fait cocon, antre, grotte. Le silence y était tel qu'on aurait pu entendre un chat faire sa toilette.

Sur le velours du divan, au centre du rond de lumière dessiné par le faisceau de la lampe de lecture, le carnet de cuir rouge semblait enfin se reposer après un si long et périlleux voyage. Les yeux fixés sur lui, Ludivine, consciente d'avoir été ramenée à la source, à la matrice, s'abandonnait voluptueusement, l'esprit apaisé. Elle avait enfin une famille, une histoire dont elle pouvait être fière. Je suis le prolongement de leur combat, pensait-elle, ma liberté est l'aboutissement de leur sacrifice, la preuve en chair et en os du succès final de la Commune.

– Je n'ai connu aucun de mes aïeuls, dit-elle à Clément qui, le temps d'allumer une cigarette, sortit de l'ombre. Hier encore, j'ignorais tout d'eux et voilà que déjà, ils me manquent ! J'aurais bien aimé regarder de vieilles photos jaunies, percevoir dans leurs regards la flamme qui brûlait en eux, reconnaître mes traits dans leurs visages...

– Le carnet te livre leurs pensées, c'est encore mieux.

– Et leurs secrets ! Tu te rends compte, en fait nous n'avons aucun lien de sang !

– Je t'ai toujours dit que c'était des conneries. Est-ce que ça change quelque chose pour toi ?

– Tu n'es pas vraiment mon cousin...

– Ne suis-je pas avant tout l'homme qui t'aime et que tu aimes ? La famille est un carcan qui vous empêche d'être vous-même. Une prison pour tout esprit libre. Ne dit-on pas cellule familiale ? Liens du sang ? Pas vraiment des termes d'émancipation tout ça !

– On peut la voir aussi comme un soutien, un réconfort, de la solidarité...

– Où as-tu vu jouer ça ? Tu fantasmes !

– J'aime à penser qu'on a tout à gagner à être bienveillant. Bien sûr cela demande un effort. C'est beaucoup plus facile d'être con et méchant : il suffit de se laisser aller à ses mauvais penchants. Finalement, la compassion est un acte de rébellion !

– Ma rébellion consiste à me débarrasser du lourd fardeau de la famille. Je n'aurai pas assez d'une vie pour y arriver.

– Ne pas avoir d'attaches familiales peut être bien plus lourd encore.

– J'espère me tromper mais j'ai l'impression que tu vois l'adoption comme un devoir, comme une mission à accomplir. Tu as quelque chose à te prouver ? Quoi ? Je l'ignore, ou plutôt si, j'ai ma petite idée là-dessus : en te refusant son affection, ta mère t'a dévalorisée. Tu t'es crue indigne de donner la vie. Pour te punir tu es prête à t'infliger la pire des épreuves : fonder une famille ! « Aime-toi, la vie t'aimera ». C'est le titre d'un petit livre sympa de Catherine Bensaid. Tu devrais le lire.

– Je l'ai lu. Et j'en ai tiré des leçons. Je te l'ai dit, je suis en paix avec moi-même maintenant et j'aime la vie. Ne cherche pas de raison obscure à mon désir d'adoption, il n'y en a pas. Quelque part, en France, un orphelin est privé d'amour et je veux réparer cette injustice. C'est aussi simple que ça. Ce sera ma bataille et je la mènerai à bien, avec ou sans toi.

– J'ai bien peur que notre couple ne supporte pas d'être privé de sa liberté...

– Pourquoi veux-tu qu'il le soit ? Un enfant n'est pas une privation, c'est un don !

– Alors disons que j'ai peur pour moi. Mon esprit et mon cœur sont remplis de ta présence et je déteste l'idée que quelqu'un puisse venir bouleverser cette harmonie. Tu es mon refuge, mon havre de paix, ma source inépuisable de douceur. C'est vrai, je ne me sens pas trop partageur sur ce coup-là. Égoïste, moi ? Affirmatif. Figure-toi que la veille de ton coup de fil, drôle de hasard, j'ai rencontré un vieux pote dans un café. Je ne l'avais pas vu depuis quinze ans. Il s'installe à ma table, je lui trouve mauvaise mine. Il s'effondre et me déballe de long en large sa chienne de vie : sa femme ne pouvait pas avoir d'enfant, elle le persuade d'adopter. Ils vont au Brésil, reviennent avec un môme de cinq ans. Beau, intelligent, doué pour le sport et les maths, il réussit brillamment sa scolarité. Un fort en thème mais un handicapé du cœur. Totalement dépourvu d'empathie, il leur fait mener une vie d'enfer. Normal, pensent-ils, avec un passé si douloureux. Alors ils redoublent d'amour et d'attention, ils déploient toute leur énergie pour apaiser sa colère, pour lui faire admettre qu'il peut être aimé, qu'il n'est pas fautif de ce qu'il lui est arrivé, que la vie peut-être cool, et cætera, et cætera mais le môme continue à être violent. Suit l'énumération des maladies causées par le stress : hémorroïdes, zona, ulcère, herpès, je t'en passe et des meilleures. Leur fils rejette systématiquement tout ce qu'ils veulent lui transmettre. Au bout du compte, à dix-huit ans, il se barre. Ils ne l'ont pas revu depuis deux ans. C'est alors que mon pote s'écroule sur mon épaule et m'annonce dans un sanglot pathétique : ma femme m'a quitté. Tu vois ça, Ludivine, je ne veux pas que ça nous arrive.

– Ça ne nous arrivera pas, fais-nous confiance. On a toujours eu de la chance, pas vrai ? Notre amour sera le plus fort. Il saura surmonter les obstacles, il rayonnera et en sortira encore grandi parce que nous saurons toujours faire prévaloir l'intelligence du cœur. Tu verras, le bonheur de cet enfant sera notre plus belle création !

Clément se leva, alluma une lampe basse, puis une autre, tourna en rond, finit par presser le bouton de la chaîne stéréo et la voix de Jim Morrison occupa tout l'espace.

– Laissons tout ça pour ce soir tu veux, dit-il, profitons plutôt de nous.

Il lui tendit la main et proposa, sourire canaille aux lèvres :
– Un p'tit rock, ma Divine ?

Tout en mettant le couvert, Clément bavardait avec Ludivine occupée à couper en fines lamelles les champignons qui devaient accompagner sa sauce bordelaise.
– Ils ont donné une jolie petite fête le dix-huit Mars dernier à Montmartre, pour les cent quarante ans de la Commune.
–Tu vois, les idées de la Sociale sont toujours vivantes ! À Auch, on a un bistrot qui s'appelle « Le merle moqueur ». C'est le rendez-vous des libres penseurs, faudra que je t'y emmène. Certains d'entre eux sont de tous les combats. J'en ai rencontré quelques-uns l'autre jour dans une manif contre l'exploitation du gaz de schiste. Une belle saloperie ! – Oui, il y a des projets inquiétants dans le bassin parisien aussi. J'ai des potes qui sont très mobilisés sur ce sujet.
– Comment osent-ils envisager une horreur pareille ? Ça ne leur suffit pas de nous empoisonner ad vitam aeternam avec le nucléaire ? ! Toujours les mêmes arguments : création d'emplois, indépendance énergétique, mais à quel prix ? C'est un véritable crime contre l'humanité ! Il vaudrait mille fois mieux développer les éco-carburants, le recyclage, et surtout, surtout, arrêter de gaspiller ! « Mais on ne peut pas retourner en arrière, voyons... » ironisa-t-elle en préparant un roux pour sa sauce. Et pourquoi ne pas oser parler de décroissance ? Ne consommer que ce dont on a réellement besoin, apprendre à désirer ce que l'on possède... La sobriété heureuse comme l'appelle si bien Rabhi !
– J'ai lu récemment qu'avec les déchets de poulets : pattes, têtes et plumes, on pouvait produire des milliers de tonnes d'énergie ! dit Clément en posant deux bougeoirs sur la table.

– Il existe des tas de solutions non-polluantes mais voilà, elles ne remplissent pas les poches des actionnaires. Que de retard pour l'humanité à cause de cette foutue cupidité !

– Positive ! Il y a des gens conscients sur cette planète, et ils luttent avec courage.

– Tu as raison. C'est ce que je voulais dire : à la manif nous étions très nombreux et très motivés... On va se battre, je te le garantis ! Les héritiers de la Commune étaient parmi nous. Il y en avait un, superbe avec ces belles bacchantes et sa casquette à la gavroche, qui jouait de l'accordéon comme un chef ! Du coup, on s'est mis à danser la valse musette sur des chansons à texte qui nous ont redonné courage. Je n'avais plus senti de telles vibrations fraternelles depuis la représentation de « La Commune » d'Atkins au ciné de Masseube. J'aime cet esprit rebelle qui souffle encore dans le Gers ... C'est grâce à des moments comme ça que je continue d'y croire... Et que j'ai envie à mon tour de semer des graines d'insurgé...

Ludivine souleva le couvercle de la cocotte pour y faire glisser les champignons. Des arômes de vin cuit et de bouquet garni se répandirent dans la cuisine.

– Sais-tu que la compassion est en train de devenir une valeur au sein de l'entreprise ? poursuivit Clément avec un soupçon d'ironie. Si la solidarité devient rentable, alors la planète a peut-être encore une chance de sauver sa peau !

– « Si nous n'apprenons pas à vivre ensemble comme des frères, nous nous condamnons à mourir ensemble comme des imbéciles » disait Martin Luther King... Tu veux bien goûter ma sauce ?

Clément ne se fit pas prier. Il trempa un petit bout de pain :

– Hum ! Délicieux ! C'est parfait !

– Le temps de donner à manger aux minous et c'est prêt. Bambou ! Tequila ! Shan ! À table !

Dîner aux chandelles. Ludivine et Clément savouraient les tendrons de veau à la bordelaise en s'adressant des regards tendres et complices. Il lui servit un verre de Saint Estèphe, son vin préféré et lui dit qu'elle était belle. Elle sourit, remonta ses cheveux en un chignon anarchique qui mit en valeur son long cou de cygne. « Tiens, pensa-t-il, j'avais oublié qu'elle avait de si jolies petites oreilles... »

Autour d'eux le monde et ses fureurs s'étaient effacés.

Un à un leurs vêtements tombèrent à terre, lentement, sans faire de bruit. Quand ils furent nus, ils se regardèrent comme s'ils se voyaient pour la première fois. La flamme de la bougie projetait leurs silhouettes sur le mur de la chambre et Ludivine rit en voyant le sexe de Clément dressé à la verticale. Elle bomba le torse, rit encore de l'image de ses petits seins prétentieux, fit un pas vers lui, juste assez pour que leurs ombres se rejoignent et frôla du bout des doigts ce corps magnifique, cette peau si douce qu'elle adorait. Les yeux fermés, Clément savourait ses caresses.

– Mon amour... dit-elle doucement. Soleil de mes jours... Ma raison de vivre...

Il goba un mamelon, le suça avec gourmandise. Renversant la tête, elle accueillit en frémissant le vertige qui l'emportait puis lui prenant le visage à pleines mains, elle plaqua sa bouche à la sienne et leurs langues s'enroulèrent, avides l'une de l'autre. Il la souleva, l'emporta dans ses bras jusqu'au lit, l'y déposa comme une fleur, sans que leurs lèvres ne se soient séparées. D'un coup de reins, elle le fit pivoter, se retrouva sur lui. Lentement elle épousa ses formes, calqua son corps au sien, enserra son sexe entre ses cuisses, ne forma plus qu'un avec lui, comme jadis, dans la nuit des temps, bien avant que les dieux jaloux et furieux ne séparent les âmes sœurs d'un coup de foudre vengeur. Leurs cœurs battaient à l'unisson, leurs sens vibraient en harmonie, comme la corde du violon sous l'archer. Clément caressait le dos de Ludivine, elle se sentait devenir féline. Quand il plaqua ses mains brûlantes sur ses fesses pour les pétrir avec délectation, elle gémit et mordit son épaule du bout des dents. L'excitation montait le long de leur moelle épinière, envahissait leur cerveau.

– Viens, lui dit-elle.

Il glissa en elle et leurs désirs se confondirent en un même et délicieux frisson. Attentifs au plaisir de leurs corps en fusion, respirant à peine, ils firent l'amour, ou plutôt ils laissèrent l'amour se faire.

Le temps s'était arrêté.

Bientôt, leurs hanches ondulèrent en une valse lente, lascive. Une mèche de ses cheveux roulée autour de ses doigts, il accueillit avec tendresse la vague de volupté qui le submergeait et plongea plus profondément en elle. Leurs cris furent alors semblables, un peu rauques, un peu sauvages.

C'était elle à présent qui se soulevait, s'enfonçait et se cabrait. La tête penchée en arrière, ses longs cheveux bouclés caressant les cuisses de son amant, elle donnait le tempo à leur chevauchée fantastique.

– Attends, supplia-t-il à son oreille.

Elle accrocha une pause sur la partition de leur plaisir puis, n'y tenant plus, oscilla fébrilement en lui murmurant :

– Viens, maintenant mon amour.

Alors, il accéléra la cadence et la bouche grande ouverte plaquée à son cou, s'abandonna en elle. Enivrés par leurs parfums, ils s'endormirent soudés l'un à l'autre.

Ludivine avait pris la grande route et conduisait lentement, prolongeant au maximum ce dernier moment d'intimité. Dans une heure à peine, Clément serait dans le train, filant loin d'elle.

Pour combien de temps encore seraient-ils séparés ? Allait-il renoncer à sa vie parisienne et vivre auprès d'elle ? Allait-il s'engager dans une adoption ? Ce matin, pendant le petit-déjeuner, il lui avait dit qu'il avait rêvé d'elle se penchant au-dessus d'un berceau pour déposer un baiser sur le front d'un enfant endormi puis qu'il s'était réveillé en sueur après un cauchemar dont il ne se rappelait que la triste vision d'elle en pleurs. Elle s'était forcée à rire mais son cœur lui avait fait mal, comme si les mâchoires d'un étau s'étaient refermées sur lui et maintenant encore, tiraillé entre le doute et l'espoir, il battait la chamade.

Clément perçut sa nervosité, posa sa main chaude sur sa cuisse et lui sourit tendrement.

– Ce week-end aura été très stimulant, je repars avec une foule d'idées pour ma prochaine pièce. Après « To be two or not to be two »...

Il marqua une pause, lui adressa son sourire canaille ravageur pendant qu'elle ouvrait de grands yeux, poursuivit, ironique :

– « To be three or not to be three ! » À moins que pour renouveler un peu je l'intitule : « Baby or not baby »...

– Je suis contente d'avoir nourri ta veine créatrice, rétorqua-t-elle avec un demi-sourire.

Le TGV entra en gare d'Agen. Ils s'embrassèrent encore une fois. Son sac sur le dos, Clément laissa passer tous les voyageurs avant de grimper à son tour les trois marches du wagon. Le coup de sifflet du chef de gare retentit. Ludivine eut juste le temps de lui dire un dernier je t'aime avant que le train ne prenne de la vitesse et disparaisse. Elle frissonna, ferma les yeux pour garder en mémoire le sourire de Clément puis quitta lentement le quai vide et silencieux.

Le carnet rouge	p. 51
Liberté	p. 55
Le 18 Mars 1871	p. 95
La semaine sanglante	p. 141
Satory	p. 169
L'exil	p. 199
La Nouvelle	p. 207
La manigance	p. 221
La vie de forçat	p. 239
La belle	p. 255
Quand enfin les rêves se réalisent	p. 263
La grande traversée	p. 277
Epilogue	p. 299

Éditeur :
Books on Demand GmbH,
12/14 rond-point des Champs Élysées,
75008 Paris, France

Correction d'épreuve et mise en page :
Pierre Léoutre

Avec le soutien de l'association
« Le 122 » à Lectoure (Gers)

http://pierre.leoutre.free.fr

Impression :
Books on Demand GmbH, Norderstedt, Allemagne
ISBN : 9782322044627

Dépôt légal : Décembre 2015
www.bod.fr